D0480593

DISCARD

LABIOS DE NÁCAR

Sharon Krum

Labios de nácar

Umbriel

Argentina • Chile • Colombia • España
Estados Unidos • México • Uruguay • Venezuela

Título original: *The Thing About Jane Spring*
Editor original: Viking, Nueva York
Traducción: Camila Batlles Vinn

Aribau, 142, pral. – 08036 Barcelona
www.umbrieleditores.com

ISBN: 84-89367-06-X
Depósito legal: B. 22.719 - 2006

Fotocomposición: Ediciones Urano, S. A.
Impreso por Romanyà Valls, S. A. – Verdaguer, 1 – 08760 Capellades (Barcelona)

Impreso en España - *Printed in Spain*

En memoria de Joseph Krum

Agradecimientos

Mi más profunda gratitud a Jane Von Mehren y Brett Kelly por su brillante labor como editores, sus consejos y apoyo para que este libro cobrase vida.

Deseo expresar también mi agradecimiento a mi agente Barbara J. Zitwer por su inquebrantable confianza en mis historias y su paciencia para esperar que fructificasen.

Gracias a mi familia, Paula Krum, Henry Krum, Lauren Berkowitz, Joshua y Emily, por su amor y su aliento.

Deseo dar las gracias por su amistad y su apoyo a Cindy Berg, Pamela Haber, John Romais, Suzanne Miller-Farrell, Denise Sadique, Sandra Lee, Roslyn Harari, Jo McKenna, Kim Huey-Steiner, Norman Steiner, Lesley Jackson, Daria McGauran, Lynne Cossar, Patrice Murphy, Stephen Petri, Clare Longrigg, Lambeth Hochwald y Susan Oren.

En último término, pero no menos importante, deseo expresar mi gratitud a Robert Schuette por su asesoramiento jurídico.

Amigo: Es una chica fuera de lo corriente,
¿no es así?

Cary: Sí, ni siquiera Darwin la tenía tipificada.

Suave como visón

Prólogo

Cuando tienes un cierto nombre, y un cierto aspecto, las personas dan por supuesto ciertas cosas sobre ti. Si eso suena injusto, lo es; no se puede juzgar a una persona sólo con verla en una habitación llena de gente, por una presentación nerviosa. Pero todos somos iguales —unos prisioneros de la naturaleza humana, deseosos de etiquetar a extraños a primera vista, de meterlos en una caja y decorarla con un lazo—, total para poder controlar el elemento sorpresa. Yo sé cómo eres. Por más que intentes engañarme, no lo conseguirás.

De modo que cuando la gente conocía a Jane Spring no tardaba en dejarse transportar en alas de la imaginación. El mero hecho de oír su nombre evocaba flores primaverales, ondulantes prados, ninfas del bosque y corderitos triscando. Spring era un bonito nombre, dulce y reconfortante, suena a alguien que te gustaría conocer. Y luego estaba Jane. La envoltura que acompañaba a ese nombre que producía una sensación tan grata.

Los hombres veían a una joven alta de pelo rubio oscuro, con las piernas de un caballo de carreras y una nariz respingona que imaginaban acariciar después de haber hecho el amor con ella. Veían un traje de un lúgubre color negro que prácticamente ocultaba su figura, el pelo recogido en una cola de caballo en la nuca, los ojos penetrantes enmarcados por unas gruesas gafas negras y un rostro que apenas sonreía; pero eso no les preocupaba.

Habían visto suficientes películas antiguas en las que la secretaria poco agraciada pero leal del jefe de pronto se quita las horquillas del pelo y las gafas y aparece una tía impresionante para saber con quién trataban. Estaban seguros, porque los hombres siempre están seguros de todo, de que Jane era ese tipo de criatura, la gatita que lleva dentro una tigresa. Estaban seguros de que sólo un hombre especial era capaz de hacer que aflorara la tigresa, un hombre que, casualmente, era igualito a ellos. Por consiguiente a los hombres les encantaba la idea de Jane Spring.

A las mujeres también. Sentadas frente a ella en el metro, o de pie detrás de ella en la cola del supermercado, reconocían a Jane Spring en cuanto la veían. A fin de cuentas, todas habían ido a la escuela con ella. Era la chica larguirucha que en segundo curso de instituto ya era tan alta que tenía que inclinarse para hablar con sus compañeros, especialmente con los chicos; la chica que no fumaba ni bebía, que durante la hora del patio se dedicaba a leer y que en la exposición de trabajos de ciencias se llevaba la palma. Y sabían que las mujeres como ella nunca superan su torpeza, que probablemente seguía siendo muy tímida e insegura y no tenía el menor estilo a la hora de vestirse. De modo que se compadecían de ella, aunque ya no era una niña.

Pero había otra cosa. En la escuela la habían ignorado, pero ahora la abrazaban. Ese traje pantalón negro que parece un saco, esa cara sin un ápice de maquillaje, esos zapatos planos y ese gigantesco reloj de submarinista en la muñeca izquierda... Al reparar en esos detalles pensaban: aquí no hay competencia alguna. Puedo ser tu amiga, Jane.

Pero lo curioso de Jane Spring era que no se parecía en nada a las fantasías que la gente construía con respecto a ella. No era ni la gatita juguetona que los hombres suponían ni la joven patológicamente tímida e insegura que las mujeres necesitaban que fuera. El no ser ninguna de esas personas era una circunstancia que constituía a la vez su mayor ventaja y su peor inconveniente.

En las distancias cortas siempre salía mal parada. Las consecuencias dolían. De lejos, era maravilloso. Si la gente no se aproximaba demasiado, ni oía demasiado, podía seguir alimentando sus fantasías sobre Jane durante el tiempo que quisiera. Era fascinante observar cómo se esforzaban en diseccionar y destilar a Jane Spring, máxime cuando ella nunca se molestaba en devolverles el favor.

Claro que, cuando conocías a Jane, no podías reprochar a la gente que reaccionara de esa forma ante ella.

Doris: *No estoy casada.*

Rock: *Lo suponía.*

Confidencias a medianoche

1

Jane Spring practicó un corte de cinco centímetros en su chuletón y sonrió satisfecha al observar el charquito de sangre que se desparramó sobre su plato. Perfecto. Justo como le gustaba. Cortó un trozo y se lo llevó a la boca, sin prestar atención al camarero que le rellenó la copa de vino. Su acompañante trató de no mirarla fijamente; sabía que lo correcto era mantener la conversación fluida. Pero Jane gozaba de un modo tan espectacular con cada bocado que comía, emitía unos gemidos de placer tan sonoros, que era imposible apartar los ojos de ella.

Su acompañante se preguntó cómo sería en la cama.

—¿Está bueno? —preguntó, sabiendo que hasta las personas que vivían en el edificio vecino conocían la respuesta. Se lamentó de no haber traído una cámara de vídeo. Ninguno de sus colegas le creería cuando les contara al día siguiente la experiencia.

—Excelente. Siempre digo que no hay nada mejor que un buen trozo de carne cruda —respondió Jane atacando el hueso, que empezó a roer como si tuviera el coche aparcado en doble fila—. Veo que a ti no te atrae —murmuró señalando con el cuchillo la comida que su acompañante había dejado en el plato—. ¿No vas a terminártelo?

—¿Quieres mi...? —preguntó él incrédulo.

—Es una lástima desperdiciar comida —contestó Jane—. Pásame tu plato.

Su acompañante la había conocido el día anterior, y sólo había hablado con ella unos minutos. Hacía poco que trabajaba en la oficina y aún no sabía manejar su tarjeta de acceso electrónica. Jane le observó forcejear con ella sin éxito, tras lo cual le apartó a un lado y abrió la puerta sin más problemas. Él le dio las gracias y se disculpó por haberla entretenido. Era su primera semana, según explicó a

Jane, y tenía que aprender todos esos trucos. Por la tarde hablaría con el encargado de seguridad. Ella meneó la cabeza, achicando los ojos.

—No deja de ser un primer paso —dijo secamente, y se alejó.

No es que Jane se hubiera comportado con exquisita amabilidad, pero tenía algo que fascinó a su acompañante. Al observarla de refilón mientras se apresuraba por el pasillo, se fijó en su pelo rubio, sus piernas kilométricas, su mirada gélida y su nariz respingona, y, al igual que una legión de admiradores que le había precedido, deseó acostarse con ella. Estaba seguro de que esa fachada glacial no era más que eso, una fachada. Debajo había otra mujer muy distinta, una mujer que sentía curiosidad por conocer y, con el tiempo, desnudar.

De modo que esa tarde la había llamado para darle otra vez las gracias a invitarla a salir.

Y en esos momentos estaban cenando en el restaurante. Cuando el camarero retiró los platos, Jane se repantigó en su silla, cruzó los brazos y observó detenidamente a su acompañante.

—Llevas un traje muy elegante. Me encanta la línea de los hombros —dijo—. Francamente, hoy en día se ven tan pocos hombres que comprendan la relación entre la apariencia y la integridad que es agradable ver a alguien como tú. Te felicito.

Él se acarició la solapa. Se infló como un pavo real. Se había apuntado el primer tanto. Sonrió a Jane y tomó nota mentalmente de comprarse más trajes como ése.

—Gracias, Jane. Permíteme que te diga que tú también estás estupenda esta noche. —Aunque, para ser sincero, le sorprendía que no se hubiera arreglado para salir a cenar. Cuando apareció en el restaurante presentaba el mismo aspecto que el día en que se habían conocido: un sombrío traje pantalón negro, una camisa blanca, unos zapatones planos, el reloj de submarinista, con la cara lavada y el pelo recogido en una cola de caballo. Su acompañante escrutó la habitación, observando a las otras mujeres, maquilladas y embutidas en vestidos ajustados, dirigirse al lavabo encaramadas en unos tacones de diez centímetros. Pero Jane no. A ella le iba el *look* de ejecutiva.

Lo cual casi hizo que la deseara más.

Jane bebió un sorbo de vino; su acompañante hizo lo propio. En éstas apareció el camarero y les entregó la carta de los postres. Aliviado, el acompañante de Jane abrió la suya y fingió leerla, tratando de ganar tiempo mientras planificaba su siguiente paso.

Hasta el momento la conversación había consistido en los acostumbrados comentarios intrascendentes de la primera cita —el tiempo, la universidad, la ciudad natal—, pero había llegado el momento de meter la segunda marcha. El acompañante de Jane se preguntó si debía sacar el tema del trabajo. Las experiencias anteriores le habían enseñado que no era prudente hablar del trabajo con una letrada colega en la primera cita. Las probabilidades de que la conversación degenerara en puro chismorreo o, peor aún, que provocara rivalidades profesionales eran muy elevadas. Y por si las tácticas de Jane Spring en la sala del tribunal eran tan sangrantes como su chuletón, su acompañante decidió que era preferible no meterse en ese berenjenal.

Ella sepultó también la cabeza en la carta de los postres, pero no pensó en lo que iba a decir a continuación. Ya lo sabía. Jane creía firmemente que era imposible alcanzar el éxito sin una buena planificación previa. Tanto si eras la fiscal en un juicio por asesinato como si participabas en una cena *à deux*, no podías dejar nada al azar. De hecho, en lo referente a esto último, era imprescindible no hacerlo. Aunque la especie masculina no era un animal complicado, siempre convenía preparar el asunto.

Jane se llevó la mano derecha al bolsillo del pantalón y sacó un pequeño papel que depositó en su rodilla. El papel contenía una lista de temas escritos a mano en cursiva:

Temas de conversación durante una cena:

- *Tenencia de armas de fuego. ¿Conviene prohibirlas o no?*
- *La nueva reforma fiscal del presidente. ¿Buena o mala?*
- *La situación actual del ejército.*
- *El deterioro de la moral pública.*
- *El cine.*

Jane examinó la lista subrepticiamente y se felicitó en silencio por haber preparado esos temas tan divertidos. La lista incluía un tema interesante para todo el mundo, desde asuntos serios hasta superficiales. Mantuvo un ojo en la carta de los postres y el otro en su rodilla. Probablemente era mejor empezar por algo sencillo y pasar progresivamente a temas más sustanciosos, pensó. La última vez que había empezado reclamando más pistolas en las calles, la cita había terminado un tanto bruscamente. ¡Esos pacifistas! Saltan a la primera de cambio.

Jane dejó la carta de los postres y apoyó las manos en la mesa. Era mejor ir a lo seguro que tener que arrepentirse, se dijo. Sacaré el tema de la reforma fiscal. Pero antes de que lo abordara, su acompañante inició su propia conversación.

—¿No te encanta esta época del año? Tengo ganas de que llegue Navidad —dijo su acompañante sonriendo.

—¿De veras? —preguntó Jane fingiendo interés.

—Me chiflan esas fiestas. Todo lo referente a ellas —dijo él con tono entusiasmado. Las castañeras asando las castañas en el fuego en la calle, las decoraciones que iluminan la ciudad, los niños patinando sobre hielo en la pista de Wollman y cantando villancicos en las calles. Yo también cantaba villancicos. De pequeño. Tenía una capita roja con un cuello blanco y todo eso.

El acompañante de Jane se arrellanó en su silla y sonrió. A las mujeres les encanta esa historia. Nunca deja de conmoverlas.

Jane arqueó las cejas.

—¿De modo que... te vestías como una niña y cantabas villancicos para personas desconocidas? —preguntó perpleja.

—Hombre, yo...

—¿Eres ese tipo de hombre sentimental *new-age* que hace yoga y elabora el pan en casa y llora después de practicar el sexo?

—Da la impresión de que no te caen bien —respondió él con tono de guasa.

—No me caen ni bien ni mal. Me he limitado a hacer una observación. Mi padre me enseñó que es importante estudiar todos los puntos fuertes y débiles de tu adversario antes de entrar en combate. De modo que eso es lo que hago —dijo Jane muy seria. Luego se inclinó hacia delante y prosiguió—: Y para responder a tu pregunta, no, no me encanta esta época del año. La odio. Son dos meses de puro afán comercial y una buena voluntad cursi, empalagosa y ficticia; música enlatada; luces chillonas, espumillón... El mundo entero parece convertirse en un gigantesco centro comercial atestado de personas maleducadas sin el menor autocontrol. Es repugnante.

Increíble. Jane no podía hablar en serio.

—Coincido contigo hasta cierto punto —respondió su acompañante—, pero supongo que lo que me atrae es el recuerdo de lo mágico que era para mí de niño. Al menos dime que cuando eras pequeña creías en Papá Noel.

Jane meneó de nuevo la cabeza, haciendo que le cayeran unos mechones sobre la cara.

—¡Por favor! ¿No te chocaba que hubiera uno en cada esquina? Enseguida comprendí que era un fraude.

Las pupilas de su acompañante se dilataron.

—¿Y el Ratoncito Pérez?

Jane dio un respingo.

—¡Por supuesto que no! Es un invento de unos padres demasiado blandos para calmar a unos hijos consentidos y hacer que acepten la pérdida de un diente. Cuando yo perdía un diente de leche, lo echaba al cubo de la basura y ya está. ¡Por favor, esconderlos debajo de la almohada para que un ratoncillo los recoja a medianoche! Qué estupidez.

¡Caray! Menudo carácter. Esta chica es un monstruo. Un monstruo con unas piernas imponentes, eso sí, pensó su acompañante. Necesitaba darse un respiro.

Se disculpó y se dirigió al lavabo. Durante su ausencia Jane se repantigó en su silla y echó un vistazo al comedor. Había otras mujeres allí que rozaban la treintena, o que la habían sobrepasado, aproximadamente de la edad de Jane, acompañadas por sus parejas. Era el lugar apropiado para este tipo de citas, pues era conocido por su supuesto ambiente romántico. Los muebles eran de ese estilo rústico y desvencijado tan en boga, con desconchones en las paredes y cojines de terciopelo desinflados y raídos. La comida era servida en unos platos que no hacían juego. El tema era una casa campestre en ruinas, un concepto que los hombres creían que propiciaba la intimidad. A Jane le parecía una taberna de aproximadamente 1862 después de ser atacada por el Ejército de la Unión.

Achicó los ojos y frunció el ceño irritada. Observó que todas las mujeres presentes habían pedido ensaladas y paseaban las hojas de lechuga por sus platos con unos cubiertos que no hacían juego, sin probar bocado. Pero esa grosería era una infracción menor comparada con la ridícula forma en que ladeaban la cabeza, se ahuecaban el pelo y se reían de chistes estúpidos, vestidas como las prostitutas de la autovía de West Side. ¿Cuándo comprenderán que a los hombres no les atraen esas tácticas tan burdas y evidentes?

Su acompañante regresó a la mesa. Jane echó otro vistazo a su lista. *¿Deterioro de la moral pública o cine?* En realidad viene a ser lo mismo, pensó sonriendo para sí.

—Dime —soltó Jane sobresaltando a su acompañante, que empezaba a comprender por dónde iban los tiros. Más que una conversación, eso era un interrogatorio acompañado por un chuletón—. ¿Has visto alguna buena película últimamente? —A los hombres les gusta hablar de cine; Jane había leído en cierta ocasión que hacía que se sintieran culturalmente al día.

Su acompañante alzó la vista al techo y reflexionó unos instantes. ¿Respondía con sinceridad y se ganaba otra regañina? No, iría a lo seguro. Trataría de expresarse de modo sofisticado, pero sin darse aires de intelectual.

—Como he cambiado de trabajo, no he tenido tiempo. Pero una de las películas que me apetece ver es *L'amour rouge*, ya sabes, la película francesa que se llevó el primer premio en Cannes.

—Ah, sí. Esa que está llena de escenas de sexo —respondió Jane con tono de reproche—. Típico de los franceses.

—No me digas que tampoco te gusta el sexo.

—No es eso —contestó Jane echándose a reír—. Pero no soporto la forma en que lo representan en la pantalla. Supongo que habrás notado que cada vez que una pareja se lo monta en una película, a los diez minutos la mujer se muestra increíblemente satisfecha. —Jane movió la cabeza como una muñeca articulada—. Siquiera por una vez, me gustaría ver una película en la que la mujer no alcanzara el orgasmo. ¿A ti no?

Joder.

—Mira, cuando un hombre no me satisface, se lo digo sin rodeos —declaró Jane muy ufana.

—¿Qué?

—Se lo digo sin rodeos. Allí mismo, *in situ*. ¿Y sabes que te digo? Que lo agradece. Todos los hombres lo agradecen. ¿Cómo iban a mejorar si no? Pongamos que dentro de un rato vamos a mi casa y resulta que eres un desastre en la cama. ¿No te gustaría que te diera unas pistas para corregir tu técnica?

—¿Unas pistas? ¿En la cama? ¿De ti?

El acompañante de Jane comprendió que tenía que salir de allí. Eso se había convertido oficialmente en una cita en el infierno.

De pronto apareció el camarero.

—¿Han decidido qué van a tomar?

—Tráiganos la cuen...

—A mí me apetece una porción del pastel de chocolate mortal —dijo Jane.

El camarero le sirvió una porción del carrito de los postres y luego él y el acompañante la observaron pasmados mientras ella devoraba los tres pisos de la tarta de chocolate rellena de mousse de chocolate y virutas de trufas. No eran los únicos. Todas las mujeres que había en el comedor se volvieron para mirar a Jane Spring. En Nueva York era una rareza ver a una mujer comer un trozo de tarta. Casi como contemplar un alunizaje. Mientras ella engullía unas cucharadas colmadas de tarta echó un último vistazo a su lista. Cuando su pareja la acompañara a pie a casa, sacaría el tema de la reforma fiscal, o quizá la situación del ejército. No, decididamente la reforma fiscal.

Su acompañante se apresuró a sacar la tarjeta de crédito y deslizarla entre la nota doblada. Después de rebañar su plato, Jane se inclinó hacia delante y le sonrió complacida.

—Lo he pasado estupendamente. Gracias. ¿Cuándo te va bien que quedemos de nuevo? —Sacó su agenda del bolso y la abrió—. ¿Qué te parece el lunes?

—¿El lunes?

Su acompañante se volvió tan bruscamente que por poco se parte una cervical. Eso era surrealista. No estaban siquiera en la misma longitud de onda.

—¿Tienes otro compromiso?

—No. Sí. Quiero decir no. Yo... para ser sincero, no creo que sea una buena idea. Me refiero a que volvamos a salir.

—¿Quieres romper conmigo? —preguntó ella confundida.

—¿Romper contigo? No podemos romper, Jane. Ésta es nuestra primera cita.

—No comprendo —respondió ella perpleja—. Francamente, tenía la impresión de que encajábamos de maravilla.

Su acompañante trató desesperadamente de ocultar su incredulidad.

—Jane. ¡Santo cielo! ¡Por favor! En el espacio de una hora no has hecho más que quejarte y protestar por todo, has atacado mi virilidad, has supuesto que quizá fuera un desastre en la cama, lo cual no es cierto, dicho sea de paso...

—No te he atacado. Jamás haría eso —replicó ella asombrada por esa acusación—. Era simplemente un comentario. Pensé que hablábamos con total franqueza y sinceridad.

—No voy a quedar contigo el lunes, Jane —dijo su acompañante con firmeza.

—¿Es por la película? ¿Esa película francesa? Si estás tan empeñado en verla, de acuerdo, te acompañaré. Aunque te advierto que todas las mujeres fingen...

—Jane, esto no tiene nada que ver con la película —respondió su acompañante bajando la voz, consciente de que quizá les estuvieran observando.

—Vale. No hay problema —dijo ella despachando el tema con un ademán—. Tengo que ir al lavabo. Discúlpame —dijo levantándose de la silla. Su acompañante la observó atravesar el comedor muy tiesa, mirando al frente, con paso firme y decidido.

Jane entró en uno de los cubículos del lavabo y cerró la puerta. Luego bajó el asiento del retrete y se sentó. Por más que trató de contener las lágrimas, respirando profundamente para impedir que se le saltaran, no lo consiguió. Primero emitió unos pequeños sollozos, que enjugó con papel higiénico, luego los sollozos se intensificaron y, por fin, rompió a llorar a lágrima viva.

Jane golpeó la pared con una mano mientras se enjugaba los mocos con la otra.

¿Por qué tiene que pasarme esto continuamente?

«No voy a quedar contigo el lunes, Jane.» Ni nunca más. Porque eso era lo que su acompañante había insinuado. Porque eso era lo que insinuaban todos.

No lo entendía. ¿Es que no soy una buena persona? Honesta, moral, competente. Esa noche tenía la impresión de haber demostrado que era una excelente conversadora. Se había mostrado interesada, había formulado unas preguntas bien preparadas sobre temas de actualidad y había ofrecido unas respuestas escrupulosamente sinceras a todo lo que su acompañante le había preguntado. ¿A qué se debía su fracaso?

Sólo pretendía que un hombre fuera su pareja permanente. Que la deseara. ¿Por qué era una hazaña tan imposible? El de esta noche le gustaba mucho.

Salió del cubículo y se miró en el espejo del lavabo.

—¡Por el amor de Dios, Jane! —gritó abofeteándose—. ¡Contrólate, mujer!

Jane Spring estaba enojada consigo misma por haber llorado, por haber sucumbido a sus emociones. Como diría su padre, era una conducta pusilánime, desobediente e indigna de un soldado.

Un buen soldado nunca llora, solía repetir su padre. Si el general Edward Spring hubiera presenciado esa escena, Jane estaría ahora mismo tumbada de bruces en el suelo haciendo una tanda de abdominales.

Ánimo, mujer, resonó la voz de su padre en su cabeza. *Sal ahora mismo y demuéstrales que no le temes a nada.*

Jane alzó el mentón, enderezó la espalda y regresó con paso decidido a la mesa. No daría a su acompañante la satisfacción de pensar que estaba disgustada.

—¿Nos vamos? —preguntó él.

Al mirar a Jane se quedó impresionado. Tenía los ojos enrojecidos y su rostro había perdido toda su dureza.

—No te parezco atractiva, ¿verdad? —preguntó Jane suavemente. Sabía que para los hombres la belleza era muy importante.

—¿Cómo? —respondió su acompañante con incredulidad. Miró a su alrededor, confiando en que nadie les oyera.

—Por eso no quieres que nos volvamos a ver.

—No, Jane...

—¿No?

—Quiero decir que no es eso. Eres muy atractiva.

—¿Entonces qué es?

—Jane, eres...

—¿Qué?

—¿No lo sabes?

Ése era, en resumidas cuentas, el gran problema de Jane Spring.

Que no lo sabía.

Doris: *¡Esto es ridículo!*

El juez: *Señorita Templeton, deje de hostigar a la testigo.*

Doris: *Es evidente que la han aleccionado. ¡Y sobornado!*

Pijama para dos

2

Jane Spring se levantó de la mesa de la acusación y apretó los labios para ocultar su sonrisa. En toda su carrera como adjunta del fiscal del distrito de la ciudad de Nueva York, recordaba pocos casos tan fáciles como éste. Era pan comido. Hasta un niño habría podido encargarse de la acusación, según se había jactado a sus colegas. ¿Quién podía no reparar en lo afanosamente que el director de banco había declarado que habían desaparecido más de un millón de dólares de la cuenta de su clienta, una tal Goria Markham?

¿Quién no creía más allá de una duda razonable al competente y recto abogado que había preparado unos detallados documentos dando al acusado, un tal James Markham, acceso a las finanzas de la señora Markham a raíz de su curioso, por así decir, matrimonio? (Palabras del abogado.) Y esos testigos habían sido un simple aperitivo para Jane. Ahora había llegado por fin a la mesa el suculento primer plato, más que deseoso, como suponía ella, de ofrecer a los miembros del jurado un festín que jamás olvidarían.

—Señora Markham, según tengo entendido conoció al acusado en un baile de beneficencia, ¿no es así? —preguntó Jane levantándose de la mesa de la acusación y acercándose a la tribuna de los testigos.

Gloria Markham era lo que los franceses llaman una mujer de cierta edad y los americanos habrían calificado como una matrona de Park Avenue, pero Jane opinaba para sus adentros que era una idiota integral. Lucía un traje de lana estampada con flores y unos botones dorados gigantescos que más que vestida parecía tapizada. El pelo plateado de la anciana había recibido tal cantidad de laca que parecía un casco de combate, y su artrosis de cadera la obligaba a apoyar el peso en la pierna izquierda y utilizar un bastón tallado en forma de cisne.

—Es cierto —respondió la señora Markham mirando al jurado.

—¿Y no es menos cierto que su matrimonio, que contrajo tan sólo tres meses más tarde, causó cierto malestar entre su familia? Que conste en acta que la testigo es (la discreción me impide revelar su edad) treinta y cinco años mayor que su esposo. ¿Cierto?

Se oyeron unas risitas entre los miembros del jurado.

—Pero...

—Pero usted le amaba. Y él la amaba a usted. ¿Y qué problema hay en casarse con alguien tan joven como su hijo si están enamorados, según usted?

—Justamente.

Excelente, pensó Jane. Las cosas iban tal como habían ensayado la semana anterior. Observó que a la señora Markham le costaba mirarla a los ojos, aunque lo achacó a los nervios. Pero los miembros del jurado no tenían ese problema. Estaban fascinados por la fiscal rubia que lucía un traje negro y un reloj de submarinista. En realidad, Jane les interesaba más que el juicio. El caso, para ellos, estaba claro: el joven sentado en la mesa de la defensa había desplumado a la mujer vestida como un sofá. Pero la fiscal —¿quién y qué se ocultaba detrás de esas gafas rectangulares y esa mirada inescrutable?— era un misterio digno de ser desentrañado.

Jane se acercó a la tribuna del jurado y se apoyó en la barandilla. Un murmullo recorrió el jurado. Era la primera vez que la veían tan de cerca.

—Señora Markham, ¿no es cierto que la víspera de su boda usted concedió al acusado pleno acceso a sus cuentas corrientes?

—Sí, para que me ayudara con mis finanzas.

Jane miró sonriendo al jurado.

—¿Y cómo la «ayudó» el acusado, señoras y señores? Tres días después de que se casaran el acusado retiró todo el dinero de las cuentas de la señora Markham y se esfumó. ¿No es cierto, señora Markham?

—No —contestó la matrona con firmeza golpeando el suelo con su bastón—. No es cierto.

—¿Cómo? —le espetó Jane—. ¿Qué ha dicho? —Entonces vio con el rabillo del ojo al acusado lanzar a la señora Markham un beso con la mano.

—He dicho que no, que James no me ha robado nada. Él me ama. Esto es un error. Yo le permití que retirara el dinero para una transacción comercial. Yo estaba al corriente del asunto.

Jane Spring achicó los ojos. Ladeó la cabeza y alzó el mentón con gesto de incredulidad. ¿Cómo se atrevía a contradecirla esa matrona embustera? Aunque sabía que no tenía nada de sorprendente. Jane se quejaba siempre de tener que trabajar entre civiles por el mismo motivo: su absoluta falta de sentido del honor. Un juramento no significaba nada para ellos si se presentaba una alternativa mejor. Esta insubordinación merecía ser castigada.

—¿Permiso para considerar a la testigo hostil? —preguntó Jane al juez.

—Permiso concedido.

—Señora Markham, ha declarado que su esposo de treinta y cinco años se casó con usted puramente por amor. Dígame una cosa, me pica la curiosidad. ¿Cree también que Elvis está vivo?

Los jurados se miraron entre sí.

—Protesto, la fiscal está hostigando a la testigo —dijo una voz procedente de la mesa del abogado defensor.

—Lo retiro —dijo Jane.

—Esto es un inmenso error. James nunca...

—Señora Markham, ¿se da cuenta de que está bajo juramento?

—¿Qué?

—No me venga con disimulos —replicó Jane precipitándose hacia la tribuna de los testigos. Acto seguido apoyó el pulgar y el índice doblado debajo del mentón de la señora Markham, una de las técnicas favoritas de los instructores militares para mantener a los reclutas a raya.

—¡Protesto! —gritó el abogado defensor.

—Un juramento es una promesa de decir la verdad —declaró Jane, clavando los ojos en los de la matrona al tiempo que la obligaba a alzar la cabeza—. Si quebranta ese juramento irá a la cárcel.

—Señorita Spring, aléjese de la testigo —le ordenó el juez—. Inmediatamente.

Jane retiró la mano y retrocedió. La señora Markham se frotó la barbilla, aterrorizada.

—Si cree que no me atreveré a encerrar a una anciana delicada en la cárcel, está muy equivocada, señora. Lo haré encantada. Confío en que se haya traído el cepillo de dientes —dijo Jane mirando a la vieja cacatúa a los ojos.

Jane se volvió hacia el jurado y cruzó los brazos. Su mirada cargada de significado decía: «Estoy segura de que os sentís tan asqueados como yo». Podía observarlo en sus ojos cuando de pronto ocurrió algo detrás de ella, en la tribuna de los testigos, y todos desviaron la vista hacia ese lugar. Al parecer la señora Markham se había puesto a gimotear. El juez le pasó un *kleenex*. Los rostros del jurado reflejaban preocupación. Jane emitió una exclamación de protesta.

—Un violín, alguacil, por favor —ironizó, pero nadie se rió de su ocurrencia. Gloria Markham empezó a respirar trabajosamente. Los funcionarios del tribunal corrieron a auxiliarla, pero antes de que llegaran a ella la señora Markham cerró los ojos y se desplomó hacia atrás en su silla. Su bastón cayó al suelo. El jurado emitió una exclamación de asombro colectiva.

Pero Jane Spring no estaba dispuesta a tragarse esa farsa.

—La felicito, señora Markham. Bravo. Me encanta el teatro, aunque por lo general prefiero Broadway. Muy bien, ha conseguido lo que quería, inspirar lástima al jurado, ya puede abrir los ojos.

Pero Gloria Markham no abrió los ojos. El juez asestó unos golpes con el mazo para imponer orden en la sala.

—Avisen a un médico.

Más tarde, en la sala de deliberaciones, los seis hombres y las seis mujeres elegidos para decidir la suerte del acusado estaban indignados. No por el perjurio cometido por la señora Markham, sino por lo ingenuos que habían sido. ¿Cómo era posible que se hubieran dejado engatusar por Jane Spring? La fiscal les había engañado con sus gafas de montura negra y su mirada opaca. Pero no era una secretaria sexy ni de una tímida colegiala, sino una mujer desalmada vestida con un traje insulso que no sabía realzar con los complementos precisos y que había acosado a una anciana porque ésta había defendido al hombre que amaba. Pero en lugar de dejarla en paz, la fiscal la había amenazado hasta hacer que se desmayara.

Era intolerable.

¿Cómo se había atrevido a insinuar que era una determinada persona y mostrarse luego como otra muy distinta?

Sentada en su despacho a la espera del veredicto del caso Markham, Jane Spring sonrió y tarareó una canción mientras respondía a los correos electrónicos que se habían acumulado en su ausencia. Sabía que había impresionado al jurado por haber desafiado a esa detestable y cínica matrona. Como es natural, todos se habían dado cuenta de que el desvanecimiento de la señora Markham equivalía a una confesión de culpabilidad por haber cometido perjurio. Y el espectáculo de los paramédicos reanimándola en el suelo de la sala había despojado a la señora Markham de la poca dignidad que le quedaba. Jane tenía el caso ganado.

O eso pensaba ella. Cuando los miembros del jurado regresaron al cabo de tres horas de deliberaciones y absolvieron al acusado, Jane Spring se desplomó en su silla, estupefacta. Las pruebas no podían ser más claras. El joven se había casado con la señora Markham y luego había desaparecido con su dinero. ¿Cómo podían absolverlo?

De golpe Jane lo comprendió todo. El jurado sabía que el acusado era un timador, pero lo habían absuelto porque la vieja lo amaba. A veces los jurados se dejaban guiar por su corazón. Jane lo había comprobado en multitud de ocasiones. Y le producía náuseas.

John Gillespie, el abogado defensor, se acercó a Jane exhibiendo una sonrisa tan ancha que se le veían las amígdalas. Ese hombre —que tenía todas las de perder— acababa de proclamarse vencedor. A Jane le entraron ganas de vomitar. No sólo había perdido, sino que había sido derrotada por Gillespie. Le odiaba. ¡El muy pomposo, servil, intrigante e hipócrita! ¡Santo cielo, ese tipo trataba con tantos gángsteres y gusanos que se había convertido en uno de ellos! Jane recogió sus papeles y le ignoró olímpicamente.

—Buen trabajo con tu testigo estrella, Jane. ¿Qué técnica piensas utilizar la semana que viene? ¿Atarlos al potro y arrojarles fruta podrida?

—Sabes tan bien como yo lo que ocurrió. El jurado se compadeció de ella. Pero yo sé que tú sabes que aún no he terminado con tu cliente, Gillespie. Voy a recurrir.

¿Sabía realmente Jane Spring lo que había ocurrido?, se preguntó el juez que presidía el tribunal. Era indudable que había presentado un caso sólido. Pero el juez, que había asistido a numerosas actuaciones de Jane Spring como fiscal —todas magistrales, ambiciosas, demoledoras—, sabía una cosa que ella aún no había comprendido. A veces era su peor enemiga.

Doris: ¡Esto es el colmo!

Pijama para dos

3

Susan comprendió que su jefa había perdido incluso antes de verla. Lo sospechó al oírla dirigirse desde los ascensores hacia su despacho. Por lo general Jane caminaba tan deprisa que Susan tenía que apretar el paso para seguirla. Lo cual no es empresa fácil cuando llevas unas botas atadas con cordones y unos tacones de aguja. Pero en esos momentos Jane avanzaba con un caminar semejante al paso de la oca lento, que Susan sabía que sólo ocurría cuando la señorita Spring estaba que echaba chispas, lo cual significaba que el veredicto no había sido el que deseaba.

Aguzó el oído mientras los zapatos que normalmente pasaban junto a ella a toda velocidad aterrizaban en el suelo pesadamente en intervalos de un segundo. Izquierdo. Derecho. Izquierdo. Derecho. Susan oyó que se aproximaban y de pronto se detuvieron junto a ella.

—Hemos perdido.

—Lo siento.

—¡Son unos imbéciles! ¡Todos ellos! Presenté tantas pruebas que hasta un ciego nadando en un lago oscuro a medianoche las habría visto. Esa matrona se burló del sistema judicial, Susan.

—Sí, señorita Sp-Ring.

Jane abrió la puerta de su despacho de una patada y entró. Susan espiró el aire que había contenido. Eso no era nada, pensó, comparado con lo que la señorita Spring era capaz de hacer cuando estaba contrariada. En cierta ocasión, después de perder un juicio, había humillado a Susan criticándola durante quince minutos por la forma en que articulaba, mejor dicho, no articulaba, el inglés.

—No «inquirimos» a ciertos testigos si desean ser escoltados por la policía hasta el tribunal, que aparte de incorrecto suena absurdo, sino que lo «requerimos» si no te importa. ¿Vale?

A Susan le parecían increíbles los seis meses que llevaba trabajando para Jane Spring en la División de Juicios Penales, los cuales le parecían seis años. No es que estuviera enamorada de su antiguo jefe de la División de Juicios Civiles, ese asqueroso prepotente que no recordaba nunca su nombre y la llamaba Sally, Cindy o Sandy, según el día, pero al menos Susan podía escuchar su IPod, leer el *National Enquirer,* jugar al póquer por Internet y pintarse las uñas sin que él se diera cuenta. Y si se daba cuenta, al menos no le echaba la bronca. Pero a la señorita Spring le encantaba largar sermones. Y pronunciamientos. Lo hacía a la primera de cambio.

Susan, esto no es una discoteca. Se acabaron los pantalones ajustados, si no te importa.

No quiero verte leyendo esas revistas tan estúpidas en el despacho, Susan.

¿Laca de uñas azul? Espero que mañana te la hayas quitado, Susan.

Haz el favor de tirar ese chicle, Susan. No atendemos el teléfono mascando chicle.

No dirijo un casino, Susan. Te prohíbo que juegues a las cartas en tu ordenador en horas de oficina.

No te comas las frases, Susan. Haz el favor de hablar con claridad.

Guarda ese artilugio, Susan. Aquí no escuchamos música mientras trabajamos.

Celebro que tengas amigos aquí, Susan, pero quedarte a charlar con ellos cuando tienes trabajos pendientes es una conducta insubordinada. No vuelvas a hacerlo, si no te importa.

¡Dios!, a la señorita Spring le convendría no ser tan estirada y organizarse mejor la vida, pensaba Susan cada vez que su jefa la reprendía.

Jane Spring buscó en su mesa la pila de mensajes de rigor. Pero no vio ninguno. Es imposible, pensó, he estado fuera seis horas, aunque también es muy posible dado que Susan la Holgazana ha atendido los teléfonos. Así apodaba Jane a su secretaria, Susan Bonfiglio: Susan la Holgazana. En privado, por supuesto. Jane no se quejaba nunca a los otros letrados de su equipo, Jesse y Graham, o a la tonta de Marcie Blumenthal, de sus estúpidas, incompetentes y gandulas secretarias porque ella también había tenido una legión de inútiles y se había convertido en un chiste en la oficina. Jane había hecho que desaparecieran tantas secretarias sin dejar rastro que parecía como si trabajara para la mafia. Pero no tenía nada de divertido.

Susan la Holgazana supuso que Jane Spring permanecería en su despacho al menos una hora después de haber perdido el caso, rumiando malhumorada su derrota, como solía hacer. Sabiendo que disponía de ese margen de tiempo, decidió vulnerar dos reglas jugando unas partidas de Texas Hold'em en Internet y abriendo una lata de Coca-Cola. *(No quiero ver ninguna lata en la mesa, Susan.)*

—¿No tengo ningún nuevo mensaje, Susan?

Jane Spring la había pillado desprevenida, y Susan la Holgazana soltó un grito al tiempo que dio un brinco en su silla, derribando el teléfono, que hizo que volcara la lata de refresco, que hizo que la Coca-Cola *light* se derramara por toda la mesa. Cuando ocurren esas cosas en las comedias de la tele, todo el mundo se parte de risa.

Pero Jane Spring no se rió cuando Susan la Holgazana recogió todos los papeles que tenía a su alcance, incluyendo un montón de deposiciones recientes, que utilizó para limpiar el desaguisado. Jane achicó los ojos y cruzó los brazos.

—¿No te dije que no quería ver ninguna lata en la mesa, Susan? Creo que te lo dije, y espero que ahora comprendas el motivo. Cuando te doy una orden, espero que la obedezcas, si no te importa. Que no vuelva a suceder. ¿De acuerdo?

—Sí, señorita Sp-Ring —rezongó Susan la Holgazana.

Jane siguió de pie junto a su secretaria mientras ésta limpiaba la mesa. ¡Santo cielo!, hoy es peor que ayer, pensó observando la última encarnación en materia de moda de Susan la Holgazana. El agua de Brooklyn debía de contener alguna sustancia extraña. Era la única explicación. Jane no cesaba de maravillarse por las preferencias de su secretaria en cuestión de ropa, su afición por unos pantalones de talle bajo tan ceñidos que cuando se sentaba enseñaba los michelines y unas camisas cuyos botones superiores se negaban a permanecer cerrados. Todo ello acentuado por una melena salvaje con reflejos rosáceos —a veces azules—, un bronceado de bote y una guirnalda de rosas tatuada alrededor del tobillo derecho. Por no hablar del *piercing* en el ombligo. Una minúscula campana colgada del aro que lo atravesaba, que hacía que cada vez que su secretaria pasaba junto a ella sonara como si alguien tocara la campanita para que le sirvieran la comida.

—Caramba, qué desastre. Parece que alguien se ha metido en un pequeño lío —dijo una voz masculina que Susan la Holgazana no reconoció. La secretaria alzó la vista al tiempo que Jane Spring se volvió para averiguar quién se estaba refocilando con el espectáculo. Era John Gillespie, que las observaba con expresión divertida.

—Menudo día tienes hoy, Jane. Una catástrofe tras otra. Primero pierdes un juicio que tenías en el bolsillo. Luego tu secretaria convierte los papeles del caso en papel maché. Tengo curiosidad por ver qué ocurrirá a continuación.

—¿Tienes una cita, Gillespie, o has venido para divertirte un rato? Porque en tal caso, no te molestes. Si la memoria no me falla, tu promedio de absoluciones es del treinta y cuatro por ciento, mientras que mi promedio de condenas es del ochenta por ciento. Por más que sonrías, creo que estarás de acuerdo en que las estadísticas no mienten. Te llevo mucha ventaja, Gillespie, y hoy, pese a que he tenido una jornada muy dura, no cambia el dato —dijo ella sonriendo satisfecha.

—Gracias por tu delicado recordatorio, Jane. Eres muy amable. En realidad, he venido para saludar a Graham.

Susan la Holgazana le miró con curiosidad. De no haberse encontrado en una situación bastante apurada, habría gozado contemplando cómo el señor Gillespie le cantaba las cuarenta a su jefa.

—Es la última puerta a la derecha. Bien, Susan, volviendo a lo nuestro, ¿qué hay de mis mensajes?

Susan la Holgazana señaló una pelota de papel chorreando formada por una mezcla de deposiciones y, según calculó Jane, unos diez mensajes.

—Ahí los tiene, señorita Sp-Ring. Si quiere, intentaré rescatarlos, pero...

—No. Déjalo estar, Susan. Creo que te resultaría bastante difícil, teniendo en cuenta que están a punto de convertirse en un monigote.

—¿Qué?

—No se dice «qué», sino «cómo dice».

—Lo siento, señorita Sp-Ring.

—Bien, espero que te sirva de escarmiento. ¡Esos civiles! —exclamó Jane indignada.

Regresó a su despacho con paso decidido, haciendo que su cola de caballo se agitara de un lado a otro. Susan la Holgazana se inclinó disimuladamente sobre su mesa para observar a Graham saludar a John Gillespie en la entrada de su despacho. Luego tiró el resto de los papeles empapados a la papelera y se secó las manos en el pantalón. Tras lo cual prosiguió con su partida de póquer.

Doris: Ese hombre no sabe terminar una frase sin una proposición.

Confidencias a medianoche

4

Graham Von Outen era uno de los cuatro abogados criminalistas del equipo de Jane en la División de Juicios. No era el abogado más inteligente del grupo —Jane sabía que ese honor le correspondía a ella—, pero de todos sus colegas era en quien confiaba más. Habían trabajado juntos en varios casos y seguían dirigiéndose la palabra, cosa que todos los de la división sabían que era una imposibilidad estadística. Pero Graham era un trabajador infatigable —su entrega profesional era comparable a la de Jane—, lo cual le había valido el respeto de ésta, que valoraba mucho la entrega; así era como la habían educado. ¿Cómo era posible que Graham fuera amigo de ese impresentable de John Gillespie? Jane suponía que la amistad entre ambos era uno de los muchos enigmas, entre tantos otros típicamente masculinos, que nunca lograría desentrañar.

Café. Necesito café, pensó. Eso me calmará. Sólo Jane Spring podía aplacar sus nervios con una dosis doble de cafeína. Al salir de su despacho se llevó una grata sorpresa al comprobar que Susan la Holgazana estaba trabajando, reimprimiendo las deposiciones que había ahogado en el refresco antes. Jane echó a andar por el pasillo hacia la cocina. Pasó frente al despacho de Jesse, que estaba vacío porque éste había salido para preparar a unos testigos para el siguiente juicio, el de Marcie, atestado de revistas de novia, y finalmente el de Graham, donde vio a través del resquicio de la puerta a John Gillespie sentado en el sofá. Jane mantuvo la vista al frente y apretó el paso. Café, se dijo una y otra vez. Ahora café. Cuando llegue a casa un copazo.

Pero el despacho de Graham compartía un tabique con la cocina, de modo que por más que procuró no escuchar la conversación no pudo evitarlo. O no quiso. Aunque las voces eran tenues, si se acercaba lo suficiente a la pared, podía oír lo que decían. Y cuando una oye mencionar su nombre, ¿qué va a hacer?, ¿marcharse?

—Sí, claro, a ti no te importa porque no tienes que comparecer frente a ella —dijo Gillespie.

—Oye, John, nunca he dicho que esté enamorado de ella; sólo digo que no es Iván el Terrible. Jane puede ser agresiva, desde luego, pero su promedio de absoluciones es el más alto de...

A Jane le complació que Graham la estuviera defendiendo. A fin de cuentas, eran amigos.

—¿Agresiva? Yo no calificaría lo que presencié hoy de «agresivo». Jane machacó a una anciana, Graham. La maltrató y luego la amenazó con meterla en la cárcel. La mujer se desmayó.

—¿Y qué? Eso no es nada. En cierta ocasión envió a un tío al hospital con dolores en el pecho. ¡Un hombre de treinta y cinco años en la plenitud de la vida!

—¿Lo ves? Te aseguro que esa mujer es una psicópata.

¿Yo soy una psicópata?, pensó Jane. El muy cabrón. Cumplí con mi obligación, eso es todo.

—¿Sabes qué te digo? —prosiguió Gillespie—. Al margen de que Jane sea insoportable, está imponente.

—Sí, ya.

¿Insoportable, yo?

—Debajo de ese traje que lleva que parece un saco se oculta un cuerpo estupendo —continuó John Gillespie—. Estoy seguro. Enseguida me doy cuenta de esas cosas. Y si se soltara ese nudo con que se recoge el pelo...

Jane se llevó la mano a la nuca y se tocó la cola de caballo.

—... me la tiraría.

—Yo también. Pero a condición de que tuviera la boca cerrada, lo cual, amigo mío, no ocurrirá nunca —dijo Graham.

Los dos colegas se echaron a reír, esta vez más fuerte, y Jane estaba segura de haber oído el sonido seco de la palma de una mano chocando con otra. Se quedó helada. ¿Cómo se atrevía Graham a hablar de ella en esos términos? ¡Creía que eran amigos!

Jane Spring no podía salir de la cocina y pasar frente al despacho de Graham después de lo que acababa de oír, de modo que se quedó allí, bebiendo otras dos tazas de café y contando los azulejos del fregadero. Aparte del subidón de adrenalina al oír mencionar su nombre y el de la cafeína, otra sensación la invadió a Jane Spring mientras se hallaba atrapada en la cocina. Dolor.

Jane no podía quedarse en la cocina eternamente. Tenía un trabajo que terminar, al igual que Susan la Holgazana, que si no la controlaba, dedicaría las fugaces horas de la jornada laboral a jugar al póquer por Internet y charlar con Denise, la secretaria de Graham. ¿Qué temas urgentes tenía que comentar una madre cincuentona de cuatro hijos con una refugiada de la MTV de veinticuatro años con un *piercing* en el ombligo? ¡Esos civiles! No sentían ningún respeto por la cadena de mando ni la obligada deferencia por la edad de una persona. Lamentable.

Jane se apoyó de nuevo en la pared, aliviada de comprobar que la conversación giraba ahora en torno al Super Bowl. Pasó rápidamente y con la cabeza bien alta frente al despacho de Graham y regresó al suyo. John Gillespie se despidió de Graham y quedó con él para tomar unas copas dentro de unas semanas. Cuando sus pasos se aproximaron al despacho de Jane, ésta fijó los ojos en su ordenador. En éstas oyó gritar a Marcie, lo cual la sobresaltó. Marcie llevaba varios días muy calladita en su despacho. Según ella, ocupada con declaraciones de unos testigos. Jane sospechaba que examinando vestidos de novia.

—¡John Gillespie! ¿Cómo estás? —gritó Marcie saliendo apresuradamente de su despacho.

Para ser una mujer que sólo medía uno sesenta de estatura y pesaba cincuenta kilos mojada, sabía hacer notar su presencia.

—¡Cielo santo! No te vi entrar —exclamó con tono estridente.

—Yo tampoco te vi a ti —mintió él. Claro que la viste, pensó Jane, pero Gillespie, como la mayoría de las personas que conocían a Marcie, la evitaban como a la peste. No es que Marcie sea antipática. Ni tonta. Ni una mala abogada. Lo que ocurre es que sólo piensa en sí misma. Después de oír a Marcie hablar sobre su última dieta («Ya he perdido un kilo y medio, Jane»), sus técnicas de yoga («No te imaginas cómo ha cambiado mi vida, Jane») y la última ganga que ha comprado en eBay («¡Un auténtico chollo!»), procuras esconderte cada vez que te topas con ella. Dejas de preguntarle cómo ha pasado el fin de semana. Porque te importa un comino.

Jesse decía que Marcie era como un aria: yo, yo, yo, yo. Y desde que tenía novio e iba a casarse, había pasado de insoportable a intolerable.

—¿Cómo estás? —le preguntó John Gillespie consultando su reloj.

—¿Que cómo estoy? —contestó ella con expresión coqueta. Jane se estremeció. Había oído el rollo mil veces en las dos semanas desde que Marcie había salido triunfante de Tiffany's luciendo un anillo de compromiso con un brillante de seis quilates. Jane sabía exactamente lo que iba a ocurrir a continuación. Marcie empezaría a gesticular con la mano izquierda, con el dedo anular extendido, como si cazara moscas, y con la mano derecha a la espalda—. Llega usted demasiado tarde, caballero, ¡me voy a casar! —exclamó Marcie casi metiéndole el anillo a John Gillespie por la nariz —. ¡Mira!

Él fingió interesarse en el anillo, como hacía todo el mundo a quien se lo mostraba; y, créanme, se lo mostraba a todo el mundo. Cuando anunció que su novio Howard y ella iban a ver al Dalai Lama en Central Park, todos supusieron que era para enseñárselo también al Dalai Lama.

—¡Enhorabuena! —dijo John Gillespie—. ¿Cuándo es la boda?

—En marzo. En el Waldorf. Luciré un vestido de Vera Wang.

¿Vera quién?, pensó Jane tecleando frenéticamente en su ordenador.

—Es estupendo —dijo él—. Tu novio es un tipo con suerte —añadió con un tono en el que el sarcasmo apenas era detectado por el radar, pero que si uno aguzaba el oído lo captaba perfectamente. Jane se preguntó si John Gillespie detestaba a Marcie tanto como ella. Y en tal caso, ¿eso excluía que deseara acostarse también con ella? ¿O creía Gillespie que sólo merecía la pena tener un rollete con Jane?

Observó a John Gillespie despedirse de Marcie con un abrazo y echar a andar hacia el ascensor. Tras esperar unos minutos, furiosa y dolida aún, se dirigió al despacho de Graham. Susan la Holgazana la siguió con la vista. Jane Spring no estaba dispuesta a pasar por alto los comentarios que el señor Van Outen había hecho, aunque fuera en el transcurso de una conversación privada.

«La deslealtad entre la tropa es inaceptable, Jane. Jamás puede quedar impune.»

Entendido, señor.

El despacho de Graham estaba desierto.

—¿Dónde está? —preguntó Jane bruscamente a Denise.

—Arriba. En la biblioteca de derecho.

Jane subió apresuradamente los ocho tramos de escalera hasta llegar a la biblioteca de derecho. Los ascensores eran para gente perezosa. Los civiles sin ninguna autodisciplina. Cuando salió de la puerta de incendios, halló a Graham sentado ante una mesa larga de nogal tomando notas de un libro de derecho.

—Necesito preguntarte una cosa, letrado —dijo jadeando.

Graham alzó la vista y sonrió con expresión jovial.

—Me siento halagado. No todos los días Jane Spring me pide consejo. Adelante.

Ella le miró de arriba abajo.

—Es increíble que te hayas puesto esa camisa. ¿Sabes que ese diseñador fabrica toda su ropa en talleres donde explotan a la gente? Probablemente ha sido confeccionada por una niña de seis años que debería estar en la escuela en lugar de trabajando.

—Pues ha hecho un trabajo excelente.

—Muy divertido, señor Van Outen. Ahora contesta a esta pregunta —dijo Jane cruzando los brazos—: ¿Cómo es que quieres acostarte conmigo, pero nunca me has pedido que salgamos?

Las dos bibliotecarias y los tres abogados que estaban sentados cerca se volvieron.

—¿Qué? —preguntó Graham estupefacto.

—Ya me has oído. —Jane Spring se sentó frente a él—. Hace un rato os oí a John Gillespie y a ti bromear sobre que no os importaría follarme, pero que nunca me invitarías a cenar. Eso fue más o menos lo que dijisteis, ¿no?

A Graham se le borró la sonrisa del rostro.

—Era una conversación privada, Jane —murmuró.

—Que yo escuché.

—Escuchar las conversaciones privadas es un delito.

—Sólo cuando es a través de medios electrónicos.

—Jane, yo...

Aunque las bibliotecarias y los abogados procuraron disimular, no pudieron dejar de observar la escena de refilón. Eso era más divertido que lo que suele oírse en la biblioteca de derecho.

Jane se repantingó en su silla con gesto abatido.

—¿No podríamos seguir hablando de esto en otro lugar?

Ella cruzó los brazos.

—No. Respóndeme ahora, letrado.

Graham Van Outen estaba atónito. Cómo una mujer tan inteligente como ella no se daba cuenta del espectáculo que estaba dando.

—Mira, Jane. Era una conversación entre dos tíos. Hablando de tonterías. No tiene importancia.

—Contéstame, letrado, o te denunciaré al Colegio de Abogados por haber salido con una jurado del juicio Wheatley.

A Graham Van Outen se le cayó el alma a los pies. Sabía que haber invitado a esa jurado a una copa había sido un error.

—¿Puedes repetirme la pregunta?

Jane suavizó su expresión. Frunció los labios y Graham comprendió que estaba a punto de romper a llorar. Se preguntó si no estaría soñando. Jamás había visto a Spring tan... dolida. Tan... humana.

—¿Por qué los hombres no me veis como vuestra posible novia? —se quejó suavemente—. Siempre me pasa lo mismo con vosotros. Al principio os mostráis interesados, pero luego os esfumáis. El sábado por la noche salí con un tipo que me plantó después de la primera cita. El anterior lo hizo después de dos citas. ¡Y me había acostado con él! Lo lógico habría sido que me hubiera invitado a salir de nuevo para volver a acostarse conmigo. ¡No lo entiendo! ¿Por qué me dejan todos?

Graham respiró hondo.

—¿No lo sabes? —preguntó.

Jane Spring negó con la cabeza. Estaba a punto de echarse a llorar, pero se contuvo. Su arrebato en el lavabo el sábado por la noche había sido una vergüenza. Una grave muestra de debilidad de carácter. Se había jurado que no volvería a ocurrir.

—Jane, los hombres queremos ciertas cualidades en una mujer que...

—Que yo creí tener. Que sé que tengo.

Graham comprendió que el caso requería que tratara a Jane con gran delicadeza.

—Veamos, ¿qué cualidades crees que los hombres buscamos en una mujer?

—Absoluta honestidad. Disciplina. Puntualidad. Inteligencia. Sentido del deber. Ambición. Competencia profesional. Saber acatar e impartir órdenes.

Has omitido ser una mujer castradora, agresiva e insultante, pensó Graham, pero no quería un enfrentamiento con Jane Spring. De modo que se limitó a decir:

—Caray.

—¿Caray qué?

—Es interesante que creas que los hombres quieren esas cosas en una mujer.

—¿No es así?

—No, sí, sí —contestó Graham sarcásticamente—. No hay nada que un hombre desee más que una mujer puntual, disciplinada y que sepa impartir y acatar órdenes.

—Por eso no entiendo cuál es el problema.

A Graham le parecía increíble que una persona tan inteligente pudiera no darse cuenta de cómo era. Claro está que quién sabe realmente cómo le ven los demás.

—Lo malo, Jane, es esa lista que has enumerado. No son las únicas cualidades que un hombre busca en una mujer. Hay otras cosas.

Graham deseaba fervientemente conducir la conversación por otros derroteros. Tenían ahora un nutrido público pendiente de ellos, aunque a Jane no parecía importarle.

—¿Insinúas que si no añado esas otras «cosas» a mi repertorio, no conseguiré nunca que un hombre me quiera?

—Yo no he dicho eso.

—Por supuesto que sí, letrado. Es exactamente lo que dijiste en tu despacho. Que no saldrías nunca conmigo tal como soy ahora.

Graham tenía unas ganas locas de marcharse. Y decidió hacerlo. Se levantó.

—Siéntate, letrado. No permitiré que te vayas hasta que me hayas dado unas respuestas.

Él comprendió que no tenía escape. Porque lo curioso de Jane Spring era que dentro de ese exterior masculino latía el corazón de una mujer. Ella reafirmaba las ideas de su padre de que, en lo tocante al amor, los civiles eran unos seres superficiales, egoístas y autocomplacientes, pero ella misma parecía sufrir también esa maldición. Al margen de lo que uno opinara de ella, Jane siempre había sentido un intenso amor, o deseo sexual, hacia los hombres. Uno de ellos, concretamente, la había hecho suspirar como una adolescente obsesiva, pero esos sentimientos nunca habían sido correspondidos. Y aunque Jane estaba enojada consigo mismo por desear amor, lo ansiaba desesperadamente. No sólo cualquier tipo de amor, sino como el que se ve en las películas antiguas, ya saben, el Amor con mayúsculas.

Graham se sentó. Jane arrancó una hoja de su bloc de notas y le arrebató el bolígrafo de la mano. Acto seguido escribió los números del uno al diez en el lado izquierdo de la página, de arriba abajo.

—Bien, estoy lista. Suéltalo. Dime qué más desean los hombres.

Graham miró el papel, estupefacto.

—Jane, no entiendo por qué te trastorna tanto este tema.

Era cierto. La había visto furiosa en muchas ocasiones, pero nunca tan alterada emocionalmente. ¿Un hombre la deja plantada y se lleva el gran disgusto? Spring no había demostrado sentir ningún dolor cuando había enviado el año pasado a una mujer embarazada a la cárcel. ¿Y organizaba un numerito en la biblioteca por un tío?

—Tengo mis razones, señor Van Outen.

—Como quieras, Jane. Tú mandas.

—Ya lo sé —contestó ella con tono exaltado—. A los hombres os gustan las mujeres que saben hablar de baloncesto. En mi casa sólo hablábamos de fútbol. No sé una palabra sobre baloncesto. Entiendo que eso pueda ser un contratiempo.

Jane escribió «Hablar sobre baloncesto» junto al número uno.

—No es eso —respondió Graham suavemente. Estaba decidido a decirle la verdad. Estaba dispuesto a decirle: los hombres te dejan porque las cualidades de tu lista en lugar de atraerles les repelen. Nos importa un comino el deber, el honor y la puntualidad. Nos importa un comino que hayas sacado una nota más alta que nosotros en el examen de fin de carrera. Pero sabemos que tú haces que nos sintamos inferiores. Y nos preocupa que pienses que hacer que una anciana se desmaye en la tribuna de los testigos no tiene mayor importancia.

Graham se detuvo. Comprendió que no quería convertirse en el Henry Higgins de Jane Spring. Ya había dicho demasiado. Si ella quería convertirse en el tipo de mujer que gusta a los hombres, tendría que arreglárselas solita.

—No lo entiendo —dijo Jane exasperada al tiempo que tachaba la frase «Hablar sobre baloncesto»—. ¿Entonces qué queréis los hombres? Tienes que decírmelo —suplicó a Graham.

Él consultó su reloj, recogió su bloc de notas y su libro de derecho y se levantó.

—Caray, son casi las seis. Tengo que apresurarme. Mira, eres la mujer más inteligente que conozco, Jane. Quizá la mujer más inteligente de Nueva York. Resuélvelo tú misma.

De pronto Jane Spring experimentó por primera vez en su vida una emoción desconocida hasta entonces.

Confusión.

Doris: *¿Qué se supone que debo hacer?*
¿Salir a la calle y pedir al primer hombre
con quien me tope que suba a mi casa?

Ama de llaves: *No haga eso, señora.*
No da resultado.

Confidencias a medianoche

5

Sigmund Freud dedicó toda su vida a tratar de responder a una pregunta: ¿qué quieren las mujeres? Jane Spring dedicaba ahora cada minuto desde su *tête-à-tête* en la biblioteca a meditar sobre ese dilema a la inversa: ¿qué quieren los hombres?

Al llegar a casa, abrió el frigorífico y sacó una botella de vino blanco, se sirvió una copa y se dirigió a la sala de estar, donde se sentó en su sofá de cuero negro. Aunque estaba en su casa, aunque su padre se encontraba a cien kilómetros de distancia y no era probable que apareciese y la abroncara, Jane se sentía incapaz de apoyar los pies en la mesita de café. De modo que se sentó delante del televisor, muy tiesa, y cruzó las piernas educadamente, tal como se había sentado a la mesa de la acusación en el tribunal.

Jane tomó el mando a distancia y encendió el televisor. Lo apagó. Volvió a encenderlo. Lo apagó. Menudo día he tenido, pensó. Espero no volver a tener otro parecido hasta dentro de mil años. Primero pierdo el juicio ante el impresentable cretino de Gillespie, luego tengo que descodificar el inescrutable consejo de Graham Van Outen a los amantes despechados. Ambas cosas eran imposibles de descifrar.

Entró en su dormitorio, se arrojó sobre la cama y tomó el teléfono. Imagino la cara que pondrá Alice cuando le cuente la conversación de Graham y Gillespie. Y cuando le explique la escena en la biblioteca de derecho. Se sentirá tan asqueada como yo. La idea de llamar a Alice, una amiga a carta cabal, animó y reconfortó a Jane. Alice Carpenter entendía el valor de la lealtad. Aunque se hallaba a varios miles de kilómetros de distancia, había sido su mejor amiga desde primer curso, y Jane sabía que nunca la defraudaría.

Consultó su reloj. San Francisco tenía tres horas de retraso con respecto a Nueva York; Alice estaría aún trabajando. Daba lo mismo. Esta conversación no podía esperar. Jane marcó la extensión del puesto de las enfermeras en la cuarta planta de St. Mary's Hospital.

—Hola, Jane... No, Alice está atendiendo a un paciente; le diré que has llamado —dijo una voz en el otro extremo de la línea telefónica.

Malditos pacientes civiles, pensó Jane; tiró el inalámbrico sobre la cama. Siempre están quejándose, siempre quieren algo. ¡Enfermera, me estoy desangrando! ¡Enfermera, no siento las piernas ni los brazos!

Alice también era hija de militar, pero a diferencia de Jane, sólo había asistido a la escuela en bases militares de niña. Todos los institutos en los que había estudiado eran civiles. Por consiguiente, ella había experimentado antes de cumplir los diecisiete años muchas cosas que Jane jamás había soñado, como fumar marihuana y asistir al baile de fin de curso con un chico civil.

Alice no sólo tenía una mayor tolerancia hacia los civiles, sino que los comprendía mejor que Jane. De hecho, apreciaba a los civiles en el sentido más amplio que podía apreciarlos una hija de militar. Se había casado con uno.

—Hola, Springie, soy yo —dijo Alice alegremente por teléfono al cabo de diez minutos—. ¿Has ganado? Supongo que habrás ganado, ¿no? Mi mejor amiga —dijo con orgullo—, que limpia las calles de Nueva York de timadores.

—No exactamente.

—¿Cómo?

—Es complicado. Mi testigo estrella me traicionó.

—Joder, Springie. Lo siento.

—Aún no te he contado lo mejor.

—¿Sobre el juicio?

—No, sobre mi jornada.

Jane explicó a Alice los siniestros detalles de todo lo que había acontecido durante las doce últimas horas, empezando por los tres kilómetros de rigor que nadaba cada mañana en la piscina del club, pasando por la infernal debacle en el tribunal y la disección por parte de Graham y Gillespie de sus cualidades o ausencia de cualidades, y terminó con su encuentro con el señor Van Outen en la biblioteca.

—¡Dijo que yo era insoportable!

—Lo siento, Springie. Es horrible.

—Y que no tengo las suficientes cualidades que los hombres desean en una mujer —dije Jane quitándose los zapatos de una patada—. ¿Has oído alguna vez algo más ridículo?

Alice respiró hondo. Quizá había llegado el momento de decir algo al respecto, puesto que Jane había sacado el tema. Había pensado en decirle lo que pensaba en otras ocasiones, cuando el abogado de causas civiles la había dejado plantada porque ella le ganaba siempre al squash y decía a todas sus amigas que el tío era un desastre como deportista, o cuando había informado al médico que estudiara un cursillo de anatomía femenina porque no tenía remota idea de cómo satisfacer a una mujer. Pero en ambas ocasiones se había mordido la lengua.

Alice sabía que los hombres civiles probablemente consideraban a Jane demasiado inflexible, demasiado franca para su gusto, pero confiaba en que con el tiempo descubrieran sus otras cualidades: su pasión por la justicia, su sentido del deber, su inquebrantable lealtad. ¿Quién era capaz de dejarlo todo en medio de un juicio para volar a San Francisco y permanecer a la cabecera de su cama cuando se le había reventado el apéndice? Jane.

Alice respiró hondo.

—Verás, Springie, puede que Graham tenga razón.

Al otro lado de la línea telefónica se produjo un silencio sepulcral.

—Yo... no afirmo que él esté en lo cierto, sólo que merece la pena meditar sobre lo que te ha dicho. Piensa en ello.

—Es increíble que te pongas de su lado.

—No me pongo de su lado, Springie. Tú eres la abogada, examina las pruebas.

Alice contuvo el aliento. Quería a Jane, y sabía que la había herido. Pero hacía mucho tiempo que esperaba que resolviera ella misma ese problema y, francamente, necesitaba ayuda.

—Los hombres siempre rompen contigo, Springie. ¿No te dice eso nada?

—Pero si soy estupenda —contestó Jane echándose a llorar.

—Ya lo sé —dijo Alice—. A ver, enfoquémoslo desde otro punto de vista. Cuando estás ante el tribunal y tu estrategia no funciona, cambias de estrategia, ¿no es así?

—Sí, pero...

—No sólo tienes que cambiar de táctica en el tribunal, Springie, sino también en la vida. No sé lo que haces cuando sales con un chico, pero tengo la impresión de que no funciona. Tienes que buscar otro sistema.

—¿A qué te refieres?

En esos momentos Jane odiaba a Alice. ¿Quién era ella para darle consejos? Se había casado con su primer novio, con el que aún seguía casada. No había tenido que pasar ni un minuto en las trincheras de las citas; Jane llevaba en ello casi veinte años. Gracias, Alice, pero no hace falta que me digas cómo debo comportarme cuando salgo con un chico, pensó.

—Vamos. Ánimo, Springie. Debo irme. La cama siete necesita morfina. No pienses más en ello esta noche; ya hablaremos mañana.

Jane arrojó el inalámbrico por segunda vez esa noche. Se levantó de la cama y volvió al cuarto de estar, tomó su copa de vino y apoyó los pies en la mesita de café. Pero los retiró enseguida. En éstas comenzaron los quejidos y gemidos en el piso de arriba. ¡Mierda! Sólo faltaba que se lo restregaran por las narices. Los vecinos de Jane, los Tate («¡Hola, somos los Tate! Tienes que venir un día a casa a tomar una copa»), llevaban casados menos de un año. Estaban aún en esa fase en la que practicaban el sexo cada dos horas, y de forma tan sonora que se enteraban todos los vecinos.

A juzgar por el sonido de sus sofocados gemidos y los muebles que derriban, esa noche habían empezado en el recibidor y en esos momentos se encontraban justamente encima de Jane, tumbados en el sofá del cuarto de estar. Con suerte, atravesarían todo el apartamento hasta acabar en la cocina, como habían hecho anoche.

En ese caso, Jane no tendría que escuchar los quejidos de él y los fingidos gemidos de placer de ella en sonido envolvente. Entretanto, hizo lo único que una abogada fría, serena y dueña de sí haría en esas circunstancias. Encender el televisor. Subir el volumen a tope. Cualquiera que entrara en el edificio pensaría que los ocupantes del apartamento 5 R estaban viendo una película porno, mientras que la inquilina del 4 R seguramente estaba sorda como una tapia.

Bebió otro sorbo de vino y reprodujo mentalmente la conversación que había tenido con Alice, tratando de ignorar el ruido de la televisión y el ventilador del techo, que había empezado a temblar debido a las convulsiones de los Tate.

«No sólo tienes que cambiar de táctica en el tribunal, Springie, sino también en la vida. No sé lo que haces cuando sales con un chico, pero tengo la impresión de que no funciona.»

Pero ¿qué querían los hombres que ella no les ofrecía? Jane estaba desconcertada. ¿Que hablara con ellos de baloncesto? Graham había rechazado esa idea.

¿Mejores modales a la mesa? Los de Jane eran impecables. Aunque no le gustara lo que le sirvieran, se lo comía sin rechistar.

¿Sexo? Nadie podía acusarla de cohibida en ese terreno. Ella se ufanaba de ser una mujer americana liberada y ardiente.

¿Más franca? Jane sabía que a los hombres no les gustaban las mujeres que se andaban con rodeos. Pero ella no tenía reparos a la hora de indicarles sus fallos. ¿Qué podía hacer para mejorar? No tenía ni idea. ¿Qué más deseaban los hombres aparte de sinceridad, puntualidad, autodisciplina, tenacidad, ambición y buen sexo?

¿Acaso no reunía ella todas esas cualidades?

Pues claro.

Pero cuando Jane pensó en el consejo que le había dado Alice, tuvo que reconocer que se imponía un cambio. Tenía que averiguar qué más deseaban los hombres.

Cuando los Tate dejaron de follar, bajó el volumen del televisor. Era más fácil reflexionar sobre su futuro en silencio. Pensó en la señora Markham, que anhelaba tan desesperadamente que la amaran que se había casado con un hombre que sabía que sólo la quería por su dinero. Aunque Jane la despreciaba, al mismo tiempo la comprendía. ¿Quién no desea pertenecer a alguien?

Hacía años que se odiaba por desear enamorarse. Era una falta de disciplina ceder a las emociones humanas, era degradante desear pertenecer a un hombre. Sabía que era una estupidez, pero en su fuero interno lo deseaba. Deseaba experimentar toda la gama de emociones: la sensación de vacío en el estómago, los besos, un noviazgo intenso, los fuegos artificiales, el anillo de compromiso... Pero ¿es que no existía un hombre que volviera a llamarla después de la primera cita? ¿Que se quedara a su lado para siempre? Tenía que existir por fuerza.

Pero si Jane no averiguaba lo que deseaba ese hombre, no lo encontraría nunca. Lo que era más grave, no tenía tiempo que perder. Había cumplido treinta y cuatro años. Treinta y cuatro años y nueve meses, para ser precisos. Todo el mundo sabe que a partir de los treinta y cinco una mujer tiene más probabilidades de ser abducida por unos extraterrestres que de encontrar marido. Existía un estudio científico que lo confirmaba. ¡Realizado nada menos que en Harvard! Y, como abogada, Jane Spring daba mucha importancia a las pruebas científicas.

Lo cual significaba que si no daba con ese hombre enseguida, ahora mismo, se quedaría para vestir santos. A menos que se casara con el hombrecillo de color verde que la abdujera.

En esos momentos, al oír la sintonía de las noticias, al oír las risas eufóricas que provenían del piso de arriba —prueba inequívoca de que los Tate se disponían a iniciar el segundo asalto—, Jane Spring decidió tres cosas.

Una: averiguar lo que desean encontrar los hombres en una mujer.

Dos: convertirse ella misma en una mujer.

Tres: conocer a un hombre que la vuelva a llamar después de la primera cita y que la ame eternamente.

Sólo quedaba una pregunta.

¿Cómo conseguirlo?

Rock: *Tu problema es que sigues viviendo*
a la sombra de tu padre.

Pijama para dos

6

La palabra fracaso no figuraba en el diccionario de Jane Spring, por lo que esta derrota a manos de la especie masculina no sólo era incomprensible, sino devastadora. De haberlo sabido, su padre habría ordenado que Jane fuera juzgada en consejo de guerra. El general había educado a su hija para triunfar en todo lo que se propusiese o morir en el intento. Por si fuera poco, la vergüenza que sentía por haberle fallado era insoportable. Ya le había fallado en otra ocasión, un error por el que estaba dispuesta a aceptar toda la responsabilidad: el no haber nacido varón.

El general de brigada Edward Spring, graduado de West Point, veterano de la guerra del Vietnam, soldado de carrera y en la actualidad director del Departamento de Instrucción Militar en West Point, sólo quería hijos varones. Cuando nació Jane, después de Edward Junior y Charlie, su padre, al contemplar su rubia cabecita y sus manitas, había exclamado «¡Maldita sea!», había salido al pasillo del hospital de la base y había asestado una patada a la pared. Las enfermeras que habían presenciado la escena no se habían sorprendido. Veían esas reacciones cada semana. Al menos, habían pensado las enfermeras, esa niñita rubia tendría a su madre para protegerla.

Pero no fue así. Jane tenía sólo tres años cuando su madre, Carol, murió a consecuencia de un accidente, atropellada por un jeep en la base. El Pentágono envió sus condolencias. Las esposas de los militares enviaron flores. Pero cuando el general regresó a casa, dijo a sus hijos que su madre ya no viviría con ellos, que tenían que hacerse a la idea y que no volverían a hablar del tema. Y así había sido.

—¿Te has lavado los dientes, señorita?

—Sí, señor.

—¿Has terminado los deberes?
—Sí, señor. Solicito permiso para acostarme, señor.
—Muy bien. Puedes ir a acostarte.
—Buenas noches, señor.

Edward Spring había pensado siempre que su esposa era demasiado blanda con los niños, y ahora que éstos estaban a su cargo, la vida en la casa cambiaría de forma radical. En primer lugar, los niños le llamarían «señor». Ahora que eran mayores —Jane tenía tres años, Charlie cuatro y Edward seis—, el apelativo de papá desaparecería de su vocabulario.

El sábado por la mañana el general pasaba revista a los dormitorios, y si el «señor» sacaba una moneda de cuarto de dólar y no rebotaba, había que rehacer la cama hasta que rebotara. Los niños Spring sólo podían ducharse con agua fría porque el general opinaba que las incomodidades forjaban el carácter. A la hora de cenar el general les relataba historias de los grandes generales estadounidenses y les hacía preguntas sobre historia de Estados Unidos para comprobar sus conocimientos sobre el tema. Una respuesta errónea significaba pasarse un rato haciendo abdominales. Nadie se levantaba de la mesa hasta que pudiera ver su imagen reflejada en el plato. Fregaban los cacharros entre todos, para fomentar la labor de equipo. Cuando uno de los niños era castigado, todos eran castigados para inspirarles lealtad. Se comportaban en todo como unos pequeños soldados, inclusive cuando saludaban a su padre al estilo militar por las noches antes de retirarse.

Honor. Deber. Disciplina. El general les instruía a diario sobre los valores que confiaba en inculcarles. Los civiles, decía, no poseían ninguna de esas cualidades y debían ser considerados con franca suspicacia o incluso con total desdén. Jane no conocía a ninguno, puesto que había vivido siempre en una base, pero los pocos que había conocido superficialmente le parecían bastante inofensivos. Pero no, les había advertido el general. No os dejéis engañar. Los civiles, insistía, no mostraban ningún respeto por sus mayores, por la autoridad, por sus padres. Aseguraba conocer a hijos de civiles que no sólo contestaban a sus padres, sino que les llamaban por sus nombres de pila.

¿De veras?, pensó Jane. ¿Cuántos abdominales les costaba esa falta?

Para una persona ajena, Jane Spring era indistinguible de sus hermanos. El general le había enseñado a cazar, a pescar, a montar un arma y dispararla sin que le temblara el pulso. La pequeña Jane era una buena estudiante. Había pescado su primer róbalo a los tres años, había desollado por primera vez un conejo a los seis, había cazado su primer ciervo a los ocho. El general incluso dijo que Jane era mejor tiradora que Eddie Junior, un comentario que había hecho que su hermano mayor pasara todo el gélido invierno fuera de casa, practicando el tiro.

Era más que evidente que el general pensaba que su hija había heredado todas las cualidades de un buen soldado. Pero ése no era el destino de Jane, pues el general creía con irremisible firmeza que la carrera de soldado estaba reservada a un solo sexo. Las mujeres militares sólo servían para distraer a los hombres, eran nefastas para la moral de la tropa. Aunque hacía tiempo que el ejército estadounidense las había aceptado en sus filas («Un dislate políticamente correcto», protestaba el general), ninguna hija suya iba a alistarse. Y era una orden.

Naturalmente, al igual que su padre, Charlie y Edward Junior habían estudiado en West Point, tras lo cual habían sido destinados a la infantería. Jane, tal como había decretado su padre, se abriría camino en el mundo de los civiles. Primero la universidad, luego un trabajo. Al general le gustaba la Universidad de Columbia para su hija porque Nueva York estaba tan sólo a una hora de West Point, lo suficientemente cerca para que él pudiera vigilarla y enviara a las tropas si la situación se desmadraba. Cosa que era muy posible. El general había oído decir que los neoyorquinos eran unos indeseables. Eran capaces de robar, estafar y mentir con tal de prosperar. Un escándalo. Peor que los comunistas.

—¿Cuántas horas has estudiado esta semana, señorita?

El general llamaba a su hija todos los domingos, y pobre de ella si no estaba en su habitación para responder al teléfono.

—Cada noche y todo el fin de semana, señor.

—Muy bien. ¿Y cuántas horas de ejercicio?

—Sesenta minutos al día, señor.

—Es insuficiente. Añade treinta minutos. No debes descuidar tu forma física, Jane.

—Sí, señor.

—¡Santo Dios! —bramó el general—. No bajes la guardia, Jane. Recuerda que debes desconfiar incluso de quienes te parezcan inofensivos. No puedes fiarte de nadie.

—Sí, señor.

El general tenía derecho a tener sus opiniones, por supuesto, pero siete años de estudiar en Nueva York habían enseñado a Jane que su padre estaba al mismo tiempo en lo cierto y equivocado con respecto a los civiles. Lo cierto era que no todos eran malos, aunque muchos dejaban bastante que desear. Apoyaban los pies en los muebles de la habitación, decían «Que te den, bonita» cuando te quejabas porque se saltaban la cola en el super o no cedían sus asientos a las mujeres embarazadas en el metro. Su ética de trabajo era criminal y su falta de autodisciplina la horrorizaba.

¡Por no hablar de las mujeres civiles! Una vergüenza colectiva. Su pregunta más acuciante no era «¿Estoy incluida en la lista de honor académica?», sino «¿Se me ve gorda con este vestido?» Cuando el profesor les preguntaba la lección y no sabían responder, se reían como idiotas. Auténticamente bochornoso.

Pero había una clase de civiles a la que Jane, desoyendo la voz de la prudencia y desobedeciendo la orden de su padre, encontraba fascinante. Un civil. Pobre de ella si se lo confesaba a su padre. Pero tras vivir dieciocho años entre padres e hijos militares, Jane encontraba a esos varones civiles prohibidos la mar de exóticos. Incluso se enamoró de uno. Aunque éste no le correspondió.

Después de graduarse estudió en la Facultad de Derecho, la única profesión civil que aprobaba sin reservas. El sistema judicial tenía sus normas y reglas, hasta una jerarquía como en el ejército. Era como alistarse, pero sin las botas de combate.

Después de trabajar un verano como becaria en la oficina del fiscal del distrito, Jane Spring comprendió que había hallado su vocación. Asar a la parrilla al enemigo, interrogar a testigos... Era un modo de comunicarse que entendía. Jane había asimilado el oficio de fiscal no a través de la práctica sino de la ósmosis. Había estudiado las técnicas de intimidación e interrogación observando al maestro. No tenía nada que aprender.

De modo que en su primer día de trabajo Jane Spring se presentó en la División de Juicios Penales en la oficina del fiscal del distrito vestida con su flamante traje pantalón negro, dispuesta a comerse el mundo. Su padre era un gran general, pero ella sería una gran fiscal. Conseguiría que su padre se sintiese orgulloso de ella. Haría respetar la ley en el mundo al igual que había hecho su padre en el campo de batalla. Lo cual no le costaría demasiado esfuerzo. Jane se había convertido ya en su padre.

Doris: *¡Soy capaz de todo con tal de conseguir esa cuenta!*

Pijama para dos

7

«¿En quién voy a convertirme?»

Esa noche Jane Spring no durmió bien. Se despertó en cuatro ocasiones —cosa inédita en ella, pues solía dormir a pierna suelta— para hacerse esa pregunta. Ese autointerrogatorio continuó cuando Jane se zambulló en la piscina. Su sesión de natación a las siete en el club solía ser su salvación, el único lugar donde su mente se quedaba en blanco y se sentía libre. Pero hoy no.

Desde que tenía uso de razón, había sido muy aficionada a la natación. El general le había enseñado a nadar en la piscina de oficiales en Fort Benning y, por fortuna para Jane, era una nadadora nata. Un pez. Aún recordaba que su padre había impuesto a Charlie veinte abdominales porque el chico no había logrado nadar diez largos en la piscina de Fort Benning en cinco minutos. Charlie tenía a la sazón siete años. En esos momentos, mientras nadaba de un extremo a otro de la piscina, se repitió mentalmente la pregunta como un disco rayado: «¿En quién vas a convertirte, Jane? ¿En quién?»

Pensó en el general, un hombre a quien ella jamás había visto mostrar la menor duda sobre nada, y menos aún sobre quién era o en qué creía. Era indudable que todo lo que Jane era hoy en día se lo debía a él. El general la había adiestrado perfectamente en las disciplinas del honor, el deber, la familia, la patria. La había inspirado a la hora de cenar con relatos de las hazañas de Grant, MacArthur, Patton y Eisenhower. «*Que esos hombres sean tus guías, Jane.*»

Y lo habían sido. Siempre tenía presente la pasión de esos hombres por la causa antes de iniciar un nuevo juicio; su disciplina y concentración, durante el turno de preguntas; su valor, antes de que el jurado emitiera su veredicto.

Cielo santo, pensó Jane, ¡ya lo entiendo! Sacó la cabeza del agua y se arrimó a la pared para flotar de espaldas durante unos segundos, tratando de asimilarlo. Necesitaba un modelo, alguien que se hubiera alzado victorioso en la guerra del amor al igual que esos hombres y hubiera triunfado en el campo de batalla. Alguien a quien imitar, que la orientara para convertirse en el tipo de mujer que deseaban los hombres. Jane suponía que debía existir multitud de candidatos para esa tarea. ¿Tendría Eisenhower un equivalente romántico? ¿Y MacArthur? ¿Y Patton? Por supuesto que sí.

Animada, salió apresuradamente de la piscina y se dirigió al vestuario de mujeres. Se duchó, se puso un traje pantalón de gabardina de lana negro y se fue a trabajar, deteniéndose para comprar un café y un plátano de camino a la oficina. Su pelo largo chorreaba.

A las nueve de la mañana, cuando llevaba ya una hora trabajando, apareció Susan la Holgazana, lo cual, pensó Jane, era un milagro de proporciones bíblicas. Al parecer, después de la debacle de la víspera, su secretaria había decidido aplicarse más, o al menos llegar puntual, según lo que le costara menos esfuerzo.

Jane salió de su despacho y entró en el cubículo de Susan la Holgazana. Miró a su secretaria detenidamente. ¿Ésta es mi heroína? ¿Esto es lo que quieren los hombres?, se preguntó. ¿Ombligos con *piercings*, cero en ética de trabajo y una montaña de excusas? Imposible.

—Mi agenda de trabajo no está en mi mesa, Susan.

—Se la imprimiré enseguida.

—Debiste hacerlo anoche, antes de marcharte, Susan. No hagas que te repita lo negligente que eres en tu trabajo.

—De acuerdo, señorita Sp-Ring.

Susan la Holgazana oprimió el botón debajo de su mesa para encender su ordenador.

—¿Cómo está el sargento mayor esta mañana? —murmuró una voz.

Susan la Holgazana alzó la visa y sonrió complacida. Luego se sonrojó y se ahuecó el pelo con las manos. Graham Van Outen estaba ante ella, sonriendo.

—¿Te ha sometido ya a un consejo de guerra? —preguntó éste.

—Casi. Ayer estaba tan furiosa que pensé que iba a obligarme a hacer unos abdominales.

—Ya, a mí también me impuso ayer unos abdominales —se quejó Graham—. En la biblioteca.

Susan la Holgazana se echó a reír, tras lo cual se volvió nerviosa para cerciorarse de que Jane no les había oído. Graham Van Outen era la única persona que hacía que el trabajo le resultara tolerable. En realidad, más que tolerable. Los dos minutos que Graham se detenía de camino a su despacho para bromear con ella sobre Jane daban fuerzas a Susan para aguantar todo el día. Eso, y su pelo rubio y rizado y el hoyuelo que tenía en la barbilla.

—Ánimo, cabo —murmuró Graham haciendo el saludo militar.

Susan la Holgazana se rió y le devolvió el saludo. Qué guapo está esta mañana, creo que lleva una corbata nueva, pensó. Observó atentamente a Graham mientras él pasaba de largo frente a su despacho y cruzaba el pasillo para hablar con el supervisor Lawrence Park.

En éstas sonó el teléfono de Jane y, al oírla descolgarlo, Susan la Holgazana decidió aprovechar la ocasión. ¡Venga, a por ello, Susie! Se levantó procurando no hacer ruido y se dirigió sigilosamente al despacho de Graham.

—Hola, Denise, ¿cómo estás? —preguntó con tono despreocupado a Denise, la secretaria de Graham, que estaba enfrascada en el crucigrama del *New York Times*.

—Hola, Susie. ¿Puedes decirme una palabra de seis letras que signifique «dictador»?

—Desde luego, «S-p-r-i...»

—Muy buena —contestó Denise riendo—. Pero tiene que empezar por T. ¿Se te ocurre algo?

—«Tirano.» Oye, ¿puedes decirme si Graham tiene hoy una agenda muy apretada? ¿Tiene que ir a los juzgados?

—¿Por qué?

—Porque creo que la señorita Sp-Ring tiene que reunirse hoy con él.

Susan la Holgazana confió en que Denise se lo tragara.

—Veamos. No, estará todo el día en su despacho.

—¡Estupendo! —respondió Susan la Holgazana con excesivo entusiasmo—. Bien, se lo diré a la señorita Sp-Ring.

Si Graham iba a estar todo el día en su despacho, eso significaba que almorzaría en la sala de juntas. Siempre lo hacía si estaba desierta. Susan dedujo que no le importaría que comiera allí con él.

Jane Spring estaba aún al teléfono cuando el inspector de policía Mike Millbank apareció en la puerta, sacudiendo su paraguas, que estaba chorreando. Jane se llevó tal sorpresa al verlo que se inclinó hacia delante, casi golpeándose la cabeza contra la pantalla del ordenador. Pero recobró enseguida la compostura, se levantó y se plantó frente al inspector. Durante unos instantes parecía como si fuera a comenzar el tiroteo en el OK Corral.

—¿Cómo diablos ha llegado aquí, inspector?

—Pues entrando por la puerta. Como todo el mundo. Llamé a su secretaria para anunciarle mi llegada, pero como no contestó nadie entré directamente.

Jane pasó airadamente junto al inspector y comprobó que Susan la Holgazana había desaparecido en combate. Ella había supuesto que el silencio que había notado fuera de su despacho era señal de que su secretaria estaba trabajando. Cuando comprobó que estaba charlando con Denise, le dirigió una mirada severa.

Susan la Holgazana regresó apresuradamente a su cubículo. Sus tacones de aguja dejaron unos minúsculos orificios en la moqueta.

—Señorita Sp-Ring, yo...

—El inspector Millbank ha entrado en mi despacho sin que nadie me anunciara su visita. ¿Puedes explicarme el motivo, Susan?

—Yo le estaba preguntando a Denise si...

—No quiero saberlo.

Susan la Holgazana rebuscó rápidamente en su mesa de trabajo.

—Aquí tiene su agenda para hoy, señorita Sp-Ring

Jane se lo arrebató de la mano y leyó: «Nueve de la mañana: reunión con el inspector Millbank, del Distrito Policial 32, Departamento de Homicidios. Asunto: el juicio Riley».

—¡Siéntate! —bramó Jane indicando a Susan la Holgazana su silla—. Haga el favor de seguirme, inspector.

Al entrar en el despacho de Jane, el inspector se quitó su abrigo marrón, sus guantes y su bufanda y se sentó. Ella regresó a su mesa y cruzó los brazos.

—Le pido disculpas por la insubordinación de mi secretaria, inspector.

—No se preocupe, Jane. Es una chica muy simpática. No merece la pena iniciar la Tercera Guerra Mundial por ese motivo. Soy mayorcito. No es preciso que nadie me conduzca a su despacho.

—No estoy preocupada por usted.

Pero a decir verdad, era justamente el inspector quien preocupaba a Jane. Le disgustaba que alguien le tendiera una emboscada a primera hora de la mañana, sobre todo Millbank. Mierda. La última vez que se habían visto no se habían despedido amigablemente.

Jane confiaba en que Millbank hubiera olvidado el incidente, por llamarlo así.

Pero el inspector no lo había olvidado.

Doris: *Señor Allen, discutir no resuelve nada. Tratemos de comportarnos como personas adultas. Yo no le soporto a usted y usted no me soporta a mí. ¿De acuerdo?*

Rock: *De acuerdo.*

Confidencias a medianoche

8

Jane Spring estaba satisfecha. El inspector Mike Millbank había hecho un buen trabajo a la hora de reunir pruebas y entrevistar a los testigos. No todos lo hacían. Algunos eran tan chapuceros que no comprendía cómo habían obtenido el grado de inspector. Pero Millbank era muy concienzudo. Y en el caso de *El Estado contra Laura Riley,* había examinado minuciosamente todas las pruebas. Jane sabía el motivo: la familia. La acusada en el caso, Laura Riley, había matado de un tiro a su marido, el agente de policía Thomas Riley, al descubrir que tenía una relación sentimental. A Jane le chocaba la forma en que la mujer lo había descubierto: debido a una mancha de carmín en el cuello de su marido. Como en la canción. A partir de ese momento la señora Riley había contratado a un investigador privado, el cual le había proporcionado unas comprometedoras fotografías de su marido pillado in fraganti con una tal Patty Dunlap, una empleada de veintiocho años de Central de Reservas.

A partir de ese momento las cosas se habían puesto feas.

Laura Riley reconoce que fue al apartamento de su rival para encararse con su marido. Y reconoce que llevaba una pistola. Pero jura que se disparó accidentalmente, cuando su marido trató de arrebatársela durante un forcejeo. Jane alegará lo contrario: que es un caso evidente de asesinato premeditado de un agente de policía, que está castigado con cadena perpetua.

Al margen de por qué lado se decantara uno, el caso de *El Estado contra Laura Riley* presentaba un aspecto innegable: la prensa sensacionalista lo estaba pasando bomba. Tenían a un policía que había engañado a su mujer. Una amante que dejaba manchas de carmín en el cuello de la camisa. Un detective privado que había tomado unas fotos de los amantes haciendo el *hula-hula* en posición horizontal. Y una esposa que se había erigido en garante de sus votos matrimoniales. Real como la vida misma. Era perfecto.

El inspector Millbank miró a Jane a los ojos mientras exponía el caso para obtener un fallo condenatorio. Contaba con el testimonio de un perito forense del Departamento de Policía de Nueva York que declararía que debido a la ubicación del orificio de la herida de entrada y los fragmentos de bala extraídos de la pared, estaba claro que el disparo no había sido fortuito. Contaba con el testimonio de la señorita Patty Dunlap asegurando que había oído gritar a la señora Riley: «Me has hecho tanto daño que te mataría». Y el detective privado estaba dispuesto a respaldar la teoría de Jane sobre el móvil del crimen.

Pero ésta sabía que todo eso tendría poco peso en el tribunal. Sabía que la defensa alegaría que existía una duda razonable. Ningún testigo había presenciado el crimen, las frases que uno dice en el fragor de una pelea se consideran fruto de la emoción, no demuestran la intención de matar, la defensa citaría a declarar a unos peritos que refutarían a los peritos que presentara Jane y tratarían de demostrar que la pistola se había disparado accidentalmente. Lo peor era que la señora Riley había contratado a Chip Bancroft, uno de los mejores abogados penalistas de la ciudad, para que la defendiera, y Jane sabía lo que eso significaba. Sería una batalla sin cuartel hasta el veredicto.

—Según dicen, Bancroft alegará locura transitoria si todo lo demás falla, o sea, un crimen pasional —dijo el inspector echando un vistazo alrededor del despacho de Jane. No era la primera vez que estaba allí, pero nunca había hecho un inventario riguroso. Había una estantería llena de libros de derecho, pero poco más. No había plantas, ni fotografías familiares, sólo un secante y un bloc de notas amarillo en la mesa.

¿Dónde estaban las tarjetas navideñas? Qué raro, pensó el inspector. ¿Qué ocultará Spring? Como inspector estaba acostumbrado a fijarse en esos detalles. Concretamente, la ausencia de objetos personales era el primer síntoma de que el pájaro se disponía a huir a otra jurisdicción. Pero era posible que a Spring no le gustaran los cachivaches y no tuviera dotes de interiorista. En cualquier caso, ¿qué más daba? El inspector no soportaba a esa mujer.

—El crimen pasional sólo es un eximente en Italia, inspector. Para nosotros lo único que cuenta son el móvil y las pruebas incriminatorias. No se preocupe por Bancroft —dijo Jane—. Le conozco de la Facultad de Derecho. Conozco todas sus artimañas. Chip es transparente como una ventana. Usted presente a los testigos, que yo me encargo del resto.

Jane Spring se mostraba tan segura de sí, tan arrogante, tan prepotente a la hora de enjuiciar a Chip Bancroft que Mike Millbank jamás habría adivinado lo tensa que se ponía cada vez que se enfrentaba a él en un juicio. No es que Jane dudara de su competencia como fiscal, pero se trataba de Chip Bancroft, el Chip Bancroft del que había estado enamorada durante todos sus estudios de derecho como una adolescente, el cual ni siquiera se había fijado en ella.

Todo campus tiene su chico dorado, y Chip Bancroft había sido el chico dorado de la Universidad de Columbia. Incluso tenía un aspecto dorado, con su bronceado permanente y su pelo rubio como el oro. Un compendio de logros —nota media: 4, miembro del equipo de natación, de la revista jurídica—, era el sueño de todas las madres. Y de todas las hijas, rodeado de una aureola que hacía que se les acelerara el pulso a todas las mujeres. Chip había palpado el pulso de muchas mujeres (y el resto de su anatomía), aunque Jane nunca había tenido ese placer. Se había contentado con nadar junto a él en la piscina de la universidad y debatir con él en las reuniones de los redactores de la revista jurídica.

—No está mal, Spring —le había dicho Chip un día después de leer y asimilar sus notas sobre un artículo para la revista—. Has defendido bien tu punto de vista. Aunque no coincido contigo, por supuesto.

A Jane no le importaba. Ese simple comentario había servido para animarla durante varias semanas.

Chip tenía un aire, una seguridad en sí mismo que Jane nunca había detectado en los militares. Chip no se doblegaba ante la autoridad, defendía sus ideas ante los profesores y los trataba en pie de igualdad. A Jane eso le parecía de lo más audaz, insubordinado y embriagador. Si uno de los hombres del general se hubiera dirigido a éste en ese tono, habrían rodado cabezas.

En la universidad, donde el uniforme preferido de los hombres (los hombres que el día de mañana iban a ser abogados, nada menos) eran unos vaqueros rotos y una camiseta de Bruce Springsteen, Chip lucía un pantalón de color caqui y unas elegantes camisas con sus iniciales bordadas, lo cual hacía que más de un compañero de clase le preguntara con tono de rechifla:

—¿Cómo va la regata, Chip? ¿Acaso llegas tarde a la reunión de los jóvenes republicanos?

Pero a Jane esos comentarios no le parecían divertidos. De hecho, la atención al detalle que él mostraba, su afán de ofrecer un buen aspecto hacía que le deseara aún más. Durante tres años Chip Bancroft había considerado a Jane simplemente un cerebro pedante; durante tres años ella había bebido los vientos por él. Pero eso había ocurrido hacía diez años, por lo que ella se perdonaba ese desliz. En aquel entonces era joven e impresionable y no era la primera mujer que se había dejado deslumbrar por su aureola de tío cachas del campus. Ahora, al cabo de una década, Chip no podía engañarla, ese encanto era pura egolatría, la interminable sucesión de mujeres (que crecía cada año de forma exponencial) no hacía sino alimentar su ego, pero cada vez que lo veía, Jane sentía algo.

—Bien, pues ya está —dijo el inspector Millbank levantándose de la silla y tomando su abrigo—. Si surge algo, ya sabe dónde localizarme.

—De acuerdo —respondió ella observándole. Alto, moreno y con los ojos oscuros, el inspector presentaría un aspecto muy decoroso si cuidara un poco su atuendo, pensó Jane. Lo cual lamentablemente no hacía. Llevaba los zapatos sucios, un pantalón negro y una camisa azul que se daban de bofetadas con la chaqueta marrón. Algunas personas deberían llevar uniforme, pensó, porque no tienen ni remota idea de cómo vestirse—. Inspector, confío en que comparezca ante el tribunal vestido como Dios manda —dijo Jane señalando su atuendo—. Ya sabe lo que dicen en el ejército, que la apariencia es tan importante como la puntería.

—Disculpe, abogada, pero no he servido nunca en el ejército.

—Ya lo veo —contestó ella con una sonrisa forzada.

Jane acompañó al inspector hasta los ascensores en silencio. Lo cual hizo que Millbank se sintiera incómodo, pero para ella era un acto reflejo. Los militares jamás permiten que sus visitantes se marchen sin acompañarlos.

Al llegar al ascensor, Jane y el inspector permanecieron en silencio, observando los números que se iluminaban en orden descendente. De pronto Mike Millbank se volvió hacia ella furioso. No había pensado decirle nada, pero esa pulla sobre su indumentaria le había sacado de quicio.

—Oiga, mire, Jane, disculpe mi franqueza pero procure no volver a cagarla en este caso, ¿vale? Me he esforzado como un animal para reunir todas las piezas del puzzle y no quiero que pase como la otra vez.

Ella se puso roja como un tomate. Se ajustó las gafas sobre la nariz. El inspector Millbank retrocedió, temiendo de pronto que la abogada le asestara un puñetazo.

—¿Cómo dice?

—Ya me ha oído.

La puerta del ascensor se abrió. Millbank metió un pie, pero Jane le obligó a retroceder y ordenó a los demás que bajaran sin él.

—Disculpe mi franqueza, inspector, pero yo no la cagué, ¿de acuerdo?

Mike Millbank no estaba dispuesto a aceptar la defensa de Jane de «jamás cometo un error». Le tenía sin cuidado lo ofendida que pareciera. Diez meses atrás él se había matado tratando de reunir las pruebas de un caso de un asesinato por encargo y Jane Spring la había fastidiado. Había ofendido continuamente al juez que presidía la vista poniendo en tela de juicio su interpretación de los testimonios de oídas y le había enfurecido con sus estentóreas protestas sobre sus resoluciones con respecto a las pruebas presentadas, hasta el punto de que cuando Jane había solicitado respetuosamente un receso, el juez, haciendo uso de su criterio, se había negado a concedérselo. El juez había insistido en que el testigo podía estar en Brasil y no tenía intención de esperar a que apareciera. Pero Mike Millbank había comprendido el motivo de su negativa. Al igual que todo el mundo. El juez quería desquitarse por los aires de superioridad que exhibía Jane y sus constantes intentos de ponerlo en ridículo. Sin ese testigo no podían ganar el caso. En aquellos momentos Mike Millbank no había dicho nada porque estaba demasiado furioso. Pero ahora estaba dispuesto a decir lo que pensaba.

—Pues según mi punto de vista, no cabe duda de que la cagó. De modo que no vuelva a hacerlo.

—¿Cree usted que el juez no nos concedió un aplazamiento por mi culpa?

—Usted lo ha dicho; yo no.

—Para que lo sepa, mi obligación es cuestionar las resoluciones del juez, y al margen de lo que éste dijera, yo tenía razón al protestar contra los testimonios de oídas. Sólo hice lo que cualquier fiscal que se precie habría hecho, o sea tratar de excluir todas las pruebas que pudieran perjudicar nuestro caso.

—Oí cómo le decía al juez que no conocía las normas sobre declaraciones previas consistentes y ofrecerse para explicarle en su despacho unos estudios de casos recientes.

—¡No es cierto! Lo que dije fue: «Deseo, respetuosamente, verificar si conoce usted las normas al respecto, para asegurarme que estamos en la misma onda». Lo cual es muy distinto.

—Ya. Mire, abogada —replicó Millbank acercando su rostro al de Jane—, sé que para usted esto no es más que otro juicio, pero para mí no, ¿comprende? Ese hombre era un policía, un colega. Por si no ha captado el mensaje, a los policías no nos gusta que asesinen a uno de los nuestros. Alguien tiene que pagar por ello.

—¿De lo contrario? —replicó Jane retrocediendo un paso—. Inspector Millbank, por si no ha captado usted el mensaje, un miembro de su «familia» había traicionado a su esposa. ¿No cree que tuvo cierta culpa por lo que le ocurrió?

En el ejército, si alguien cometía adulterio podía valerle un consejo de guerra. Se consideraba un grave incumplimiento del deber, tanto público como privado. En el mundo civil, según había comprobado Jane escandalizada, romper los votos matrimoniales era prácticamente un deporte, que no merecía ninguna sanción. No era un delito que la ley castigaba, y al parecer los civiles se repetían en privado el mantra «si te apetece, hazlo».

—Al margen de lo que usted piense sobre traicionar al cónyuge desde el punto de vista moral, ese hombre no merecía ser asesinado —dijo Millbank.

—Muchas mujeres se mostrarían en desacuerdo con usted, inspector.

—¿Incluida usted?

El ascensor regresó y esta vez Mike Millbank entró en él sin problemas. Jane estaba demasiado furibunda para despedirse de él, de modo que se limitó a observarlo fijamente hasta que la puerta del ascensor se cerró. Luego volvió a su despacho caminando con la cabeza bien alta. No tardaría en recobrar la compostura y nadie se percataría de que había tenido un altercado con el inspector Millbank.

«Un buen soldado nunca revela sus emociones, Jane.»

Al entrar en su despacho Jane miró fijamente el teléfono. ¿Cómo se había atrevido el inspector a hablarle en ese tono? Llamaría a Asuntos Internos y denunciaría a Millbank por haberse dirigido con tono grosero a una letrada. Jane había marcado tres dígitos cuando Marcie irrumpió en su despacho y le arrebató teléfono.

—¡Mira, Jane! ¡Ha empezado a nevar ! La primera nevada de la temporada.

Jane se volvió para mirar a través de la ventana. Era cierto, habían empezados a caer unos copos. Miró a Marcie con expresión pensativa. ¿Es ella mi modelo?, se preguntó. ¿Es esto lo que desean los hombres? ¿Una mujer que no cesa de hablar sobre sí misma, su peso y su obsesión con eBay? Marcie se pasaba la vida comprando trastos inútiles a través de Internet, y a menudo Jane se encontraba en la embarazosa situación de tener que firmar el albarán de esas compras. No son para mí, decía, es mi colega quien ha encargado este reloj de cuco y este recopilatorio de los últimos éxitos de Abba. Lo que usted diga, señorita.

—Ya veo que te parece muy excitante, pero ¿no pronosticó el hombre del tiempo que hoy iba a nevar?

—Sí, pero ¿has oído el último parte meteorológico? Han pronosticado una ventisca. Que quizá se prolongue hasta el lunes.

—No puede haber una ventisca. El lunes empiezo un juicio —protestó Jane.

—Me alegro de no casarme este fin de semana —respondió Marcie.

Y dale, pensó Jane.

—¿Te imaginas, Jane? El viento y la lluvia me destrozarían el peinado y no podría lucir un vestido con escote palabra de honor. Probablemente tendría que avanzar hacia el altar envuelta en una manta.

Lástima que no puedan obligarte a avanzar hacia el altar con un bozal, pensó Jane.

Rock: Espero que consiga hacer algo con este lugar.

Confidencias a medianoche

9

La señora Kearns estaba aún en su apartamento cuando Jane regresó a casa por la tarde, lo cual la enojó. Había tenido un día muy duro y quería estar sola.

El apartamento de Jane constaba sólo de un dormitorio, y no tenía unos muebles interesantes, sólo el conjunto habitual de sofá, mesita de café, cama, televisor y reproductor de DVD. No requería un día entero para limpiarlo. ¡Por el amor de Dios, si en ocho horas una podía limpiar Versalles y aún le sobraba tiempo para almorzar!, pensó Jane.

Pero no podía despedir a la señora Kearns. Ésta, como Susan la Holgazana, era la última de la lista. Jane ya había despedido a cuatro asistentas. Los conserjes empezaban a comentar extrañados el hecho.

No tenía pruebas, y como fiscal sabía que sin pruebas no se puede condenar a un acusado, pero hacía tiempo que sospechaba que la señora Kearns pasaba buena parte del día viendo los concursos y los culebrones de la tele. Se le había ocurrido ocultar una cámara dentro de una radio para espiar a la señora Kearns, pero se había abstenido por razones legales. ¿Y si era acusada de provocarle un estrés emocional? Su carrera habría concluido al instante. No, era mejor que la señora Kearns se pasara el día viendo a celebridades trasnochadas participar en juegos de palabras con estúpidas amas de casa, y con Storm y Thorn, el doctor Dan y la enfermera Kate, haciendo una pausa para limpiar el apartamento durante los anuncios.

Que es justamente lo que hacía la señora Kearns, dicho sea de paso. Salvo que su falta de disciplina, en opinión de Jane, no se debía tan sólo a ver cómo Mary Jo de Alabama ganaba una lavadora o el doctor Dan de *Centro Médico* se enfurecía cuando Thorn le decía que como padre era un desastre. (Lo cual había dejado estupefacto al doctor Dan, que ni siquiera sabía que Thorn era su hijo.)

A decir verdad, la señora Kearns era una buena trabajadora, y aunque de vez en cuando le gustaba ver un concurso o un culebrón en la tele mientras trabajaba, jamás permitiría que la absorbieran hasta el punto de impedirle cumplir con su obligación. Su falta de disciplina en este caso tenía que ver con Jane Spring, y el motivo era que detestaba los muebles de Jane Spring.

A la señora Kearns le gustaba trabajar de asistenta. Sí, tenía que quitar el polvo y pasar la fregona, pero nadie te impedía pasar el aspirador en cueros si te apetecía (cosa que ella no hacía) o probarse ropa de alta costura y joyas caras que jamás poseerías (que sí hacía). ¡Y menudas casas limpiaba! Repletas de elegantes cortinas y exquisitas antigüedades, alfombras persas y pequeños pianos de cola de color blanco. Tenía unos clientes muy ricos, en su mayoría abogados corporativos y agentes de bolsa, y entrar en sus casas era como penetrar en otro mundo. ¿Por qué iba a perder el tiempo viendo culebrones en la tele cuando podía jugar a sus anchas en su auténtico palacio?

Después de limpiar cada habitación —pasando el aspirador a las alfombras, limpiando la plata, cambiando las sábanas de puro hilo egipcio—, disfrutaba imaginando que era la dueña de la casa. En el comedor, Colleen Kearns se sentaba a la cabeza de la mesa y comía unas cucharadas de una sopa invisible mientras daba órdenes al servicio (educadamente, por supuesto.) Luego se sentaba al piano mientras un cantante imaginario entonaba unas canciones sólo para ella. En el salón, ataviada con un traje de noche y suntuosas joyas sustraídas de los armarios roperos, era la encantadora anfitriona que ofrecía unos elegantes cócteles.

«Qué casa tan maravillosa. Y tan limpia.»

«Sí, ésa es la señora Kearns, nuestra ama de llaves. Es un tesoro. Viuda.»

Pero en el apartamento de Jane Spring a la señora Kearns no le apetecía interpretar el papel de Colleen Kearns, dueña de la casa. Ni loca. Los muebles de Jane, en particular esos espantosos sofás de cuero negro, la repelían. Al igual que la mesita de café de cristal, que atrapaba el polvo como un imán; los estores de color crema (unos imanes que atraían el polvo elevados al cuadrado); el mueble de formica negro adosado a la pared, la estantería negra y las encimeras de la cocina de color pizarra rematadas por un insípido borde gris. En el apartamento no había una sola planta, una flor ni ninguna forma de vida.

Por no hablar del dormitorio de la señorita Spring. A la señora Kearns le parecía sacado de una película de guerra protagonizada por William Holden. ¿A qué mujer se le ocurriría dormir entre unas sábanas de color caqui y mantas de lana de un verde grisáceo? ¿Dónde estaban las pantallas de seda y los muebles de mimbre? ¿Y la colcha floreada y las cortinas de color rosa palo como las de los apartamentos de otras chicas solteras? Jane tenía en su dormitorio una lámpara de leer, eso sí, pero consistía en una bombilla en un soporte de acero. Sus estores eran de color gris; en las paredes de su dormitorio no colgaba un solo cuadro ni una fotografía.

Santo cielo, pensó la señora Kearns, los prisioneros de guerra en Stalag 17 decoraban sus celdas con mejor gusto.

Detestaba limpiar el apartamento de Spring porque, según decía a su gato, *Leon*, le daba yuyu. Y era aburrido. Era imposible fingir que una era algo más que una asistenta. De modo que para limpiar cada habitación en el apartamento de Jane, la señora Kearns tenía que sobornarse con diversas recompensas. Si limpias el baño, Colleen, podrás ver durante media hora *Days of Our Nights.* Si limpias el polvo de la estantería y el mueble adosado a la pared, podrás beber media copa de vino de la botella que la señorita Spring guarda en el frigorífico y ver un episodio entero de *What's My Secret*? Lo cual explica que Colleen tardara ocho horas en limpiar un apartamento que podía limpiarse en tres. La motivación le llevaba más tiempo que el hecho de limpiarlo.

—Veo que aún está aquí —le espetó Jane al entrar en el apartamento—. Supuse que ya habría terminado.

—Estaba a punto de irme, señorita Spring.

Jane permaneció frente a la puerta de entrada, con los brazos cruzados.

—¿Sigue nevando, señorita Spring? Dicen que va a empeorar.

—Eso he oído.

La señora Kearns reprimió un bostezo, recogió su bolso y echó un vistazo alrededor de la habitación para cerciorarse de que todo estaba en su lugar. Aunque era imposible que hubiera algo fuera de su lugar, dado que Jane no tenía nada que pudiera desplazarse de un sitio a otro. Faltaban pocas semanas para Navidad, pero no se veía espumillón, ni una tarjeta navideña, ni bolas de colores, ni unas decoraciones en ninguna parte. Aquí hay algo raro, se decía Colleen Kearns para sus adentros cada semana cuando llegaba al apartamento y cuando se marchaba. Se moría de ganas de averiguar qué era, pero no se atrevía. No, Colleen, más vale que te limites a quitar el polvo, a limpiar la plata, a cobrar y a largarte.

Cuando la asistenta se fue, Jane se duchó, descorchó una botella de vino —beber era la única costumbre de los civiles que le gustaba, dentro de los límites legales, por supuesto—, se sentó en el sofá y contempló su imagen reflejada en el televisor. Pensó en preparar la cena, pero desistió. Estaba tan furiosa que no le apetecía comer nada.

¿Cómo se atreve Millbank a criticarme de esa forma después del esfuerzo que hice por él? Jane siempre había pensado que había algo despreciable en el inspector, pero ahora tenía motivos fundados para odiarlo. Antes lo que le irritaba eran sus zapatos sucios y su atroz indumentaria. ¿Un hombre que no lustra sus zapatos? Vergonzoso. ¿Un hombre vestido con unas prendas que no casan? No se respeta a sí mismo. Incluso antes del altercado que habían tenido, cada vez que le veía pensaba que ese hombre no habría sobrevivido ni una semana en un campamento militar. El general le habría ordenado que limpiara las letrinas con un cepillo de dientes por el mero hecho de llevar los zapatos sucios. Pero el tono con que le había hablado hoy en su despacho... le habría costado tres noches en la celda de castigo. «Procure no cagarla esta vez, Jane.» ¡Como si ella hubiera perdido adrede el último caso! ¡Como si no fuera también su caso!

Se llevó la copa de vino a la cama y la depositó en la mesita de noche. Después de cerrar los ojos, decidió demostrar al inspector que Jane Spring nunca la cagaba ante un tribunal y le obligaría a tragarse sus palabras. En posición de firme.

Doris: *Él trajo la armonía a mi vida.*
Lo eligió todo. Me equipó de pies a cabeza.

Cary: *No es por desmerecer a Leonard,*
pero se limitó a enmarcar un Renoir.

Suave como visón

10

—¡La previsión del tiempo para hoy es nieve, nieve y más nieve! —declaró una resonante voz desde el televisor.

Eran las ocho de la mañana del sábado, y Jane acababa de regresar de la piscina. Lucía un chándal y un pantalón de felpa a juego de color gris, con la palabra EJÉRCITO estampada en el pecho.

—En serio, señores, salgan y compren lo que necesiten esta mañana porque los expertos del Instituto de Meteorología confirman que se aproxima una ventisca. Está previsto que comience hoy hacia el mediodía y mañana por la noche podríamos estar sumergidos en un metro de nieve. ¡Sí, señores, un metro de nieve! Más que suficiente para que sus hijos construyan un muñeco de nieve y para que ustedes entierren a la pelmaza de su suegra sin que se entere nadie.

Jane soltó un gruñido. ¡Esos hombres del tiempo parecían unos cómicos fracasados!

—El alcalde dice que probablemente el metro dejará de funcionar cuando la nieve sea demasiado espesa para que los trenes circulen, de manera que salgan a comprar lo que necesiten ahora porque, insisto, señores, ¡la ciudad de Nueva York quedará colapsada!

—¡Santo cielo! Un pueblo de Estados Unidos se ha quedado sin su idiota —dijo Jane apagando el televisor.

Luego cogió su paraguas, volvió a ponerse el abrigo, ocultó su pelo húmedo debajo de un gorro y salió de nuevo. Sí, estaba nevando, pero no hacía viento y los copos que caían sobre su rostro tenían un tacto suave y esponjoso. ¿Cómo iba a creerse lo que decía el payaso de la tele al anunciar que dentro de menos de cinco horas iba a producirse el Fin del Mundo? De todos modos, por si acaso, salió a comprar algunos artículos de primera necesidad: pan, leche, huevos, queso, café, galletas, unos botes de sopa, pasta, vino y papel higiénico. Ya está. Cuando entró en el apartamento oyó a los Tate en plena sesión. Consultó su reloj: las diez de la mañana.

Jane confiaba en que sus vecinos del piso de arriba dejaran de triscar hasta la noche. Necesitaba un silencio total para leer todos los documentos que tenía que leer antes del lunes. Y no digamos para escribir su exposición inicial, que aún no había hecho. Al margen de que se produjera una ventisca o no, los Tate tendrían que salir y dejarla en paz. En éstas sonó el teléfono. Era Jesse, para decir que tenía que cancelar su reunión con Jane esa tarde. Jesse Beauclaire era el colega letrado de Jane en el juicio Riley. Aunque oficialmente había sido designado porque era más joven, menos experimentado y el supervisor Lawrence Park había pensado que podía aprender mucho de Jane, oficiosamente era porque, aparte de lo citado más arriba, Jesse era negro. El supervisor Park sabía por las estadísticas que los jurados tendían a votar a favor de Jane, pero éste era el tipo de caso que acapararía los titulares de la prensa, y aunque tenían muchas probabilidades de ganar eso no le ayudaría a conciliar el sueño. Park necesitaba garantías. Jesse sería su póliza de seguro. No hacía falta ser un genio para comprender que un colega letrado de la fiscal afroamericano joven y guapo, junto a su jefa alta y rubia como una vikinga, contribuiría a ablandar al jurado si Jane, por algún motivo, conseguía irritarles. El hecho de que Jesse permaneciera lealmente del lado de Jane indicaba que, aunque ésta fuera una fiera, era de fiar. Yo confío en ella.

—¿Has oído la previsión del tiempo? —preguntó Jesse.

—Sí.

—No puedo atravesar toda la ciudad para ir a verte. No conseguiría regresar a casa.

Jesse estaba sentado en la sala de su apartamento en Harlem, en calzoncillos y camiseta, rodeado de los documentos referentes a la causa, que estaban diseminados por el suelo. Aunque Harlem había dejado de atraer a los jóvenes urbanitas en los noventa, volvía a estar de moda, y Jesse pagaba una pequeña fortuna para vivir allí.

—Vamos, Beauclaire, no me vengas con ésas. ¿No tienes fuerza de voluntad? No me creo que un poco de nieve te atemorice.

—Esto no son copitos de nieve sutiles e inocuos, Jane. Dicen que esta noche todos los coches de la ciudad estarán sepultados bajo la nieve.

—Vale, eso es lo que han dicho los genios que pronosticaron que un meteorito del tamaño del estadio de los Yankees aterrizaría en Central Park. No me lo creo.

Jane estaba cabreada. Quería ensayar su exposición inicial delante de un ser vivo, y Jesse era un buen colega letrado. Aún estaba un poco verde para las tareas de fiscal, pero eso se remediaba con unos cuantos juicios prolongados y complejos. Tenía las aptitudes para ser un buen fiscal; la única desventaja en esos momentos era su juventud. Un problema que el tiempo se encargaría de resolver.

Jane colgó y se volvió hacia su ordenador portátil. Se recogió el pelo en una cola de caballo y se apartó unos mechones detrás de las orejas. Luego se ajustó las gafas sobre la nariz y se enderezó en la silla. De acuerdo, se dijo, a por ello. Encerraremos a Laura Riley en el trullo. Jane tamborileó sobre el teclado de su ordenador, pero no se le ocurría nada. La pregunta de cuál era la mejor táctica para conseguir que el jurado declarara culpable a la señora Riley le parecía irrelevante después de haber resuelto su problema personal, de modo que no lograba concentrarse.

¿Quién diablos se supone que debo ser? ¿Quién será mi heroína? Laura Riley no, eso lo tengo claro.

Su madre habría sido el modelo perfecto. Según había oído decir, los hombres la adoraban; al parecer el general se había peleado con dos hombres por ella. Pero Jane no había llegado a conocerla a fondo, por lo que, desgraciadamente, su madre no era una opción. ¿Susan la Holgazana? No, a menos que los hombres se sintieran atraídos por mujeres con un cociente intelectual del tamaño de un guisante. ¿Marcie? Jane se estremeció al pensarlo. Marcie iba a casarse, sí, pero con un contable aburrido e hipocondríaco. ¡Ni hablar! ¿Su amiga Alice? A fin de cuentas, Alice era inteligente. Había atraído a un hombre que no era un hipocondríaco ni un pelmazo, sino un técnico informático amable y aficionado al deporte. Pero Alice sólo había atrapado a un novio en toda su vida, y Jane pensaba que su heroína debía ser una mujer avezada en estas lides. Tenía que ser alguien que hubiera entrado en combate repetidas veces y siempre hubiera salido victoriosa. Alice no prometía ese nivel de éxito.

Bueno, siempre estaban Cleopatra y Helena de Troya, pensó Jane, recordando numerosos exámenes de historia en el instituto. No cabía duda de que los hombres habían caído rendidos a sus pies, pero en el caso de ambas mujeres el amor se había basado siempre en el ambiente. Jane no poseía un reino, un ejército, una barcaza, un lacayo que le abanicara con frondas de palmera ni un caballo de madera para conseguir su objetivo.

Miró a través de la ventana. Aún no había estallado la ventisca. Cruzó los dedos. No quería que nada complicara este juicio. Tenía testigos que habían pedido permiso para ausentarse del trabajo y habían contratado canguros, y sabía que sería una pesadilla para ellos tener que cambiar las fechas.

—¿Sí, Beauclaire?

—Soy tu padre, Jane.

Jane se enderezó, se cuadró e hizo instintivamente el saludo militar.

—Buenos días, señor.

—¿Se ha agravado la situación allí?

—¿Cómo dice, señor?

—Me refiero a la nieve. Llamo para que me facilites el último parte sobre la situación allí.

—Todo va bien, señor. Aún no ha comenzado la ventisca.

—Aquí tampoco, pero según dicen nos tendrá atrapados en la base durante al menos un par de días. Opino que a los cadetes les vendrá muy bien estar encerrados sin poder escapar. Así sabrán lo que significa permanecer en una trinchera.

—Sí, señor. Así se darán cuenta.

—No salgas del apartamento cuando la cosa se ponga fea, Jane.

—Por lo que dicen en la televisión, señor, nadie...

—Los apagones y el mal tiempo hacen que los civiles se desmanden. Sospecho que se producirán saqueos y todo tipo de delitos. Recuerdo que durante la última ventisca en Nueva York los civiles se atracaban entre sí y se robaban hasta las botas de nieve.

En realidad, esto último era cierto. Una mujer había sido atracada en el Bronx a punta de pistola y obligada a despojarse de sus botas de agua. Pero era un incidente en una ciudad de nueve millones de personas. Nadie había robado televisores ni altavoces de coches en Circuit City.

—Sí, señor.

—Jane, te ordeno que permanezcas en tu apartamento hasta que la policía haya restituido la calma. Aunque, francamente, no confío mucho en ello —añadió el general con tono despectivo—. Los mandos civiles de la policía son tan útiles como un conjunto de bailarinas clásicas durante la invasión de Normandía.

—Sí, señor.

—Adiós, Jane.

—Gracias por llamar, señor.

Jane Spring estaba frente a su cafetera automática esperando a que el pote se llenara, cuando de pronto oyó un sonido agudo y sibilante en la calle. Se acercó a la ventana y sus pupilas se dilataron un centímetro. La ventisca había comenzado, tal como había advertido el payaso por la tele. Jane contempló asombrada la nieve que caía con furia. Parecía como si alguien estuviera en el tejado vertiendo el contenido de una gigantesca caja de detergente en polvo.

Después de servirse una taza de café, planificó su mañana. Estaba enojada consigo misma por haber perdido tanto tiempo; no podía seguir rumiando sobre posibles y viables candidatas de heroínas hasta que no hubiera concluido el juicio. Irritada por dejar que su vida personal comprometiera su dedicación profesional, decidió que si su mente se ponía de nuevo a divagar, se tumbaría en el suelo y haría veinte abdominales. Ahora vuelve al trabajo, Jane, es una orden.

En primer lugar redactaría su exposición inicial, tras lo cual repasaría sus preguntas para el interrogatorio a los testigos de la defensa. A juzgar por la lista que le había facilitado Chip Bancroft, parecía que éste se propusiera llamar a declarar a todo el mundo, desde la profesora de la guardería de Laura Riley hasta su gato, para que confirmaran que ésta era una ciudadana intachable.

Jane Spring sabía que su misión consistía en demostrar que Laura Riley era una asesina celosa que había obrado con premeditación, esencialmente para incriminar a la esposa, madre y voluntaria de la APA más allá de una duda razonable. Todo el Departamento de Policía de Nueva York confiaba en que lo hiciera. Asimismo, Jane sabía que no tenían nada de que preocuparse. Sería un placer para ella machacar a Laura Riley. Ella nunca había tenido ningún problema a la hora de denigrar a testigos o acusadas femeninas, como Gloria Markham sabía por experiencia propia. Pero reconocía que en cierto modo se sentía fascinada por la señora Riley. Aunque Jane jamás justificaría su crimen, no dejaba de envidiar la pasión de esa mujer. Esto es amor auténtico, pensó. Sentirlo tan ferozmente que una estaba incluso dispuesta a matar antes que dejar que alguien se lo arrebatara.

Yo quiero sentir eso. Quiero que alguien me ame hasta ese punto.

Pero no un hombre con la moralidad de Thomas Riley, ¡por favor! El hombre ideal de Jane consideraría la infidelidad un delito, no un derecho patrimonial. Sería un hombre entregado a su trabajo, honrado, valeroso, bien educado e inteligente. Combinaría lo mejor de la milicia con los valores éticos de los civiles. (Por más que los civiles podían ser a veces exasperantes, ella les estaba agradecida por haber ideado su preciado sistema judicial de ley y orden.)

Al caer en la cuenta de que estaba divagando de nuevo, se enojó consigo misma por enésima vez. Dejó la taza de café, se tumbó en el suelo y se puso a hacer una tabla de abdominales. Diez minutos más tarde se sentó ante su ordenador portátil, con los brazos molidos pero con renovada energía para trabajar. Apoyó las manos en el teclado y se aclaró la mente. En éstas, con la puntualidad con que el sol sale por el este, los Tate empezaron a follar rítmicamente en el piso de arriba. Jane arrojó el bolígrafo contra la pared. La combinación de una pareja recién casada y una ventisca no augura paz y sosiego, eso está claro.

Fue a recoger su bolígrafo y miró de nuevo por la ventana. La nieve seguía cayendo y todo estaba cubierto por una capa de polvo blanco y reluciente. No se veía a nadie por la calle, sólo unos pocos niños jugando. De golpe Jane comprendió que probablemente los Tate no eran los únicos que estaban haciendo el amor en Nueva York en esos momentos. Marcie seguramente estaría en la cama haciendo que Howard examinara unas muestras de tejido y ofreciéndole frambuesas entre beso y beso. Chip Bancroft sin duda estaría acostado con la modelo de turno. En esos momentos todos los ciudadanos de Nueva York se hallaban en brazos de alguien.

Todos, menos ella.

Jane Spring se sintió tremendamente triste y sola. Parecía como si se tratara de una conspiración, como si estuviera rodeada por una ciudad llena de personas enamoradas. ¿Y cuáles eran sus perspectivas inmediatas? Un juicio por asesinato. ¡Qué romántico!

Se dirigió de nuevo a la cocina y sacó una botella de vino blanco del frigorífico. El ruido que hacían los Tate aumentó de volumen, indicando que se acercaba el momento apoteósico, y Jane encendió el televisor para sofocar sus estruendosos alaridos y gemidos. En todas las cadenas daban un reportaje sobre la ventisca, y, lamentablemente, ninguna tenía nada interesante que decir sobre el hecho. Todas coincidían en que la situación era preocupante. Y punto. Qué poco originales eran los civiles.

Jane se puso a hacer *zapping*, buscando una película. Algo con que entretenerse hasta que los Tate agotaran su pasión y se quedaran dormidos. Porque antes o después tendrían que dormir, ¿o no?

Clic. No, ésta ya la he visto. Es horrible.

Clic. *Apocalypse Now*. ¡Mi peli favorita! Vaya, está a punto de terminar.

Clic. ¡Doris Day y Rock Hudson! ¿Cómo puede caminar esa mujer con esos taconazos? Debe de tener unos juanetes del tamaño de Alaska. Dios, qué guapo era Rock.

Aunque todas las semanas las ponían en algún canal de televisión, Jane Spring pensó que hacía veinte años que no veía una película de Doris Day. O quizá más. A su abuela Eleanor le encantaba Doris Day; era indudablemente su estrella favorita. (Elizabeth Taylor tenía demasiadas aventuras sentimentales, demasiados maridos, por lo que la había relegado al segundo puesto.) La abuela Eleanor se ponía a cantar cada dos por tres unas estrofas de *Qué será, será* —la canción más popular de Doris—, y debía de hacerlo muy a menudo porque pese a los años transcurridos Jane seguía recordando la letra.

Al igual que su hija, la abuela Eleanor había sido esposa de un general. En aquel entonces, era un papel que le exigía hacer de consorte de su marido y anfitriona para las otras esposas de militares. Tenía zapatos, bolsos, guantes y sombreros para cada ocasión. Para las visitas de pésame, vestía de riguroso negro; cuando ofrecía un té para dar formalmente la bienvenida a la esposa de otro militar, podía lucir un vestido de lana rosa, unos guantes blancos y un vistoso anillo. Aunque se tratara de una reunión informal con las otras chicas, la norma era una falda tubo, un jersey y una rebeca a juego y un collar de perlas. Y eso sólo en la base.

Cuando se trasladó a Washington con el abuelo William después de que asignaran a éste un puesto en el Pentágono, la abuela Eleanor sacó toda su artillería. Ahora era la esposa de un cargo del Pentágono, lo cual significaba un abrigo de lana blanco de doble faz con cuello de zorro en invierno y unas sandalias de tacón de charol negro y un vestido de seda rojo con el cuerpo ceñido, adornado con unos broches de mariposa de bisutería, en verano. Al igual que su marido, la esposa de un general siempre estaba de servicio.

Todos los veranos, cuando Jane iba a pasar unos días con su abuela Eleanor, la madre de su madre, ésta insistía en que vieran juntas todas las películas de Doris Day que ponían en la tele.

—Anda, siéntate a mi lado, Janie. Buena chica. ¡Vamos a ver una película!

Eso significaba anular las visitas a la biblioteca o a la piscina, lo cual a Jane le fastidiaba mucho. Lo peor, según ella, era que esas películas eran un rollo. No comprendía por qué le entusiasmaban tanto a su abuela. Daba la impresión de que lo único que hacían Doris y Rock Hudson o Doris y Cary Grant era discutir acaloradamente, tras lo cual Doris fingía estar enfadada con ellos y ellos con ella, y luego se besaban. Fin. Jane tenía diez años cuando murió su abuela, un acontecimiento que marcó también el fin de las películas para ella.

Consultó su reloj. Se concedería media hora y luego reanudaría su trabajo. Si los Tate seguían todavía dale que te pego, subiría y aporrearía su puerta exigiéndoles que dejaran de meter tanto escándalo. Tenía un juicio el lunes. Esto era intolerable.

Pero la media hora se prolongó hasta convertirse en una, luego en dos, en tres y, por increíble que parezca, en cinco. A las ocho de la tarde Jane no había reemprendido su trabajo, se había bebido dos botellas de vino y había visto tres películas clásicas de Doris Day. Casualmente ese día habían decidido poner en la tele tres películas seguidas de la actriz. Lástima que la abuela Eleanor no estuviera viva para verlo.

En *Pijama para dos,* Jane contempló cómo Rock Hudson, un ejecutivo publicitario y un ligón en serie supercachas, conoce a la vivaracha, educada y virginal Doris, que vive en un apartamento decorado de color amarillo canario, y se enamora perdidamente de ella.

En *Confesiones a medianoche*, Jane contempló cómo Rock Hudson, un compositor de canciones y un *playboy* en serie supercachas, conoce a Doris, una interiorista dulce como la miel resuelta a seguir virgen hasta el día de la boda, y está tan colado por ella que finge ser un ingenuo granjero de Texas para conquistarla.

En *Suave como visón,* Jane contempló cómo Cary Gant, un magnate y un *playboy* en serie supercachas, conoce a la recatada Doris, que sigue durmiendo en su cama de soltera aunque ha cumplido los treinta y dos, y cae rendido ante la fascinación de su sonrisa de labios de nácar, su voz embriagadora como el brandy y su mirada embelesada.

De pronto, cuando aparecieron en la pantalla los créditos de la última película, Jane Spring descubrió algo increíble sobre Doris Day. Algo en lo que no había reparado cuando se sentaba de niña en el sofá junto a su abuela en Washington: Doris siempre conseguía al chico. Era la mujer que los hombres deseaban.

Hasta que no había llegado Doris, ni Cary ni Rock habían conocido a una mujer con quien les apeteciera pasar más de una noche, pero de pronto deseaban pasar el resto de su vida con Doris. ¡Cary y Rock! Que en aquel entonces eran los hombres más adorables y adorados de América. Que podían haber conquistado a cualquier mujer. Pero querían a Doris.

¿Por qué?

Jane comprendió entonces —gracias a una ventisca, dos botellas de vino y cinco horas de películas clásicas por televisión— que la mujer que los hombres dicen que desean convertir en su esposa y la mujer con la que por fin se casan no es la misma mujer. Dicen que quieren una mujer elegante, inteligente, independiente y sexualmente activa, alguien, por ejemplo, como Jane. Pero no es así. Ni mucho menos. No era de extrañar que todos la dejaran.

Lo que desean los hombres es una virgen rubia platino con los labios pintados de un color nacarado, que luce faldas tubo, perlas, guantes y una sonrisa. Quieren una mujer que se pone un vestido de cóctel por la tarde, un pijama de seda por la noche y decoran su apartamento de color amarillo, una mujer con una voz susurrante y acariciadora, que abra mucho los ojos y respire hondo antes de echarles la bronca. Quieren una mujer con carácter, que al salir de la ducha se envuelva en una bata de gasa y que cuando se case renuncie a todo por ellos.

Quieren una gatita (Doris), no una tigresa (Jane), y Jane tenía ahora prueba de ello. Es imposible que una mujer consiga que Rock Hudson se enamore de ella en dos ocasiones y Cary Grant en una en el espacio de cinco horas. Excepto si eres Doris Day.

Entonces Jane Spring hizo su segundo gran descubrimiento del día, aunque ya había anochecido.

De pronto lo comprendió todo con meridiana claridad: hasta ese momento lo había hecho todo mal. No aceptaba que ningún hombre le diera órdenes, era ella quien las daba. No consideraba a los hombres superiores a ella, sino todo lo contrario. No ronroneaba al hablar ni meneaba las caderas al andar. No les seducía, desarmaba y luego se hacía la dura de conquistar, sino que los despachaba a la primera de cambio, los criticaba, los manipulaba y los ahuyentaba. No era de extrañar que los sábados por la noche se quedara en casa sola con sus libros de derecho. Doris no se habría quedado sola. Habría estado bailando en el Copacabana hasta el amanecer.

Jane se levantó de un salto del sofá y se puso firme. Con una curda de campeonato, se aclaró la garganta para hacer un anuncio, aunque no había nadie más en la habitación. Dio unos golpecitos con el bolígrafo en una de las botellas de vino vacía, la sostuvo en alto y declaró que cuando terminara el juicio de Laura Riley, cuando empezara a buscar al hombre que la amaría para siempre, arrojaría a Doris a la batidora. Bueno, quizá no todo. Los guantes, los tacones y las perlas estaba descartado. Pero ¿y la voz? Por supuesto que era capaz de ronronear y conversar educadamente como una señora. ¡Eso estaba hecho!

¿Y prescindir del sexo hasta lucir una alianza en el dedo? Eso también. Por lo visto, era el factor más importante.

Jane Spring estaba entusiasmada. Había hallado a su heroína. Doris Day era la MacArthur, la Patton, la Eisenhower del amor. El general no se lo creería. Ni ella misma se lo creía. Pero era cierto, e iba a transformar su vida.

Doris: Soy muy feliz. ¡Sé que esto va a funcionar!

Pijama para dos

11

Jane Spring no cesaba de dar vueltas en la cama, demasiado excitada para conciliar el sueño. En su mente bullía un millar de ideas sobre su increíble descubrimiento. Por fin había dado con su ventaja táctica.

Doris Day.

Se sentía eufórica, como algunas mujeres al descubrir una dieta que les promete perder cuatro kilos en dos días o como algunos hombres cuando un amigo les pasa unos asientos de palco para las Series Mundiales de béisbol. Acostada en la oscuridad, Jane empezó a ensayar unas frases que podía deslizar en la conversación cuando fuera el momento oportuno.

«¿Eres un exterminador? Caray, debe de ser fascinante. ¡Cuéntame más cosas sobre ti, Brad!»

Estaba como una cuba.

Se tumbó de costado. Luego boca abajo. Por fin se incorporó y encendió la luz. Jane Spring, te estás portando de forma insubordinada, se regañó. ¿No te da vergüenza estar tumbada en la cama con una cogorza monumental cuando deberías estar trabajando? ¿En qué estás pensando, mujer?

«La pereza es la madre de la derrota, Jane.» El general tenía razón. No había tiempo que perder.

Se levantó de la cama y se puso un pantalón negro, un jersey gris de cuello alto y unas botas de nieve negras. En el baño se lavó la cara y se aplicó un poco de vaselina en los labios confiando en que pareciera carmín, puesto que no tenía pintalabios. Luego se cepilló su pelo largo y rubio y se lo recogió debajo de una boina. Por último cogió el bolso y las llaves y salió muy decidida.

—Los valerosos vencen —murmuró Jane para sus adentros, repitiendo el mantra de su padre.

Jane Spring entró en el bar del hotel Metropolitan en Madison Avenue y se sentó en la barra. El bar del Met tenía fama de ser un excelente mercado de carne para solteros y solteras. Jane dedujo que estaría repleto de hombres en busca de romance. El lugar perfecto para poner a prueba su nueva estrategia.

Se quitó el abrigo y el gorro, sacudió ambas prendas para eliminar la nieve que estaba adherida y las colgó del respaldo del taburete. La cabeza aún le dolía debido a las dos botellas de vino que se había bebido. El bar estaba abarrotado de hombres y mujeres jóvenes que habían desafiado la nevada y habían ido allí para hablar sobre su proeza al desafiar la nevada.

¿Eso era lo único que se les ocurría a los civiles como tema de conversación? Patético. Jane pidió un cóctel de vodka con naranja y echó un vistazo alrededor del bar. Era la única mujer vestida de pies a cabeza; las otras féminas lucían minifaldas y botas Ugg. Da lo mismo, pensó, bebiendo un buen trago para armarse de valor. No necesito una minifalda y unas botas peludas. Les deslumbraré con mi imbatible conversación al estilo Doris.

Jane respiró hondo, pidió otra copa y cuando sacó la cartera para pagar, oyó una voz grave que dijo:

—Guárdala. Yo pago esta ronda.

Al volverse Jane vio a un hombre alto con bigote junto a ella. Tenía unos cuarenta años y un aire simpático y juvenil. Parecía estar solo, y no tenía mala pinta.

—Gracias —respondió cuando el camarero depositó la copa frente a ella.

—Hola, me llamo Hank —dijo el hombre ofreciéndole la mano.

Ella estiró el cuello, abrió mucho los ojos y sonrió.

—Yo me llamo Jane. Encantada de conocerte —dijo con dulzura.

No es tan difícil, pensó. No se sentía tan estúpida como había supuesto que se sentiría. A decir verdad, era divertido interpretar el papel de Doris

—¿Puedo sentarme?

—Me parece estupendo, Hank —contestó ella corriendo un

poco su taburete para hacerle sitio—. ¿Vives aquí? —preguntó mirando al hombre a los ojos.

—No, he venido para asistir a un congreso de ventas.

—¡En tal caso bienvenido a Nueva York! ¿Qué vendes, Hank? —preguntó ladeando la cabeza. Ten presente, Jane, que haga lo que haga el hombre debes mostrarte interesada en él. Fascinada. Dale coba.

—Muebles de oficina. Mesas. Sillas. Archivadores. Sé que no suena muy interesante, pero...

—No tienes que disculparte, Hank. A mí me parece muy interesante. ¡Y muy importante! Si no fuera por gente como tú, ¿cómo íbamos a realizar nosotros nuestro trabajo? Yo no sobreviviría ni un día en la oficina sin mis archivadores.

Bravo, Jane, vas por buen camino.

Hank se sentía muy atraído por Jane. No estaba distraída como la mujer que había conocido hacía un rato y le había dejado plantado por otro tipo que seguramente ganaba más que él en cuanto había averiguado en qué trabajaba. Lo cual le había dolido. Esta chica estaba pendiente de todo lo que le decía. Era educada, amable, sexy y al mismo tiempo muy natural. Hank supuso que debajo de ese montón de ropa se ocultaba un cuerpo que quitaba el hipo.

—¿Dónde trabajas, Jane? —preguntó él acercándose tanto que ella percibió un olor a pasta dentífrica mezclada con loción después del afeitado.

—¿Yo? En el centro.

¡Has metido la pata, Jane! Tan pronto como lo dijo comprendió que era un error. Doris nunca hubiera respondido eso.

—Quiero decir en Madison Avenue. Esta nevada me tiene tan alterada que no sé ni lo que me digo —dijo ladeando la cabeza y riendo.

—¿Y qué hace una chica tan guapa como tú en Madison Avenue? —preguntó Hank.

—Trabajo en publicidad —respondió ella tímidamente. Doris siempre trabajaba en publicidad; por lo visto, al parecer, los únicos solteros presentables en Nueva York en la década de 1960 trabajaban en Madison Avenue. Los otros eran unos criminales perseguidos por la policía o estaban casados.

—Caramba. ¿Qué tipo de publicidad?

—Detergentes para lavadoras. Abrillantadores de suelos. Prácticamente todo lo que contenga burbujas. ¡En la oficina me llaman la Reina de las Burbujas! —dijo Jane riendo y apurando su copa.

—Un apodo muy acertado. Eres más alegre que unas pascuas.

Hank sonrió complacido. Sí, esa tía era un hallazgo. Si las cosas seguían así, quizá tuviera incluso donde dormir esa noche si cerraban los aeropuertos.

—Oye, mira, Jane. Esto parece una casa de locos. ¿Te apetece que vayamos a un lugar más tranquilo donde podamos hablar?

—Me parece estupendo, Hank...

De pronto Jane sintió que alguien le asestaba un golpe en la espalda que hizo que se le cayeran las gafas de la nariz y por poco aterrizó sentada en el suelo. Se sujetó a la barandilla del mostrador para no caerse y se volvió. Un hombre que rozaba los cuarenta, vestido con un chándal de los Yankees y un pantalón a juego, pasó de largo y fue a sentarse en el otro extremo de la barra. Ni siquiera se detuvo para disculparse. Hank la ayudó a instalarse de nuevo en el taburete.

En otras circunstancias Jane no sólo habría dicho a ese civil tan grosero lo que pensaba de él, sino que le habría amenazado con demandarle por daños y perjuicios. Esta vez decidió limitarse a subsanar el agravio y practicar de paso su nueva técnica.

—Disculpa un momento, Hank, si no te importa —dijo levantándose—. Creo que hay alguien que debe aprender que ésa no es forma de tratar a una señora.

—Por supuesto.

Jane se encaminó hacia el otro extremo de la barra mientras Hank la seguía con los ojos.

—Perdone —dijo dando una palmadita a su agresor en el hombro, sonriendo y jugueteando con un mechón de pelo.

—¿Sí?

El hombre, según pudo observar Jane al ponerse de nuevo las gafas, era alto y musculoso. Gigantesco. El tipo que se pasa la vida haciendo pesas y cuyos bíceps tienen una circunferencia que no puedes rodear con las dos manos. El hombre dio a Jane un buen repaso, sin saber si clasificarla con la etiqueta de bibliotecaria de escuela o secretaria sexy. Mientras pensaba movía los labios. Ella no dejó de sonreír. Abrió mucho los ojos, bajó la voz y susurró dulcemente:

—Le confieso que estoy un tanto perpleja. Me parece increíble que sea capaz de dar un golpe a una señora sin disculparse.

—¿Qué? ¿A quién he dado un golpe? ¿A usted? —preguntó el tipo. Tomó un puñado de cacahuetes de un bol y empezó a comérselos de uno en uno con aire indignado.

—Sí. A mí. Y ha pasado de largo. ¡Ha hecho que me cayera del taburete y por poco me parto la cadera! —dijo Jane sonriendo de oreja a oreja. Doris siempre sonreía.

El hombre se comió el resto de los cacahuetes y rodeó la cintura de Jane con ambos brazos. Luego empezó a acariciarla, deslizando las manos desde su pelvis hasta la parte superior de los muslos.

—A mí me parece que estas caderas están perfectas, guapa, de modo que no sé qué bicho te ha picado. Pero, en cualquier caso, déjame en paz. No te he tirado al suelo y no pienso disculparme por algo que no he hecho.

Jane no daba crédito a sus oídos. Esas manazas grasientas, esa dicción de patán, esa grosería... Era intolerable. A Doris que la den. De pronto dejó de fingir y asumió de nuevo la personalidad de Jane Spring, de profesión fiscal. Con un tono de voz más grave y achicando los ojos, se acercó al hombre para darle su merecido.

—Eres un recogepelotas grandullón y patético —bramó agarrándolo por el cuello y atrayendo a su presa hasta que sus narices casi se rozaban. El tipo la miró con una mezcla de temor y sorpresa. Jamás había visto a una mujer tan furiosa—. No sabes con quién estás tratando.

Todo el bar enmudeció. Hank se quedó estupefacto. Cuando el tipo protestó, Jane le cortó el aire con el pulgar y apoyó la rodilla derecha sobre sus testículos para inmovilizarlo.

—Soy cinturón negro y conozco trece métodos de machacarte.

He logrado que tipos más altos y fuertes que tú rompieran a llorar, de modo que no quiero oír tus quejas porque, francamente, me fastidia tu tono. Hace unos minutos me diste un golpe, y si no te disculpas dentro de cuatro segundos por eso y por haberte atrevido a poner tus sucias manos sobre mí, te acusaré de haberme agredido y te enviaré a pasar unas largas vacaciones invernales en Rikers. Cuando llegue Navidad, encontrarás tu calcetín lleno de regalitos de Bob y Tyrone y cualquier otro compañero de módulo que se haya encaprichado contigo.

—Vale, de acuerdo, lo siento —dijo el hombre entrecortadamente.

Jane Spring le soltó y él se desplomó sobre su banqueta.

—¿Eres una agente secreta? —preguntó nervioso, masajeándose el cuello.

—Es mejor que no sepas lo que soy —contestó ella adoptando un tono a lo Clint Eastwood y dando media vuelta.

Satisfecha, regresó con paso decidido junto a Hank, se sentó y sonrió dulcemente.

—¿Por dónde íbamos? —preguntó con tono meloso recogiendo sus cosas.

Hank la miró aterrorizado. Cielo santo, está loca, pensó. Debía de ser una de esas neoyorquinas nazis desequilibradas de las que había oído hablar. Tenía que salir de allí.

Consultó su reloj con grandes aspavientos.

—Caray, es más tarde de lo que supuse, Jane. Es hora de retirarme. Mañana tengo una jornada muy dura. Te llamaré.

Ella sintió que el corazón le daba un vuelco. Tanto si era Doris como si era Jane, sabía que esa frase «Te llamaré» significaba en realidad «No te llamaré nunca. Se acabó. Ya no me gustas. Me largo».

—Ha sido un placer conocerte, Hank —dijo Jane. Él ni siquiera se volvió para responderle. Salió a tal velocidad que por poco derrapa.

El barman retiró la copa de Jane y le preguntó si quería otra ronda. Ella negó con la cabeza y luego la sepultó entre las manos. No había imaginado que la velada acabaría ligándose a Hank. Otra copa, quizás un beso, pero esto... Había hecho todo lo que habría hecho Doris, con la pequeña excepción de haberse encarado con el hincha de los Yankees, ¿no era así?

Por supuesto, pensó Jane. Había sido amable y educada, se había mostrado interesada en lo que decía Hank, incluso había dicho que trabajaba en publicidad.

¿Entonces por qué Hank la había dejado plantada?

Doris: ¡Esto es la guerra!

Pijama para dos

12

Jane Spring se despertó con una resaca espantosa. Llevaba la misma ropa que la noche anterior, no recordaba haber regresado a casa ni cómo había conseguido un ejemplar del *New York Times*, cuyas hojas se hallaban diseminadas por el suelo de su dormitorio. Sólo sabía que le dolía la cabeza.

Se apartó unos mechones de la cara y miró el reloj despertador. Las diez de la mañana. ¡Santo cielo, qué desastre! Al día siguiente empezaba el juicio y tenía más trabajo que Dios. No había tiempo para ir a la piscina, lo cual, teniendo en cuenta su estado, quizás era preferible. La cabeza le pesaba tanto que seguramente se habría ahogado debido al peso.

Se levantó de la cama y buscó en el periódico hasta encontrar la sección de estilo del dominical. A partir de ahora participaría en el ritual practicado por todas las solteras de Nueva York: atormentarse con los anuncios de boda. Cada domingo una tenía que leer todos los anuncios de boda, sufriendo con cada palabra.

Leyó el anuncio de una esposa en ciernes que era optometrista y coleccionaba figuritas Hummel. ¿Eso era lo que querían los hombres? ¿Una provisión de por vida de gafas con cristales graduados y unos angelitos de porcelana sobre la repisa de la chimenea? Otra esposa en ciernes trabajaba de contable y su *hobby* era la taxidermia. ¿Eso era lo que querían los hombres? ¿Una mujer que les hiciera la declaración de la renta y de paso disecara gatos muertos? No. Querían a Doris. Jane estaba convencida de ello.

Tiró el periódico y se metió de nuevo en la cama. En éstas sonó el teléfono y soltó un gemido al tiempo que sacaba lentamente el brazo para cogerlo.

—Jane Spring —dijo con voz baja y resacosa.

—Sé que esto no te va a gustar, Jane.

Era Lawrence Park, su supervisor. Que la llamaba a casa un domingo por la mañana. No, a Jane no le gustaba un pelo.

—La vista oral de mañana ha sido anulada. El alcalde acaba de hacer una declaración. Todas las oficinas municipales, incluyendo los tribunales, estarán cerradas hasta el martes.

Jane se incorporó y miró por la ventana. La ventisca había cesado; lo único que quedaba era un metro de nieve en el suelo.

¿Por qué han anulado la vista? No lo comprendo.

Lawrence sabía que Jane no lo comprendería.

—Escucha, Jane. Las vías del metro están congeladas. Los coches de la gente siguen sepultados debajo de la nieve. La mitad de tus testigos no podrá comparecer.

¡Civiles! Son como niños, no saben afrontar nada, ni siquiera un leve cambio en la temperatura. A fin de cuentas, el invierno se presentaba todos los años puntualmente; cualquiera diría que con la experiencia de tantos años, la Humanidad estaría más que preparada para afrontarlo.

—De acuerdo. Confiemos en que el martes las buenas gentes de Nueva York hayan localizado sus coches y los genios que dirigen el metro hayan sabido cómo ponerlo en marcha de nuevo. Gracias, Lawrence, nos veremos el martes.

En realidad la cosa no era tan mala, pensó Jane. Necesitaba otro día para prepararse, puesto que había desperdiciado el sábado para ver películas en televisión. Y para ir al bar. Dios, el bar. Y ahora que disponía de tiempo, podía concederse otra hora de sueño antes de preparar su interrogatorio.

Los recuerdos de la noche anterior, el desastre en tecnicolor, invadieron a Jane mientras trataba de conciliar de nuevo el sueño. ¿Qué había ocurrido? Todo había comenzado estupendamente con Hank, que parecía responder a Jane como si ésta fuera Doris. Había estado pendiente de ella, le había propuesto que se fueran a otro sitio, incluso había dicho que era más alegre que unas pascuas. Algo inédito. Nadie había dicho jamás eso sobre Jane Spring. Todo indicaba que lo estaba haciendo de maravilla.

¿Entonces por qué se había largado Hank apresuradamente? Jane se interrogó a sí misma. ¿Por qué acabé perdiendo el caso?

¿Porque le dije cuatro verdades a aquel gamberro que me golpeó? Doris siempre se defendía cuando creía que alguien había comprometido su honor. ¡El mismo Hank me animó a hacerlo! Quizá me enfurecí más de lo que se hubiera enfurecido Doris, pero eso no explica por qué se esfumó el tío.

Se incorporó en la cama. Anoche no se había percatado, pero ahora lo comprendía. Hank había dicho que era más alegre que unas pascuas. Un bonito elogio, desde luego, pero que no la definía como una mujer irresistible. Eso era Doris; por eso la deseaban los hombres. Tener un temperamento alegre no hacía que los hombres perdieran el juicio, el corazón y el apetito por ella. No era de extrañar que Hank la dejara plantada. Jane no le había ofrecido suficientes alicientes para que se quedara. De pronto comprendió el motivo. Para expresarlo como lo habría hecho el general, eso sólo era una parte de la batalla.

Lo que hacía que los hombres enloquecieran por Doris no era sólo su divertida conversación, sino el conjunto. El pelo, la ropa, los zapatos, sus modales, su forma de expresarse, incluso el apartamento decorado en color pastel. Era todo el «paquete» lo que la hacía irresistible, lo que la convertía en la mujer que los hombres deseaban más que cualquier otra.

Jane comprendió entonces su error, y cómo rectificarlo. La única forma de atrapar a un hombre, la única forma que a Doris le había dado resultado, era convertirse en Doris, en cuerpo y alma, no sólo seleccionar unos aspectos de ella.

Eso era lo que deseaban los hombres. Eso era lo que Hank había deseado: Doris en technicolor.

Pero ¿cómo? Una cosa era hablar como ella, pero caminar, vestirse y moverse como ella... ¿Acaso tenía Jane que vivir en un apartamento de color amarillo? ¿Darse unos baños de espuma en lugar de ducharse? Pero ¿quién tenía tiempo para eso?

Era imposible, por no decir poco profesional y claramente ridículo. Jane era adjunta del fiscal del distrito de Nueva York y dentro de dos días tenía un juicio. Aparte de todo, lo más importante que necesitaba mostrar ante el tribunal era lo único que Doris no poseía: veneno.

De modo que se hallaba en un callejón sin salida, consciente de lo que tenía que hacer, pero convencida más allá de una duda razonable de que la tarea era realmente imposible. Jane meneó la cabeza mientras reflexionaba. Seré el hazmerreír de la ciudad y me echarán del colegio de abogados. Se tumbó en la cama y se tapó con las mantas, recordando uno de los viejos axiomas del general: *«Retirarse es garantizar la derrota, Jane»*. Excepto cuando trabajas en el mundo de los civiles, señor. En ese caso la única opción es retirarse cuando está en juego tu empleo. Jane sabía que si su padre la hubiera oído esgrimir una excusa tras otra se habría enfurecido.

De pronto sonó el timbre de la puerta. Jane comprendió que era una señal inequívoca de que debía levantarse de la cama, y como ya estaba vestida, incluso podía abrir la puerta. Atravesó descalza el cuarto de estar y estaba tan distraída pensando en Hank y en Doris que abrió la puerta sin mirar primero a través de la mirilla.

—¡Hola, Jane!

Dios, eran los Tate. Vestidos. Lo cual no dejaba de ser una grata novedad. Jane esbozó una sonrisa forzada, aunque tenía una jaqueca de campeonato.

—¡Hola, parejita! —respondió.

—Hemos venido a comprobar si estás bien —dijeron a coro con las manos enlazadas.

—¿Perdón?

—Por la tele dijeron que los ciudadanos debíamos ir a ver si nuestros vecinos necesitaban algo en caso de que fueran ancianos, estuvieran inválidos o vivieran solos. Ya sabes, personas con alguna discapacidad —dijo el Tate varón.

—Para asegurarnos de que no te habías muerto de frío o algo parecido. Por lo visto anoche se congelaron muchas tuberías y la gente se quedó sin calefacción y agua caliente.

¿Gente con alguna discapacidad?, pensó Jane apoyándose en la puerta para no caerse de la impresión. ¿He oído bien? Los Tate, no, el mundo entero me ha etiquetado como parte de un grupo que incluye a los ancianos y los inválidos. ¿Porque estoy soltera? ¡Esto es increíble! Por no decir inconstitucional. Cualquiera diría que no me esfuerzo en tener una relación. Anoche mismo, sin ir más lejos. En fin, más vale dejarlo.

—Os lo agradezco, pero como podéis comprobar, no me he muerto de frío.

—Genial —contestaron los Tate—. Si necesitas algo, ya sabes dónde estamos. —Los Tate sonrieron, dieron media vuelta y se dirigieron hacia el ascensor. Jane cerró la puerta, se enderezó y se encaminó hacia la cocina a paso de marcha como un cadete.

—¡Los ancianos, los inválidos y yo! —gritó.

Tomó un filtro de papel y lo introdujo en la cafetera, tras lo cual abrió un paquete de café con los dientes.

Vaya. Está claro que no tengo opción, pensó mientras llenaba la cafetera con agua. ¿Qué es un fiscal sino un actor que interpreta un papel ante el tribunal? Yo interpreto un papel todos los días, ¿por qué no voy a saber interpretar éste? Puede que me tachen de loca o me echen del colegio de abogados, pero esto me confirma que la situación es desesperada, que sólo existe un camino para alcanzar la victoria.

Caballeros, calienten motores.

Doris, a por ellos.

Rock: *¿Qué es lo primero que hace una mujer antes de casarse? Seleccionar los muebles, el papel de las paredes y la moqueta.*

Conversaciones a medianoche

13

Ahora que Jane Spring había tomado una decisión, sus ganas de dedicar el día a preparar el caso Riley eran nulas. ¿Cómo iba a pensar en la estrategia de la acusación cuando tenía tanto que hacer en su vida personal? Se sentó en el sofá, sosteniendo la taza de café con una mano y un bloc de notas en la otra. Reprodujo mentalmente las películas que había visto la víspera, deteniendo su proyector interior de vez en cuando para anotar las cualidades específicas que hacían que Doris fuera la mujer que los hombres deseaban.

1. Personalidad.
2. Lenguaje corporal.
3. Cuidado personal.
4. Indumentaria.
5. Decoración del apartamento.

Teniendo en cuenta el grado de dificultad, decidió empezar por lo último y más sencillo. Crearía un ambiente propicio para convertirse en Doris, y luego se transformaría en ella. Dicho de otro modo, el plan exigía renovar en primer lugar su apartamento, luego a Jane Spring.

Aunque algún comercio estaba cerrado a cal y canto, el noventa y ocho por ciento estaba abierto, lo que confirmaba la gran religión del capitalismo americano. Entre los adherentes a esta religión, Nueva York es la Tierra Sagrada. No existe otro pueblo en la tierra más consagrado en cuerpo y alma a ganar dinero que los neoyorquinos, y una ventisca es una excelente oportunidad que no debe desaprovecharse. Paraguas, palas, sal, botas de nieve, calcetines gruesos, sopa caliente, café caliente, libros, vídeos, CD, mantas... Eso era lo que la gente quería, y lo quería ahora. ¡Nada de quedarse en casa! Starbucks estaba abarrotado. En las cafeterías no cabía un alfiler. Las ferreterías no daban abasto. En Bloomingdale's habían agotado las botas de agua. Jane entró en Gracious Home, una tienda que vendía artículos para la casa y de decoración situada a tres manzanas de su apartamento, y se abrió camino entre la cola de personas que esperaban para pagar las palas que habían comprado.

Ella sólo había ido allí una vez, y la visita no había revestido un interés especial. Había comprado un desatascador para el retrete. En esta ocasión salió con cinco botes de pintura de color amarillo pálido, un bote de pintura blanca, un rodillo y bandeja de pintor, cuatro jarrones de cristal, una funda de sofá de color amarillo canario, seis docenas de margaritas de seda con tallos, dos cortinas de seda azul celeste y unos rieles para colgarlas, dos pantallas de color blanco ribeteadas con un cordón azul, un juego de sábanas y fundas de almohadas blancas y dos mantas de felpa amarillas con un ribete de satín.

Cuando volvió a casa, llamó a una empresa de colchones que se anunciaba día y noche por televisión. Jane conocía la sintonía de memoria. ¿Estaría abierta? Por supuesto. Abrimos siete días a la semana, aceptamos encargos las veinticuatro horas del día, tanto si llueve como si nieva o caen chuzos de punta. ¿Podían llevarle un colchón hoy mismo pagando un recargo? Desde luego, aunque en lugar de dos horas, quizá tardaran cuatro debido a que no habían quitado la nieve de todas las calles. Pero se lo llevaremos. De acuerdo, dijo Jane, entonces tomen nota de mi encargo.

Arrastró sus muebles hacia el centro del cuarto de estar, los cubrió con una sábana vieja y se puso manos a la obra. Comenzó a pintar las paredes de color amarillo pálido como si estuviera en trance, y también el mueble negro adosado a la pared y la estantería de color blanco. Incluso transformó la mesita de café de cristal y acero con su brocha.

Colocó la funda de color amarillo canario en el sofá de cuero negro, y aunque las paredes aún no se habían secado, estaba impaciente por ver cómo quedaban las cortinas de seda azul, de modo que las colgó procurando que no se mancharan. Justo cuando terminó de arreglar el cuarto de estar, sonó el timbre de la puerta y Jane ordenó a los repartidores que subieran el paquete al apartamento 4R.

—Veo que está decorando la casa —comentó uno de los repartidores cuando él y su compañero entraron cargados con una cama y un colchón individual.

—Así es —contestó Jane.

—¿Dónde está el cuarto de su hijo?

—No tengo hijos —respondió mientras les conducía a su dormitorio—. ¿Pueden llevarse la cama doble? El anuncio en televisión dice que retiran las camas viejas gratis.

—¿Esta cama es para usted? —preguntó el segundo repartidor con tono incrédulo—. ¿Quiere que nos llevemos la cama doble y le dejemos la pequeña?

—Sí —contestó ella arqueando las cejas y asumiendo su expresión de fiscal—. ¿Hay algún problema, caballeros?

Los repartidores desmontaron rápidamente la cama doble y se la llevaron. Jane contempló su nueva cama de soltera, envuelta en plástico.

—Debe de ser esa filosofía de la *new-age,* que te obliga a renunciar a todos los placeres terrenales para concentrarte en tu espiritualidad o algo por el estilo —observó uno de los hombres cuando estuvieron de vuelta en el camión.

—Sí, o algo relacionado con el yoga.

—No. Las personas que practican el yoga duermen en unas esteras en el suelo. No comprarían una cama.

—Quizás esa mujer quiere ser monja y ha decidido dormir sola una temporada antes de meterse en un convento.

Los repartidores asintieron con la cabeza. Eso debía ser. La tía del 4R se preparaba para una vida de obediencia, castidad y pobreza. Pero ¿y el cuarto de estar pintado de amarillo y las costosas cortinas de seda azules? ¿En qué tipo de convento iba a ingresar esa mujer?

A las cinco de la tarde, con todas las paredes de la casa pintadas de un color soleado y alegre, su nueva cama vestida con las flamantes sábanas blancas y bonitas mantas de color amarillo, y unas margaritas de seda en cada habitación, Jane Spring tomó su bloc de notas y emprendió su siguiente tarea.

—Cuarto paso —leyó en voz alta—. La indumentaria.

Jane tomó el ascensor y bajó al sótano, sintiendo que el corazón le latía aceleradamente. ¿Era el olor de la pintura que la había mareado o la emoción de haber alcanzado una solución? Al encender la luz del sótano, vio un ratón deslizándose apresuradamente debajo de un viejo ventilador de techo colocado en un rincón. Jane sorteó una bicicleta oxidada y se acercó a un viejo baúl sobre el que había apiladas unas cajas y algunas pantallas. El baúl había pertenecido a su abuela Eleanor. Al morir, ésta había dejado todas sus pertenencias a su única nieta, quien hasta ese momento no había imaginado que pudieran serle útiles. Ahora era justamente lo que precisaba. Se inclinó sobre el baúl y trató de arrastrarlo por el asa, pero era más pesado de lo que recordaba. Subió apresuradamente para tratar de convencer al conserje de que le echara una mano. El hombre se resistió hasta que ella le ofreció cinco dólares. Quince, dijo el conserje. De acuerdo, diez. Entre ambos sacaron el baúl del sótano y lo introdujeron en el ascensor.

—¿Qué hay aquí dentro? —preguntó el conserje respirando trabajosamente debido al esfuerzo.

—Las cosas de mi abuela —respondió ella.

—¿De veras? ¿Seguro que no es su abuela?

—Seguro. Es que le encantaba ir de compras.

—¿Y qué compraba? ¿Ladrillos?

Jane se echó a reír, tras lo cual miró a su sudoroso cómplice. Antes de lo que imaginas, pensó, comprobarás lo que hay aquí dentro.

Esa noche durmió con un pijama de seda azul de la abuela Eleanor, recién lavado y planchado. Le complacía el tacto fresco y suave de la seda. Aparte de volverse y chocar con la pared en un par de ocasiones, Jane pensó que la experiencia de dormir en una cama de soltera, bajo las mullidas mantas de color amarillo, había sido muy agradable. Estaba tan cansada, que ni el frío logró despertarla. Había dejado todas las ventanas del apartamento abiertas para eliminar el olor de la pintura. Cuando se despertó a la mañana siguiente, sus labios presentaban el mismo color azul que su pijama. Pero daba lo mismo. La prueba de esa primera noche en una cama de soltera había sido todo un éxito, según Jane. Había iniciado el camino de su transformación.

Jesse llamó a primera hora diciendo que como habían limpiado las calles, tomaría un autobús para ir al apartamento de Jane y repasar con ella el caso.

—Llegaré a las nueve. ¿Te va bien? Traeré unos bollos; tú prepara el café.

Jane estuvo a punto de acceder hasta que cayó en la cuenta de la sorpresa que se llevaría Jesse. ¿Cómo iba a explicarle que había aprovechado la ventisca para renovar su apartamento? Por lo demás, no quería que nadie viera ni supiera nada hasta no haberse transformado por completo en Doris. El incidente en el bar le había enseñado que las cosas hechas a medias no funcionan. Sólo cuando hubiera tachado todos los encabezamientos de su lista comenzaría a surtir efecto la magia y se convertiría en la mujer que deseaban los hombres.

—Mmm, mejor que no. Llevo dos días metida aquí y estoy deseando salir. ¿Por qué no nos encontramos a medio camino? Así podré estirar las piernas.

—¿No has salido, Jane?

—¿Que si he salido? No, ya te lo he dicho. Me he quedado aquí preparando el caso.

—No sé si vas a poder estirar las piernas sin exponerte a partirte una. El suelo está muy resbaladizo. Esta mañana, cuando salí a comprar el *Times*, por poco me rompo la crisma.

—Un poco de ejercicio nunca hace daño, abogado. ¿Te parece que quedemos en la Pastelería de Patsy en la calle Ciento diez?

—Perfecto. Me reuniré contigo dentro de una hora.

Jane se despojó del pijama de la abuela Eleanor y se puso unos vaqueros, una botas de nieve, una camiseta negra, un abrigo negro, unos guantes y una bufanda. Ocultó su melena rubia debajo de un gorro negro, recogió todas sus notas sobre el caso, se ajustó las gafas sobre la nariz y salió.

Si todo salía según lo previsto, no volvería a salir del apartamento con esa pinta.

Rock: *De acuerdo, he tenido algunas aventuras.*

Doris: *¿Algunas? ¡Si te has acostado con la mitad de la población femenina!*

Pijama para dos

14

En el café, Jane leyó a Jesse su exposición inicial y, dado que todos los presentes estaban leyendo tranquilamente sus periódicos, obtuvo un público atento, hasta el punto de que algunas personas incluso la aplaudieron cuando terminó. Jesse alzó los pulgares en señal de aprobación y tras otras dos horas comparando notas, ensayando el turno de repreguntas y verificando las listas de testigos, se despidieron y cada cual siguió su camino.

Jesse se fue al gimnasio.

Jane se dirigió a Duane Reade. Había llegado el momento de poner en marcha el tercer paso: el cuidado personal, es decir, el maquillaje y el arreglo del pelo

Tardó unos minutos en encontrar la sección de cosméticos; en treinta y cuatro años nunca había puesto los pies allí. Jane contempló impresionada la pared en la que estaban expuestos los cosméticos, prácticamente una manzana urbana repleta de pintalabios, maquillajes, máscara de pestañas y tratamientos contra las ojeras. ¡Dios!, pero ¿era posible que las mujeres se pusieran todo eso? Considéralo pinturas de guerra, se dijo. Los soldados se las ponen en combate para alzarse con la victoria; yo me las pondré para alzarme con la mía.

Cuando eran adolescentes, Alice había impartido a Jane, muy en contra de la voluntad de su amiga, una lección sobre las reglas básicas de aplicación del maquillaje, una lección que Jane no había olvidado, tan sólo desdeñado. En aquel entonces se había sentido horrorizada por las influencias civiles ante las que había sucumbido su amiga; en esos momentos, se sentía profundamente agradecida a ella.

Eligió un rímel, un *eyeliner* líquido, un frasco de maquillaje color miel tostado, un pintalabios de color rosa nacarado, una laca de uñas blanca nacarada, una sombra de ojos de color azul y unos polvos compactos translúcidos. Luego se trasladó a la sección de productos para el pelo y seleccionó un bote de laca en *spray*, un tinte para el pelo rubio platino, unas tijeras de barbero, una caja de rulos y tres paquetes de lacitos para el pelo: una roja, otra rosa y otra azul.

En la sección de productos de aseo, Jane tomó un frasco de gel de baño y un tarro de crema Pond's. En la sección de electrónica eligió un pequeño secador de pelo y luego, después de comprobar que había comprado todo lo que figuraba en su lista, se colocó en la cola para pagar. De pronto sonó su móvil. Era Alice. Qué llamada tan oportuna, pensó, en estos momentos recordaba tus lecciones de maquillaje.

—Hola, Springie. ¿Crees que sobrevivirás a la ventisca?

—Pero si no es nada. Los civiles creen que es el Fin del Mundo.

—¿Qué haces?

—En estos momentos estoy en la farmacia, comprando lo de siempre: jabón, servilletas de papel y pasta dentífrica. —Lo cierto era que Jane no había comprado ninguno de esos artículos, y la mujer que estaba detrás de ella en la cola echó un vistazo a su cesta y luego la miró intrigada.

—¿Has pensado en lo que hablamos el otro día, Springie?

Al intuir lo dolida que debía de sentirse su amiga, Alice había decidido no llamar inmediatamente después para seguir hurgando en la deprimente vida sentimental de Jane. Había dicho lo que tenía que decirle y quería darle tiempo para reflexionar sobre ello.

—Sí. De hecho, Alice, aparte de reflexionar, he decidido hacer algo al respecto, tal como me aconsejaste. —Jane vació entonces el contenido de la cesta sobre el mostrador—. He contratado a una profesora particular para que me enseñe a relacionarme como los hombres —murmuró. La cajera alzó la vista brevemente.

—Bien hecho, Springie. Tengo entendido que están muy de moda. ¿Quién es?

—Una mujer de la que me han hablado maravillas. Se llama Doris.

—Doris. Suena a una persona en la que puedes confiar. ¿Qué método utiliza?

—Es muy simple. Me da consejos y yo los sigo.

—No dejes que te haga cometer un disparate, Springie.

—¿Un disparate? Estás hablando conmigo, Alice. —Jane se echó a reír al entregar su tarjeta de crédito a la cajera.

—Lo sé —contestó ella. En su fuero interno, deseó a esa tal Doris mucha suerte. Conseguir que su mejor amiga cambiara no sería empresa fácil, sino semejante a escalar el Everest.

Lo más duro para Jane Spring fue cortarse el pelo. Se plantó delante del espejo del cuarto de baño, tijera en mano, haciendo acopio de todo su valor. Sabía que tenía que cortárselo. Doris lucía una graciosa melena corta, una de las cosas por las que los hombres la adoraban.

Pensó en los nuevos reclutas que se sometían a un rapado de pelo el primer día de instrucción. Recordó que se acercaba a las ventanas de la barbería de la base para observar cómo caían sus guedejas al suelo mientras el barbero les afeitaba la cabeza. Los chicos gemían, de modo que Jane se concedió un minuto antes de ponerse manos a la obra.

Tomó un mechón e hizo el primer corte. Lo sostuvo ante ella y lo contempló. Medía como mínimo veinticinco centímetros. Da lo mismo, ahora no puedo detenerme.

Se cortó el resto del pelo sin mayores problemas. Luego se lo peinó hacia delante, comparando los mechones cortos con los largos, e igualó las puntas. Cuando terminó, se cortó el flequillo sobre la frente, tras lo cual se tiñó el pelo de rubio platino y lo secó de forma que las puntas se rizaran hacia dentro.

Cuando hubo terminado por completo, y con el suelo del baño lleno de pelo, se miró de nuevo en el espejo. Detenidamente. Esbozó una media sonrisa. Le gustaba lo que veía.

—Tienes un aspecto estupendo, Jane Spring, aunque esté feo que yo lo diga —murmuró, admirando su imagen reflejada y alisándose el pelo—. ¡No está nada mal!

Por la tarde se dedicó a una inmersión total en los dos últimos pasos: el lenguaje corporal y la personalidad. Aunque consideraba su visita al bar y su éxito con Hank (antes de que éste se esfumara) una prueba muy positiva, estaba claro que aún quedaba mucho por hacer. Se puso uno de los vestidos de cóctel de la abuela Eleanor y unos zapatos de tacón (¡ay!), colocó una silla delante del espejo del pasillo y se sentó, cruzando las piernas al nivel de los tobillos y juntando las manos sobre el regazo. Enderezó la espalda, estudió detenidamente la postura y la grabó en su memoria. Acto seguido descruzó las piernas y cruzó una pierna sobre la rodilla de la otra. Eran las célebres posturas de Doris. Jane repitió cada operación otras dos veces. Por último, se alisó el pelo, ladeó la cabeza y sonrió. ¡Perfecto!

Entusiasmada, apartó la silla y empezó a caminar arriba y abajo frente al espejo. Despacio, Jane, despacio. Con calma. Camina con pasos pequeños. Recuerda que eres una dama. Esto no es una parada militar de cadetes. Relaja los hombros. Y no olvides alzar el mentón y sonreír. Doris Day jamás cruzó Madison Avenue bajo la lluvia sin sonreír. Jane Spring se paseó arriba y abajo por el pasillo durante diez minutos, hasta que los pies le dolían tanto que no pudo más. ¿Y si dormía con los zapatos de tacón puestos para acostumbrarse a ellos? ¿Era eso lo que hacían otras mujeres?

Se quitó los zapatos y se sentó en su flamante sofá amarillo. Retomando la postura sentada de un pie cruzado sobre el tobillo del otro, se puso a conversar con unos invitados imaginarios. (¡Y la señora Kearns creía que era la única!) Era imprescindible dominar el primer paso, el de la personalidad, si pretendía cazar al hombre de su vida. Sí, los hombres respondían al alegre apartamento de Doris y su melenita dorada, a sus vestidos de color rosa pastel y su mirada entre ingenua y coqueta, pero lo que hacía que se enamoraran de ella era su personalidad optimista y vivaz y su voz que parecía caramelo fundido Y lo de la virginidad, se dijo Jane, no lo olvides. Doris era modesta, decente y totalmente inaccesible en ese apartado. Eso era lo que volvía locos a los hombres.

En cualquier caso no tendría que practicar abstenerse del sexo, pensó.

—¡Buenos días! —dijo en voz alta con todo el entusiasmo del que fue capaz. Sonríe, Jane, sonríe—. Hola, Susan, estoy encantada de verte esta mañana. —Jane palideció. ¿Estaba realmente obligada a decir a la holgazana de su secretaria que estaba encantada de verla? ¿No había excepciones a ese plan? Por lo visto, no. Una cosa que no fallaba nunca en Doris era que trataba a todo el mundo igual.

—Señoras y señores del jurado —declaró Jane. Sonríe, sonríe—. Imagino que ustedes, al igual que yo, estarán horrorizados por lo que han oído durante el juicio. Un hombre tiene una relación sentimental con una mujer más joven que él (frunce los labios, Jane, adopta una expresión escandalizada), pero ¿merece morir asesinado?

Durante cuarenta y cinco minutos Jane habitó a Doris, en cuerpo y alma. Ensayó la forma de saludar a sus colegas, su exposición inicial, su perenne sonrisa. Cuando terminó, le dolía la mandíbula. Jane Spring no había sonreído tanto en toda su vida. Se levantó del sofá y se dirigió al baño. No, Jane, no des esas zancadas. Camina con pasos pequeños, ¿recuerdas? Se miró en el espejo del botiquín y se dijo que pensara en las veces en que se había sentido furiosa. A su mente acudieron imágenes de Gloria Markham, Susan la Holgazana y John Gillespie. En esas ocasiones su primera reacción había sido atacarles; ahora debía utilizar otra táctica. Piensa en lo furiosa que te ponían, Jane. Ahora, concéntrate. Se enderezó, abrió mucho los ojos y respiró hondo tres veces, como hacía Doris antes de regañar a Rock Hudson o a Cary Grant por haber cometido alguna trastada. Inspira. Espira. Inspira. Espira. Inspira. Espira. Lenta y profundamente, Jane. Buena chica. Ya le has cogido el tranquillo. Otra vez. Inspira. Espira. Inspira. Es... Cuando se disponía a expeler el aire, sonó el teléfono. Se apresuró a responder, confiando en que no fuera de nuevo el general.

Era peor. Era Chip Bancroft.

Jane se preguntó durante unos instantes qué deseaba Chip en una mujer. ¿A Doris? ¿Era posible?

—Hola, Bancroft. ¿Me llamas para jactarte de haber ganado el juicio antes de que haya comenzado?

—Hace meses que no nos vemos, Jane. Me alegra comprobar que no has cambiado.

Quizá no digas lo mismo cuando me veas, Chip.

—Mira, Bancroft, estoy tratando de preparar un juicio que comienza mañana.

—¿Y qué crees que hago yo? ¿Crees que estoy viendo un partido por televisión cuando tengo un juicio que empieza dentro de veinticuatro horas?

—Yo no he dicho eso. Supongo que estás en la cama con... ¿Cómo se llama la de esta semana? ¿Bjorgia? Disculpa, ¿con o sin diéresis?

Jane había leído en el *New York Post* que Chip acababa de romper con una modelo para poder liarse con otra. Ninguna de esas chicas tenía el mínimo cerebro, y menos un apellido.

—Muy amable, Jane.

—¿Me equivoco?

—Sí.

—¿De veras? ¿De modo que ya la has despachado? No olvides, Bancroft, que hace años que nos conocemos. Y por lo que he oído en la oficina, algunos letrados no cambian nunca de pelaje.

Chip Bancroft no supo qué responder a eso, y Jane lo sabía. Todo el mundo sabía que él era un conquistador. No había muchos abogados penalistas que pudieran alardear de haber perdido un juicio pero haberse acostado con una adjunta del fiscal del distrito como premio de consolación. Pero Chip Bancroft podía decir que lo había hecho en dos ocasiones, y eso tan sólo en los últimos ocho meses. Chip quería decir a Jane Spring que su problema era que necesitaba un buen revolcón, pero se abstuvo. No quería enemistarse con ella, no fuera que decidiera vengarse de él ante el tribunal.

—¿Quieres saber por qué te llamo, o vas a seguir haciendo comentarios despectivos sobre mi vida personal?

—No, tienes mucha razón, Bancroft. Nos veremos mañana. Será mucho más efectivo hacerlos en persona. Dime el motivo de tu llamada.

—Te llamo para saber si alguno de tus testigos te ha avisado de que no se presentará ni mañana ni el miércoles debido a la ventisca. Un colega me ha informado de que uno de sus testigos está incomunicado en su casa, en Chicago. Supongo que sabes que si tienes que cambiar el orden de comparecencia de los testigos es necesario que yo me prepare para otro turno de repreguntas.

—Sí. Y no, no hay ningún cambio, letrado. Todos mis testigos comparecerán.

—Estupendo.

—Gracias por llamar, Bancroft. Reconozco que tu diligencia me ha impresionado.

—Seguro que la tuya no lo es menos.

—No lo dudes, Bancroft.

—Escucha, Jane, aprovechando que te tengo al teléfono, te diré que hoy he visto a Laura Riley en Rikers. Esa mujer está destrozada. Histérica perdida. Algunas mujeres que defiendo por haberse cargado a sus maridos de un tiro no cesan de celebrarlo en sus celdas. Pero ella no. Está destrozada. Desearía que estuviera vivo.

—Entonces no debió asesinarlo a sangre fría.

—Mira, Jane, no pretendo decirte cómo debes realizar tu trabajo. Sólo te pido que cuando presentes mañana tu exposición inicial, mantengas los ojos en el jurado y no te dediques a apuntar a la acusada con el dedo ni a achicar los ojos cuando la mires. Ya tendrás tiempo de hacerlo más tarde. Quiero que Laura Riley tenga ocasión de acostumbrarse a la sala, al juez y al jurado. Te juro que si te lanzas el primer día sobre su yugular y haces que rompa a llorar yo pediré un receso.

—Pero ¿qué oigo? ¿Chip Bancroft tiene una vena sensible? ¿Estás preocupado por tu clienta? Pensé que lo único que te preocupaba era que el vino estuviera bien frío y tu cama caliente.

Chip emitió una audible exclamación de protesta.

—Esa mujer está destrozada, Jane. Te lo ruego. No ha comparecido nunca ante un tribunal, y menos acusada de asesinato. Sólo te pido que le concedas medio día para calmarse un poco antes de ir a por ella.

Jane Spring reconoció en su fuero interno que estaba impresionada. Por más duros de pelar que fueran los acusados, todos entraban en la sala del tribunal temblando como niños. El hecho de oír cómo pronuncian tu nombre en voz alta junto con los cargos que se te imputan es una experiencia impactante, terrorífica. Y Chip le pedía un poco de tiempo para una cliente que al parecer estaba trastornada. ¿O no era así? Con Chip nunca sabías qué se proponía. Quizá tratara de ablandarla para poder machacarla mañana ante el tribunal. Pero Jane no estaba dispuesta a ceder un milímetro.

—No te esfuerces, letrado. Te aconsejo que te leas la Constitución. Todo el mundo es igual ante la ley. Nadie consigue favores especiales. Nos veremos mañana.

Chip Bancroft colgó el teléfono.

Cabrona.

Doris: *¿Así que te parezco una mujer de una pieza?*

Cary: *Irresistible.*

Suave como visón

15

Jane Spring entró en el baño para ducharse y al ver su imagen en el espejo se sobresaltó. ¡Se había pegado un buen tijeretazo en el pelo! Se tocó la nunca y le pareció raro sentirla desnuda.

Ánimo, Jane. No es momento de ponerse sentimental.

Después de ducharse, contempló la ropa que había dispuesto la noche anterior. Había tardado más de una hora en elegir el conjunto adecuado. Para su primer día como Doris había decidido lucir una falda tubo de lana rosa con una chaqueta a juego con el cuello estilo barco, junto con una camisa de seda blanca con un lazo anudado en el cuello. Los zapatos eran blancos, de tacón, las medias transparentes. Jane había encontrado en el joyero de la abuela Eleanor un broche de perlas en forma de flor. Asimismo había elegido unos pendientes de perlas y una vistosa pulsera de oro de la que pendía una moneda de oro.

Pero el elemento clave era el sujetador. Al contemplar el sujetador de satín rosa pespunteado de su abuela, con cinco hileras de ganchos en la espalda y unas copas puntiagudas como torpedos, Jane se preguntó si sería capaz de abrochárselo y hacerle justicia. Hasta la fecha sólo había llevado unos sujetadores de deporte, los cuales en lugar de realzar sus encantos naturales los oprimían. Pero los sujetadores de la abuela Eleanor no pretendían oprimir nada, sino crear un par de tetas que tenían la virtud de realzar un jersey de cachemir y la bragueta de un hombre adulto.

Jane observó el conjunto que iba a ponerse durante cinco minutos antes de volver a enfundarse el kimono de seda azul de su abuela y dirigirse de nuevo al baño. Era la primera vez en la historia de su carrera como fiscal que no nadaría los tres kilómetros reglamentarios por la mañana antes de un nuevo juicio. Anteriormente siempre había podido sacar cuarenta minutos para darse un chapuzón en la piscina porque sólo necesitaba diez para vestirse. Pero durante el ensayo general la víspera, Jane había comprobado que necesitaba treinta minutos para arreglarse (debido a la cantidad de cremalleras y botones), sin incluir el maquillaje y el peinado. Sabía que con práctica conseguiría arreglarse en menos tiempo, pero había decidido renunciar a la piscina en aras de la moda.

La noche anterior, había descargado por Internet tres fotografías en color de la galería de fotos de Doris Day. Las cuales estaban pegadas en la pared junto al espejo del baño. Empezando por el maquillaje, Jane se pintó la cara de un color miel tostado. Luego observó las fotos de Doris para cotejar el efecto, que le complació, tras lo cual pasó al rímel, que se aplicó tal como Alice le había enseñado a hacerlo años atrás. Primero el párpado superior, luego el inferior. No estaba mal. Luego el *eyeliner* líquido, que requería la máxima concentración. Alice no le había enseñado a aplicárselo, por lo que anoche la prueba había resultado tan desastrosa que Jane había pensado en omitir el *eyeliner* de marras, pero, resuelta a triunfar, respiró hondo, trató de calmarse y lo intentó de nuevo. El efecto quedó bastante presentable, aparte de algunas manchas que eliminaría con un poco de crema y un palito de algodón. Cuando terminó de delinear el segundo párpado, aplicó la sombra de ojos azul sobre ambos párpados. Después se perfiló los labios lentamente con el pintalabios rosa nacarado y se los pintó. Una vez concluida la operación, se retiró del espejo y volvió a mirar las fotos de Doris. Luego contempló de nuevo su imagen en el espejo. Luego las fotos de Doris. Tuvo que reconocer que la comparación era muy positiva.

En su dormitorio, Jane introdujo los brazos a través de los tirantes del gigantesco sujetador de su abuela. Sus sostenes de deporte no tenían corchetes, por lo que no sabía que las mujeres se los colocaban al revés para abrochárselos delante. Pero ya aprendería. Después de tratar en vano de abrochárselo, se quitó el sujetador y se lo puso del revés, de forma que las copas quedaban apoyadas en su espalda y los corchetes en su cintura. Los abrochó metódicamente, dio de nuevo la vuelta al sujetador y se lo colocó como era debido. Luego abrió el cajón de los calcetines y sacó dos pares de calcetines blancos de deporte, que introdujo en las copas del sujetador. No, quedaban demasiado abultadas. Se dirigió apresuradamente al baño para probar con unos *kleenex*, utilizando tan sólo cinco en cada copa. ¡Perfecto! Y si sufro una hemorragia nasal, ya tengo con qué enjugarme la sangre.

Jane se puso la camisa de seda blanca y anudó el lazo del cuello. Le pareció que el lazo quedaba un poco cursi, pero hay que ver el éxito que le había reportado a Doris con Rock y Cary. Pues eso.

No hay vuelta de hoja, se dijo. Los resultados cantan.

Jane era algo más alta que su abuela, por lo que la falda tubo, diseñada para que quedara cuatro centímetros debajo de la rodilla, apenas le alcanzaba la rótula. Se puso la chaqueta rosa y se la abrochó; le sentaba perfectamente con la camisa, y dio las gracias en silencio a la abuela Eleanor por haberse hecho la ropa a medida. Todas las prendas encajaban maravillosamente, lo que significaba que incluso una mujer tan ignorante como Jane en materia de vestir daría la impresión de ser una experta a la hora de coordinar cada pieza de su guardarropía.

Se miró en el espejo, fascinada por su imagen reflejada. La falda le proporcionaba curvas; el sujetador unos contornos. De niña, nunca había podido lucir un vestido. ¿Cómo iba una niña a ponerse unos vestidos y lacitos en una base militar? Su padre no lo consentía. El general opinaba que las niñas que se exhibían con vestidos y lazos eran unas egocéntricas y carecían de autodisciplina. Por tanto, su padre se lo había prohibido terminantemente. El vestido de fiesta que su abuela Eleanor había regalado a Jane cuando ésta tenía ocho años había sido inmediatamente relegado al fondo del armario ropero. Era un vestido de princesa para Halloween. Jane había acatado obedientemente la orden de su padre, y en lugar del vestido se había puesto unos vaqueros y una camisa que había heredado de su hermano. Incluso de adulta Jane vestía siempre pantalones. De modo que cuando se puso el conjunto de la abuela Eleanor, no sabía cómo incidiría su nuevo *look* en sus emociones. Según ella, vestirse era simplemente algo que uno tenía que hacer. Pero en esos momentos, al admirarse en el espejo, volviéndose hacia uno y otro lado, experimentó unas sensaciones que la sorprendieron.

¡Ah, el poder de una falda ajustada! Contrariamente a los dictados del general, el conjunto no la hacía sentirse egocéntrica ni indisciplinada. La hacía sentirse segura de sí, caminar suavemente y sentirse... deseable. Sí, eso es. Sensual. ¡No era de extrañar que las mujeres se vistieran así!

Se calzó los zapatos blancos de tacón, los cuales le apretaban porque eran media talla más pequeños que los que ella utilizaba, tras lo cual se colocó la pulsera, el broche y los pendientes. Luego entró de nuevo en el baño para peinarse y cardarse el pelo de forma que enmarcaba su rostro como una gigantesca burbuja. Doris creía a pies juntillas en el dicho tejano de «cuanto más alto el peinado, más cerca de Dios,» y Jane obedeció dócilmente.

Lo siguiente eran las lentillas. Por lo general sólo las utilizaba en la piscina, pero a partir de ahora serían una presencia constante. A todo el mundo le encantaba ver cómo chispeaban los ojos de Doris. Era preciso desprenderse de las gafas.

Una vez vestida y peinada, Jane bebió apresuradamente un zumo de naranja y comió una tostada (aún no había aprendido que debía pintarse los labios después de comer, no antes) y trasladó los expedientes de la causa de su maletín negro al neceser blanco con un cierre dorado de la abuela Eleanor. Sabía que el neceser era para guardar los rulos y los cosméticos, pero los otros bolsos que su abuela le había dejado eran demasiado pequeños para guardar los documentos que tenía que llevar al tribunal.

Antes de salir del apartamento, Jane se puso el abrigo blanco de lana doble faz adornado con unos botones enormes y un cuello ribeteado con piel de zorro de la abuela Eleanor. Se enfundó unos guantes de cabritilla blancos y por último se encasquetó un gorrito de lana blanco, ribeteado también con piel de zorro, sobre el pelo.

Una vez completada la transformación, Jane Spring corrió a mirarse de nuevo en el espejo.

¡Cielo santo!

¿Qué he hecho? Me tomarán por loca y me encerrarán en el frenopático.

Me quitarán mi licencia profesional.

¡Cielo santo!

No, ánimo, Jane. No estás loca. De hecho, si el general apareciera en estos momentos se sentiría muy orgulloso. Así fue como te educó, ¿no es cierto? *«Los valientes vencen, Jane.»*

Se observó detenidamente y sonrió de oreja a oreja. Sabía lo que dirían de ella, pero en esos momentos le importaba un comino. Se sentía más ligera, como cuando nadaba bajo el agua. Y más feliz, porque llevar los labios pintados y lucir un broche de perlas hacía que te entraran ganas de sonreír. No podías evitarlo.

Jane consultó su reloj. Era hora de irse. Tomó su neceser, apoyó la mano en el pomo de la puerta, lo giró y de pronto se detuvo en seco. Por primera vez en su carrera profesional, sintió una opresión en la boca del estómago.

¿Salgo o no salgo? ¿Seré capaz de seguir adelante con esto? ¡Recapacita, Jane!

Entonces comprendió que sabía dónde hallar la respuesta a su dilema. ¿Qué haría Doris?

Ella habría salido en busca de su hombre, con la cabeza bien alta y sonriendo, sin dejar que el temor o el sentido del ridículo le impidieran alcanzar sus objetivos. Doris aprovecharía la ocasión porque era una mujer de carácter. Y Doris triunfaría porque las buenas chicas son las que se llevan el premio.

Satisfecha, Jane Spring se ajustó el gorrito, abrió la puerta, esbozó su sonrisa más radiante y se encaminó hacia el ascensor.

Camina con pasos pequeños, Jane. Recuérdalo.

Amiga: No pierdas la calma. Serénate. Recuerda tu formación de girl scout.

Doris: El manual no te enseñaba cómo resolver una situación semejante.

Suave como visón

16

Por primera vez en su carrera de letrada, Jane prescindió del metro y tomó un taxi para ir a los juzgados. En primer lugar, es lo que habría hecho Doris, que vivía en taxis. En segundo lugar, no podía andar más de diez pasos con esos tacones, y menos bajar las desvencijadas escaleras del metro. Cuando por fin se detuvo un taxi, más que encaminarse hacia él Jane se lanzó al trote, como un caballo, alzando cada pie con cuidado antes de apoyarlo de nuevo en el suelo, temerosa de caer de bruces. El hecho de instalarse en el asiento posterior del taxi con ambos tobillos indemnes y el maquillaje intacto fue su primer triunfo de la jornada.

—¿Adónde la llevo? —preguntó el taxista.

¡A por ello, Jane! A partir de ahora sería Doris 24/7 hasta haber completado su misión. Sólo entonces, hombre en mano, guardaría los trajes de color rosa y las perlas y regresaría al mundo como la vieja Jane Spring.

Respiró hondo y respondió con tono meloso:

—A los juzgados de Centre Street. Gracias, taxista.

Mientras viajaba en el asiento trasero del taxi, hizo unos últimos ejercicios de calentamiento, como una cantante de ópera.

—¡Buenos días, Jesse! —dijo alegremente—. ¿Qué tal estás?

Jane se detuvo.

—Estoy impaciente por medir mis fuerzas contigo, Bancroft —dijo sonriendo—. Porque, como sabes, no hay nada que le guste más a una chica que un reto.

El taxista la miró por el espejo retrovisor y puso los ojos en blanco. ¡El primer viaje que cojo después de la ventisca y es una perturbada! ¿Por qué me tocan siempre las que se ponen a hablar consigo mismas?

Debido a la cantidad de nieve, tenían que circular por las calles de la ciudad al paso de tortuga. Cuando Jane llegó a los juzgados eran las nueve menos cinco de la mañana. El juicio iba a comenzar dentro de cinco minutos, y la letrada principal de la fiscalía aún no había llegado.

De modo que cuando Jane Spring apareció, en los rostros de Jesse Beauclaire, Chip Bancroft y los alguaciles se reflejó una sensación de alivio. Estaban muy preocupados, pues sabían que Spring solía ser la primera en llegar.

Pero el alivio duró poco. Fue eclipsado por el más absoluto estupor. Un gran número de cabezas se volvieron hacia ella con los ojos desorbitados. Las cejas arqueadas. El cuello desencajado. La mandíbula dislocada.

Ignorando el revuelo que había causado, Jane Spring se encaminó hacia la mesa de la acusación y depositó en ella su neceser.

—¡Buenos días, Jesse! —dijo con tono cantarino y sonriendo al tiempo que se quitaba el abrigo y lo colgaba del respaldo de la silla. Después de dejar el gorrito en un lado de la mesa, se despojó de los guantes lentamente, quitándoselos con deliberada y calculada elegancia.

Jesse Beauclaire era incapaz de responder al saludo de Jane. Se quedó mirándola atónito, tomando nota de los colores más que de los demás detalles. Zapatos blancos. Traje rosa. Pulsera de oro. Luego se preguntó qué había sido de su larga melena, de su traje pantalón negro, de su cordura. Cuando recuperó el habla, preguntó:

—Pero ¿eres tú, Jane?

—Sí, claro que soy yo —respondió ella dulcemente.

Abrió su neceser y empezó a sacar los expedientes de la causa.

—Me refiero a que no te pareces a ti —dijo Jesse. Luego se inclinó hacia ella y murmuró—: ¿Te sientes bien? Porque si no es así, yo me ocuparé. Estoy preparado para hacerlo.

—Estoy perfectamente capacitada para llevar este caso. Se me ha ocurrido cambiar de imagen, eso es todo. ¿Qué te parece?

—Pues muy... rosa. Eso es, rosa —balbució Jesse. Cielo santo, pensó, debo pedir ayuda. A Spring se le ha ido la olla.

Jane se sentó y cruzó las piernas al nivel de los tobillos, tal como había ensayado.

Jesse miró preocupado a Chip Bancroft, alzando las manos en un gesto de impotencia. Las pupilas de Chip se habían dilatado hasta adquirir el tamaño de unas pelotas de playa. Las venas en su nuca estaban tensas. ¿Qué había sido de la Jane Spring que había conocido en la Facultad de Derecho? ¿La chica con el pecho plano y la personalidad de un sargento instructor? ¿Qué había sido de la Jane Spring con la que había hablado por teléfono anoche? ¿La cabrona que se había negado a dar a su cliente un respiro?

Chip no tardaría en averiguarlo. Jane se acercó a la mesa de la defensa caminando con pasos cortos. En su ausencia, Jesse sacó su móvil y llamó desesperado al despacho de Graham.

—Buenos días, Bancroft —dijo Jane dirigiéndole una sonrisa radiante cuyo efecto estaba garantizado.

—Buenos días, Jane —contestó Chip, tratando de conservar la calma. De pronto lo comprendió todo. Estaba clarísimo. Comprendió lo que ella se proponía, y sonrió satisfecho para sí.

Spring no ha perdido la razón. Es demasiado inteligente y fría. No, esto es un truco. Una complicada maniobra. Ha adoptado este *look* de señora bien de los sesenta para salirse con la suya. Anoche se comportó por teléfono tal como es, mientras planeaba esta jugada. He oído hablar de fiscales que sobornan a jueces, que coquetean con jurados y sacan un conejo de la chistera con tal de ganar un caso, pero esto es el colmo.

De pronto Chip Bancroft tuvo otra revelación, la cual le animó aún más. Si Spring estaba tan segura de ganar este caso, no habría recurrido a disfrazarse con un traje de Halloween para confundir al jurado.

No, Spring está nerviosa. Me tiene miedo. Chip Bancroft se alisó el pelo, se ajustó la corbata y se sentó. Luego se volvió hacia Laura Riley, que estaba sentada en la mesa de la defensa, temblando, y le aseguró que todo iría bien. ¿Ve a la fiscal ahí sentada?, le preguntó, ¿la de la falda rosa? (Dios, qué piernas tan imponentes. No me había fijado en ellas. ¡Y no digamos esas tetas!), pues no tiene caso. No tiene nada que temer, señora Riley. Se lo garantizo.

Cinco minutos más tarde, todos los que estaban presentes en el tribunal (salvo la señora Riley) habían olvidado el motivo por el que estaban allí. Todos los ojos, y todos los pensamientos, estaban centrados en Jane Spring. ¿Era posible que fuera ella?

Sólo el juez, el honorable Ronald E. Shepherd, no pestañeó. Padre de tres hijas adolescentes, el juez Shepherd estaba acostumbrado a sentarse a desayunar por las mañanas y comprobar que una de sus hijas llevaba las uñas pintadas de negro y los labios de color púrpura, la segunda vestía unos harapos que no se habría puesto ni un indigente y la tercera parecía una estrella rutilante del cine porno. Hoy la fiscal había decidido presentarse disfrazada. ¿Y qué? El juez estaba de vuelta de esas cosas y hacía mucho que habían dejado de preocuparle. Lo atribuía a las hormonas.

Graham recorrió a la carrera las dos manzanas desde su despacho hasta los juzgados, de modo que cuando llegó estaba sudoroso y apenas se sostenía de pie. Al verlo, Jesse se levantó apresuradamente de la mesa de la fiscalía para acorralarlo al fondo de la sala.

—¿Dónde está el fuego? —preguntó Graham jadeando.

Jess le ayudó a enderezarse y señaló a Jane Spring.

—¿Soy yo el que está flipado o es ella?

—¡Hostia leche! Pero ¿es ella? —preguntó Graham en voz tan alta que todos se volvieron para mirarle, incluso Jane.

Cuando Jane vio a Graham, le saludó con la mano y le dirigió una sonrisa de oreja a oreja. Él le devolvió el saludo, incrédulo.

—Sí, es ella —dijo Jesse sin apenas abrir la boca—. Y no es sólo la indumentaria. Su voz también ha cambiado. Es increíblemente dulce y no cesa de canturrear esta canción. —Jesse tarareó el estribillo de *Qué será, será.*

—¿Qué coño se ha propuesto? —preguntó Graham entre dientes—. ¿Crees que debemos llamar a un frenopático para que la encierren?

De pronto, al igual que Chip, Jesse comprendió también la verdad de lo que estaba ocurriendo.

—Dice que es un cambio de imagen, pero yo la vi ayer y no me dijo que fuera a presentarse hoy en el juzgado con esa pinta. Y su voz, ese tono amable... Te aseguro que aquí hay gato encerrado, Graham. ¿Sabes qué creo? Que esto no es una cosa espontánea. Es un truco.

No sé cuál es su estrategia, pero es un treta para conseguir que el jurado condene a la acusada. Podría haberme advertido de antemano...

—Tiene bonitas piernas —comentó Graham.

—Sí, ya me he fijado.

—Y menudas tetas. Fíjate, Jesse, tiene tetas. Unas tetas imponentes. Como las que debe tener una mujer.

Jesse asintió con la cabeza.

—Y está guapa con el pelo corto.

—Graham.

El alguacil impuso silencio en la sala.

—Debo irme.

—Llámame más tarde —dijo Graham—. Dime si después de comer ha aparecido vestida con un traje de noche.

De regreso a la oficina, Graham se puso a canturrear una estrofa de *Qué será, será*. De pronto se paró en seco. Dios, ya lo entiendo. Ya sé quién es Jane. Es Doris Day.

Cuando Graham estudiaba en la Facultad de Derecho había evitado el circuito de los camareros y había ganado un dinero trabajando tres noches a la semana y los domingos en una destartalada tienda de discos y libros de segunda mano. Aunque no percibía propinas, la escasez de sueldo era compensada por los incentivos. Las noches en que no había mucha clientela el dueño le dejaba estudiar en el almacén; Graham había preparado más de un examen de fin de curso en ese lugar. Y lo que era mejor, había conocido a un gran número de atractivas universitarias, en su mayoría estudiantes de historia del arte, que entraban en la tienda en busca de libros de arte raros. Ése era el aspecto positivo.

El aspecto negativo era que el dueño tocaba una selección de álbumes que Graham no soportaba en rigurosa rotación para dar «ambiente» a la tienda: *Judy en Carnegie Hall, El hombre de La Mancha, Grandes éxitos de Doris Day.* ¿Cuántas veces había tarareado Graham el *Qué será, será* mientras subía por la escalera para colocar unos libros en las estanterías? ¿Cuántas veces había contemplado la fotografía de Doris en la carátula del álbum que estaba expuesto en el mostrador de la entrada? ¿Por qué fingía Jane Spring ser Doris Day? ¿Sufría una crisis nerviosa?

Pongamos que Jesse tiene razón, pensó Graham, y Jane no ha perdido el juicio. Pero ¿de qué forma va a ayudarle a que gane este caso de asesinato el representar el papel de icono cinematográfico virginal de los años sesenta? Jane había perdido el juicio Markham por haber interpretado el papel de Jane Spring al máximo. Quizás el veredicto de absolución la había afectado más de lo que había demostrado. Quizá pensaba que enterrando a la Jane auténtica en favor de una Jane más dulce y amable impediría que volviera a suceder. Era la única explicación racional.

¡Qué maniobrera era esa chica! Jane era una caja de sorpresas.

Doris: No pretendía que te sintieras incómodo.

Suave como visón

17

Cuando Graham regresó al trabajo, entró apresuradamente en el despacho de Jane y comprobó con alivio que todo estaba como antes. Jane no había cubierto las ventanas con cortinas de algodón de color rosa ni había pintado las paredes de azul claro. Lo que confirmaba que Jesse tenía razón. El cambio de Jane estaba reservado únicamente al tribunal. Por tanto no era necesario advertir a Susan la Holgazana de que la sargento mayor había perdido la chaveta. Estaba claro que cuando Jane retornara al confort y seguridad de la oficina del fiscal del distrito, dejaría de actuar, lo explicaría todo y seguiría siendo el sargento instructor que todos conocían y toleraban.

En el tribunal, Jesse permaneció sentado en la mesa de la acusación observando a Jane Spring pronunciar su exposición inicial, pero no oyó una palabra de lo que decía. Estaba absorto preparando el discurso que él pensaba endosarle a Jane en el primer receso. Vamos a ver, Jane, ¿puedes explicarme tu nueva e interesante estrategia en términos jurídicos? ¿Cuánto tiempo te propones seguir con esta pantomima? ¿Piensas lucir un conjunto nuevo cada día? ¿Esperas que mañana me presente vestido de frac?

En la tribuna del jurado, las ocho mujeres y los cuatro hombres que habían sido minuciosamente seleccionados por Jane Spring también la observaron mientras pronunciaba su exposición inicial.

Buenos días. Me llamo Jane Spring y soy la representante del Estado de Nueva York en este caso. Voy a ofrecerles una visión general del caso del Estado contra Laura Riley. Pero antes quiero darles las gracias por haber aceptado actuar como jurados en este juicio. Esto demuestra su compromiso con sus deberes cívicos y su pasión por la justicia. Ojalá todos los ciudadanos tuvieran ese grado de civismo.

Parecía como si Jane se expresara en una lengua que los jurados desconocían. Ninguno prestó atención a lo que decía. Los hombres estaban absortos contemplando sus piernas, su voz melosa y la radiante sonrisa que les dirigía para subrayar cada frase importante. Las mujeres estaban absortas admirando el corte de su traje, el gorrito ribeteado con piel de zorro que ocupaba un silencioso lugar en la mesa de la acusación, la forma en que la moneda de oro que colgaba de su pulsera se agitaba cada vez que Jane gesticulaba.

Ésta tampoco oía una palabra de lo que decía, pues estaba concentrada en la forma en que caminaba y se expresaba, en su lenguaje corporal. Recuerda, Jane, murmuraba para sí, eres una virgen dulce pero con carácter, que jamás robarías el marido a otra mujer, y menos aún le matarías de un tiro. Así que demuéstrales de qué estás hecha.

> *Les explicarán que la acusada entró en el apartamento de la amante de la víctima* (frunce los labios, adopta una expresión escandalizada al mencionar la traición conyugal) *muy agitada* (señala a la acusada con aire de reproche; sonríe al jurado) *y amenazó a su marido con matarlo.*
>
> *También les presentarán pruebas forenses de que la bala que mató a Thomas Riley no fue disparada de forma accidental sino intencionadamente* (ponte seria y abre mucho los ojos). *Señoras y señores, al final comprobarán que Laura Riley tenía un móvil, la oportunidad y los medios de planear y cometer el asesinato premeditado de su marido.* (Junta las manos y baja la cabeza.)
>
> *Gracias.* (Sonríe, Jane, sonríe.)

Por primera vez en su carrera como fiscal, no hubo diferencias de opinión entre los jurados sobre quién creían que era o qué deseaban que fuera. Ninguno fantaseó con que era una tímida escolar o una secretaria sexy. Las expresiones faciales de Jane eran tan francas y evidentes, su personalidad tan alegre, que no había misterio ni motivo para interpretaciones. Todos vieron a la misma mujer, la estrella de cine de los años sesenta cuyas películas ponían continuamente en las cadenas digitales que ofrecían cine clásico. Era la joven dulce, con carácter y trabajadora que luce unos zapatos de tacón blancos y unos trajes de color rosa y siempre consigue atrapar al hombre de sus sueños.

No estaban muy seguros de qué hacía una mujer de esas películas clásicas en un tribunal neoyorquino a las nueve y cuarto de la mañana pronunciando su exposición inicial en un juicio por asesinato. ¿Adónde había ido la otra fiscal? ¿La de aspecto serio que llevaba un traje negro y había seleccionado al jurado? Daba lo mismo. Les gustaba más esta fiscal. ¡Era un encanto! Suave, dulce y con una voz preciosa. ¡Y muy atractiva! Era adorable.

A Jane Spring no le importaba cómo reaccionaran ante su nueva personalidad, aunque era agradable que la miraran con gesto de admiración. Esto no lo hacía por ellos, al margen de lo que Chip Bancroft, Graham o Jesse pudieran pensar. No lo hacía por la justicia, aunque le complacería que el jurado emitiera un fallo condenatorio. Lo hacía por él, por el hombre que, cuando la conociera, cuando la viera y oyera, caería rendido a sus pies.

Pero ¿dónde estaba ese hombre?

A las tres de la tarde, después de que Jane Spring y Chip Bancroft hubieran completado sus exposiciones iniciales, se suspendió la sesión del tribunal hasta el día siguiente. A ella le complació observar que el jurado le había prestado más atención a ella que a su adversario. Por lo general Chip conseguía ganarse de inmediato a los jurados. Pero hoy parecían haberse decantado por Jane. Lo cual era suficiente para poner a cualquier chica de buen humor.

Cuando regresaron a pie a la oficina, Jesse no pudo contenerse. Jane se había dirigido apresuradamente al baño durante la pausa para almorzar para retocar su maquillaje, por lo que no había tenido ocasión de interrogarla. Ahora, al ver a Jane Spring caminar de puntillas a través del barro, balanceando alegremente su neceser, Jesse se lanzó.

—¿No crees que debemos hablar, Jane?

Ella sabía que Jesse Beauclaire esperaba que volviera a asumir su personalidad de Jane Spring cuando el tribunal suspendiera la sesión. Ésta era su oportunidad de mostrarle que no pensaba renunciar a su nuevo personaje hasta no haber ganado su propio juicio.

—Desde luego —respondió Jane sonriendo dulcemente—. ¿De qué quieres que hablemos? ¿Del tiempo? Confío en que la nieve no tarde en derretirse. Con las calles en este estado, es difícil caminar con tacones.

—Mira, Jane, no sé qué te propones, y hubiera preferido que me hubieras consultado para comentarlo juntos, y puesto que eres tú, seguro que se trata de un brillante y astuto plan, pero ¿quieres hacer el favor de decirme de una puta vez qué ocurre?

Lo que más le gustaba a Jesse Beauclaire de Jane Spring era que uno podía decir palabrotas en su presencia sin que protestara. Al haberse criado entre militares, estaba familiarizada con el lenguaje que solían emplear los soldados. Aunque se consideraba una conducta poco digna de un oficial, los soldados utilizaban constantemente palabras soeces. Jane no tenía ningún problema en soltar un par de bombas-F después de un día complicado en la oficina.

—¡Cielo santo! —exclamó Jane—. Bueno, fingiré que no lo he oído.

—¿Qué? Ah, vale. Ya entiendo. De acuerdo. Sigues interpretando ese extraño papel. ¿No podrías dejar de actuar durante cinco minutos para que podamos hablar?

—No estoy actuando. ¿O es que una chica no puede mejorar su imagen?

Jesse emitió un gigantesco suspiro y decidió dejar el tema de momento. Cuando regresara a la oficina, lo consultaría con los demás y volvería a exigir a Jane una explicación, esta vez con el respaldo de los colegas. Esto había ido demasiado lejos.

Susan la Holgazana estaba escuchando música a través de su iPod y haciendo un solitario cuando Jane Spring pasó junto a ella de camino a su despacho. Jane dejó su neceser, pero no se quitó ni el abrigo, ni el gorro ni los guantes mientras examinaba rápidamente sus correos electrónicos. Al comprobar que no había ningún asunto urgente, empezó a despojarse de sus prendas. Apenas había sacado el dedo meñique del guante izquierdo cuando apareció Susan la Holgazana. En la mano sostenía unos mensajes. Ésa era la primera sorpresa del día. La segunda era que la gama emocional de Susan la

Holgazana iba simplemente del aburrimiento al estado catatónico; su rostro era toda una revelación.

Después del impacto inicial, una sonrisa de sorpresa animó su rostro.

—Tenga, señorita Sp-Ring —dijo entregando a Jane los mensajes y estirando el cuello para verla mejor.

—¿Sí? Ah, gracias, Susan. ¿Cómo estás?

—Pero ¿es usted, señorita Sp-Ring? —preguntó Susan nerviosa.

—¿Quién iba a ser? ¡Claro que soy yo? —contestó Jane.

—Es que parece usted distinta... quiero decir, ¿no cree?

—¿Te gusta?

—Es rosa. Muy rosa.

—Lo sé. Es que como se acercan las fiestas navideñas me apetecía adoptar un aire más festivo.

—Dios santo —murmuró Susan cuando regresó a su mesa—. Tenemos que llamar a una ambulancia.

Susan la Holgazana no era la única que no salía de su asombro. Jane Spring se sentía gratamente sorprendida por lo que disfrutaba esa primera tarde con su secretaria. El hecho de que Susan la Holgazana le mostrara algo más que simple aburrimiento y desdén era muy gratificante.

—Voy a la cocina a por una taza de café. ¿Le apetece algo, señorita Sp-Ring?

Jane le dio las gracias, pero dijo que no quería nada y sacó de su neceser un ejemplar de la revista *Family Circle*.

—Lleva una receta estupenda de carne mechada, Susan —dijo señalando la revista—. Si quieres te haré una copia.

De pronto se oyó un sonido seco cuando la mandíbula inferior de Susan la Holgazana se desconectó de la mandíbula superior.

—¿Carne mechada? De acuerdo. Sí... Me encanta la carne mechada —balbució, retrocediendo. Pero en vez de dirigirse a la cocina, Susan la Holgazana echó a correr por el pasillo hacia el despacho del supervisor Lawrence Park, obteniendo el récord de velocidad terrestre de secretarias vestidas con pantalones ceñidos y tacones vertiginosos.

Graham y Jesse estaban en el despacho del supervisor, con expresión desconcertada. Al ver a Susan jadeando en el umbral, Lawrence Park la indicó que pasara.

—¿La han visto?

—Sí, la hemos visto —respondieron al unísono.

Susan la Holgazana se volvió desesperada hacia Graham.

—¿Qué ocurre? ¡Esa ropa! ¡Y no digamos el pelo! ¡Imagínese, señor Van Outen, incluso dice que va a preparar carne mechada! ¡Va a pasarme la receta! ¡Se ha vuelto loca!

—No te preocupes, Susan, tu jefa no ha perdido el juicio —respondió Graham acercándose a ella y rodeándole los hombros con el brazo para calmarla. Susan la Holgazana estaba que no cabía en sí de gozo. Era la primera vez que Graham la tocaba, la primera vez que se producía un contacto físico entre ellos. ¡Gracias, señorita Sp-Ring! ¡Venga también mañana a trabajar vestida de esa forma tan estrafalaria!—. Ninguno de nosotros conocemos los detalles de su plan, pero seguro que lo está haciendo para seducir al jurado del caso Riley.

Graham retiró el brazo y Susan la Holgazana sintió deseos de tomarlo y apoyarlo de nuevo sobre sus hombros. Y el otro también. Quería que la besara.

—No lo entiendo —dijo la secretaria—. Todo el mundo dice que es una letrada de primera. ¿Entonces por qué tiene que vestirse como Marilyn Monroe para ganar un caso?

—¿Marilyn Monroe? —preguntó Lawrence Park, confundido—. Yo creí que trataba de imitar a Angie Dickinson.

—¿Angie Dickinson? ¿Acaso parece que vaya a cenar con el Rat Pack?* ¿No veis que es Doris Day? —preguntó Graham.

—Aaah —contestaron todos.

—¿Cómo lo sabes? ¿Te lo ha dicho ella? —inquirió Lawrence Park.

Graham les contó que mientras estudiaba en la Facultad de Derecho había trabajado en una tienda de libros y discos de segunda mano.

* Nombre de un grupo de gente del espectáculo liderado por Frank Sinatra. *(N. de la T.)*

—¿Estás seguro? —preguntó Lawrence Park—. ¿Más allá de una duda razonable?

Graham apartó a su supervisor y empezó a teclear en su ordenador. Al cabo de diez segundos había descargado una página de fotos de las películas de Doris Day. Los demás se situaron alrededor del monitor y contemplaron pasmados las fotos que Graham les iba mostrando.

—Confío en que Jane no espere que me comporte como Rock Hudson.

—¿Rock qué? —preguntó Susan la Holgazana, cuyas aficiones dramáticas se circunscribían a los culebrones y la MTV.

—Su novio —respondió Graham.

—¿La señorita Sp-Ring tiene novio? —preguntó Susan, estupefacta.

—No, Doris Day. Mejor dicho, tenía. En las películas. Rock Hudson.

—A veces era Cary Grant —terció Lawrence Park.

—Ya.

—Quizá se esté comportando de esa forma tan rara porque quiere robarle el novio a esa Doris, y no tenga nada que ver con el juicio —apuntó Susan la Holgazana.

—Olvídalo —contestó Jesse—. Esto tiene que ver con el caso. Esa mujer no aspira a otra cosa en la vida más que ganar en los tribunales. Es incapaz de hacer el ridículo en público por un hombre.

Pero Graham no estaba convencido. ¿No le había dicho a Jane que tenía que cambiar si quería que los hombres se enamoraran de ella? Pero de esa conversación a esto...

Imposible.

¿O no?

Marcie Blumenthal entró apresuradamente en el despacho de Jane Spring, sosteniendo un ejemplar de *Modern Bride*. Estaba abierto por una página en la que aparecían unas damas de honor vestidas con trajes de terciopelo color burdeos de estilo imperio. Marcie cerró la revista frente a Jane, que al oír el ruido sordo apartó la vista del ordenador.

—Anoche tuvimos una reunión con las damas de honor, y éste es el traje que votaron —dijo Marcie mostrando la fotografía como una presentadora de un concurso de televisión exhibiendo los premios—. Pero yo no estoy segura. ¿Qué te parece a ti? ¿Demasiado teatral?

Jane examinó la fotografía.

—A mí me parecen espléndidas —respondió entusiasmada.

—El caso es que tengo seis damas de honor, ¿comprendes? Todos esos vestidos color burdeos en una hilera... De lejos es un color que parece sangre.

—No, Marcie, jamás se me ocurriría pensar eso, ni creo que nadie lo piense. Son unos vestidos ideales. De veras. Parecen un ramo de rosas.

—Te confieso, Jane, que yo quería un color algo más, mmm... más parecido al color de tu traje —dijo Marcie tocando la manga de Jane—. De color rosa.

—Verás, Marcie, al igual que a veces el fiscal tiene que hacer un trato con el acusado, una novia tiene que contemporizar con sus damas de honor.

Marcie asintió con la cabeza. Jane tenía razón. Recogió su revista y se marchó. Ni una palabra sobre por qué Jane iba vestida de rosa en lugar de negro. Ni un comentario sobre por qué Jane Spring hablaba con esa voz dulce y acariciante. Qué alivio, pensó Jane, recogiendo sus papeles y guardándolos en su neceser. Por una vez el ensimismamiento de Marcie le había dado un respiro en lugar de jaqueca.

Pero ése no fue el caso cuando el letrado Jesse Beauclaire entró en su despacho.

—Jane.

—¿Sí, Jess?

Él cerró la puerta.

—Jane, he venido para informarte de que hemos tenido una reunión, y todos sabemos que no te pasa nada malo, ¿vale? Es decir, todos sabemos quién finges ser. Y estoy seguro de que cuando el juicio haya terminado me explicarás por qué, a pesar de las pruebas que tenemos, pensaste que nuestra argumentación no era lo suficientemente sólida y decidiste disfrazarte de ese modo para inclinar el veredicto a nuestro favor. Debo decir, Jane, que incluso tratándose de ti me parece una exageración. Me han llamado todos los abogados del edificio para preguntarme si era verdad que esta mañana te presentaste en el tribunal vestida como una refugiada del *Show de Donna Reed.*

Jane cruzó los brazos, alzó la vista y sonrió. Y siguió sonriendo.

—Hoy estabas muy elegante en el tribunal, Jesse. ¿Es un traje nuevo?

Él se inclinó sobre la mesa y acercó su rostro al de ella.

—A mí no me engañas, Jane —dijo achicando los ojos. Jesse Beauclaire no era estúpido, una de las razones por las que le caía bien a Jane Spring.

—Ya. —Ella abrió mucho los ojos y se esforzó en asumir una expresión preocupada. Sacó del cajón todas las felicitaciones navideñas que había recibido y empezó a colgarlas de un lado a otro de su ventana.

—Me ha llevado todo el día, pero he conseguido descifrar tu pequeño plan. Crees que presentándote en el tribunal con esta pinta transmitirás al jurado un mensaje. Un mensaje de que en los años cincuenta y sesenta las mujeres, como los personajes que solía interpretar Doris Day, no tenían ninguna opción. En esa época el mundo era distinto.

»Si sus maridos se portaban mal, si ellas descubrían que les eran infieles, se ponían sus mejores vestidos rosas y sus sonrisas más radiantes y se callaban. ¿No es así? ¿Tengo razón? Y luego le dirás al jurado que hoy el divorcio no comporta ningún estigma, que la acusada tenía otras opciones aparte de matar a su marido, lo cual hace que su acción sea aún más criminal.

Jane sonrió y asintió en silencio. De acuerdo, me has descubierto, decían sus ojos. Una explicación brillante, pensó; es increíble que no se me haya ocurrido a mí.

Cuando terminó de colgar las felicitaciones navideñas, Jane se puso el sombrero y el abrigo y se miró en el espejo. Aún no se había acostumbrado a ver sus pechos, que antes eran inexistentes, pero estaba encantada con la sensación que le producía verse con esas curvas. Seductora. Femenina. Jane había observado cómo Chip, Jesse y Graham la habían mirado esa mañana, cómo habían admirado sus nuevas curvas al tiempo que trataban de asimilar el impacto. Tenía que reconocer que le gustaba que la miraran de esa forma

—Nos veremos mañana en el juzgado, Jesse. Buenas tardes.

Cary: *¿Sabes nadar?*

Doris: *¿Nadar? Ah, sí, sí. Desde luego.*

Suave como visón

18

Jane Spring sabía que ese hombre podía estar en cualquier sitio. Si bajaba la guardia, incluso bajo el agua, quizá no diera con él. Motivo por el cual Jane se zambulló en la piscina del club a las siete de la mañana el segundo día del juicio, luciendo un gorro de goma blanco cubierto con unas alegres florecitas de goma azules, y un traje de baño de color azul pálido con más pliegues que un acordeón.

Al principio los clientes asiduos que acudían a la piscina a esa hora pensaron que la mujer con el traje de baño retro, el gorro con flores y las gafas de bucear era una anciana que se había hecho miembro hacía poco del club. Pero cuando esa anciana se zambulló en la piscina, todos los asiduos se quedaron pasmados. ¡Menuda zambullida para una señora de setenta años! ¡Y menudas piernas! Suaves como la seda y sin varices. Nadaba como una mujer de la mitad de su edad, rápida y fluidamente, y su identidad intrigó a todos los presentes.

No eran los únicos sorprendidos. Jane sintió también un cambio en la piscina. ¿Eran imaginaciones suyas, o tenía la sensación de que las brazadas le costaban menos esfuerzo, que el agua ofrecía menos resistencia? Mientras nadaba los acostumbrados largos, Jane reprodujo la jornada anterior en todo su esplendoroso tecnicolor. La evidente sorpresa de Graham y Jesse al contemplar su nueva personalidad, la evidente frustración de Chip, un jurado que no podía apartar los ojos de ella. ¡Y la cara de Susan la Holgazana! Jane se lamentó de no haber tenido en esos momentos una cámara a mano. No sabía que la chica fuera capaz de experimentar esa emoción. Pero lo mejor había sido la explicación que se les había ocurrido a sus colegas para racionalizar su transformación. Verdaderamente brillante, aunque un tanto disparatada. ¡Gracias, chicos!

Cuando Jane completó los tres kilómetros, se sentó en el borde de la piscina y observó detenidamente a los nadadores para comprobar si su hombre se hallaba entre ellos. En la piscina había varios hombres atractivos como astros cinematográficos, pero Jane los conocía y todos estaban casados. Era incapaz de tratar de seducir al marido de otra mujer. Eso no habría sido correcto, ni propio de Doris.

Se encaminó hacia el vestuario de mujeres sin dejarse desanimar. Iba todos los días a la piscina, y quizá su hombre apareciera mañana.

Todo el vestuario la observó atentamente cuando se quitó el traje de baño y el gorro. De pronto comprendieron que esa mujer no era una septuagenaria, sino la fiscal de pelo largo y rubio que, para ser sinceras, les parecía bastante borde. Pero hoy no dejaba de sonreír a todo el que la mirara. Es decir, a todo el mundo.

—¿Jane?

—Buenos días, Cynthia —respondió Jane con una voz dulce como el algodón de azúcar.

Cynthia era una de las asiduas más madrugadoras y propietaria de más trajes de baño de competición Speedo que el equipo de natación olímpico. Jane nunca la había visto lucir el mismo traje de baño dos veces.

—Caramba, Jane, veo que te has cortado el pelo —observó Cynthia.

—¿Te gusta? Gracias —respondió ella dulcemente.

Era la conversación más larga que Cynthia recordaba haber mantenido con la fiscal.

Jane se envolvió en una toalla. Cynthia miró a las demás con una expresión burlona que indicaba: «¿Qué os parece la voz? ¿Es que ha perdido la chaveta?»

—Me gusta tu traje de baño —dijo Anne, retomando el tema que Cynthia había iniciado. Anne había sido campeona de natación juvenil; Jane Spring siempre había envidiado su poderoso estilo espalda—. Muy retro.

—¡Gracias, Anne! A mí también me gusta el tuyo.

Anne se volvió hacia todas sonriendo socarronamente, como diciendo: «Definitivamente, ha perdido la chaveta».

Pero cuando Jane Spring se dirigió a la ducha y las demás se vistieron, curiosamente ninguna hizo un comentario crítico sobre lo que acababan de presenciar. En primer lugar, estaban en Nueva York. ¿Quién no sucumbía un día a una crisis nerviosa y perdía la chaveta? Todas sabían que la fiscal trabajaba duro, se había ganado su crisis nerviosa.

Cuando Jane entró en las duchas, algunas de las otras mujeres cayeron en la cuenta de que el cambio que habían apreciado en ella no residía fundamentalmente en su corte de pelo, ni en su exótico traje de baño. Jane Spring se había convertido en una persona amable.

Doris: Es un lugar precioso.

Suave como visón

19

Jane tenía los pies molidos. Le asombraba que un día calzada con unos taconazos, después de treinta y cuatro años calzada con zapatos planos, pudiera causar tal estropicio. No sólo tenía ampollas, sino que esas ampollas tenían ampollas. Incluso después de nadar tres kilómetros y hacer unos ejercicios para relajar los músculos, las plantas y los empeines de los pies le seguían doliendo. De modo que cuando se vistió la mañana del segundo día del juicio, Jane examinó toda la colección de zapatos de la abuela Eleanor en busca de un par que no le causara tantos problemas como los zapatos blancos de tacón.

Pero todo indicaba que la abuela Eleanor era una masoquista. Todos sus zapatos tenían unos tacones altísimos y las puntas estrechas y puntiagudas.

Después de probarse todos los pares que su abuela le había dejado, eligió unos zapatos de charol negros. Tenían la punta algo más ancha y Jane sabía que, del mismo modo que un criminal queda libre gracias a un pequeño tecnicismo, sus pies se sentirían liberados gracias a ese mínimo margen de espacio.

El domingo por la noche, después de hacer inventario de todas las prendas que había en el baúl de cedro (que también contenía una vajilla entera de Wedgwood), Jane Spring comprobó que disponía de una estola de piel, cuatro trajes de noche, dos abrigos de invierno, seis pares de zapatos, cinco sombreros, tres trajes sastres y varias faldas, camisas de seda, jerseys y chaquetas a juego de moer que podía combinar. Aunque se sentía profundamente agradecida de que su abuela le hubiera dejado esa ropa, no era mucha si quería mantener su nueva imagen indefinidamente. Otro motivo para afanarse en encontrar a un hombre antes de quedarse sin conjuntos que lucir.

Jane pensó que si separaba los conjuntos y combinaba las faldas con las chaquetas, podría sacarles más partido. Aunque Doris nunca se ponía el mismo conjunto dos veces en sus películas, lamentablemente Jane Spring no tenía a un diseñador en su nómina. Sólo Susan la Holgazana. Y dudaba que supiera coser. ¡Si apenas sabía hablar correctamente!

De modo que el segundo día, después de haber envuelto los dedos de sus pies en tiritas y haber rellenado con *kleenex* su sujetador-torpedo, Jane se enfundó la falda tubo azul claro perteneciente a un traje de dos piezas y un jersey de moer blanco con el escote rematado con un lacito en el hombro. Pasó del abrigo largo de color blanco ribeteado de piel de zorro (todo el mundo lo había visto) a favor de la única opción que le quedaba: un abrigo de cachemir de color azul pálido con los puños y el cuello ribeteados de raso. Eligió unos guantes negros a juego con los zapatos y un sombrero de fieltro negro adornado con un broche de bisutería.

Jane se maquilló (era divertido), tomó su neceser repleto de documentos jurídicos y *voilà!*, estaba dispuesta a afrontar su segundo día en el tribunal.

Cuando se hallaba en la esquina esperando un taxi, Jane Spring vio a la señora Kearns salir de la boca del metro y pasar junto a ella sin detenerse. No es que la señora Kearns no hubiera reparado en Jane; había visto a una mujer vestida con un abrigo azul ribeteado de raso y sosteniendo un neceser. Pero había pasado de largo, como hace cualquiera al pasar junto alguien que no conoce. Jane sonrió. Se le ocurrió saludar a la señora Kearns, pero en esos momentos apareció un taxi y se montó en él.

Probablemente fue preferible que Jane no la saludara, a juzgar por la cara que puso la señora Kearns al abrir la puerta del apartamento. Dos impactos en un día podían haberla matado, y Jane habría sido cómplice de asesinato, lo cual no encajaba en el manual de conducta de Doris Day.

—¡Virgen santa!

Colleen Kearns entró en el apartamento de Jane Spring y luego volvió a salir para mirar el número de la puerta. No, no se había equivocado de apartamento. La señora Kearns dejó su bolso y se frotó los ojos. No, la habitación seguía siendo amarilla. A continuación recorrió el apartamento tocándolo todo. Las cortinas azules.

Las paredes amarillas. La mesa de café blanca. Las margaritas de seda. En una esquina había un pequeño abeto navideño plateado, decorado con lazos y bolas doradas. En el dormitorio, la señora Kearns contempló la cama individual cubierta con mantas de color amarillo. En el armario ropero observó que los trajes pantalón negros de Jane Spring habían desaparecido, dando paso a los conjuntos de vibrante colorido de la abuela Eleanor.

—Virgen santísima —repitió la señora Kearns, santiguándose.

Abrió el frigorífico y se sirvió una copa de vino. Sí, era algo temprano, pero nunca había necesitado un estimulante líquido tanto como en esos momentos. Luego se sentó en el sofá amarillo, tratando de descifrar lo ocurrido mientras se bebía lentamente su copa.

Teoría número uno: la señorita Spring se ha mudado de apartamento y no me lo ha comunicado. La nueva propietaria es una mujer que luce ropa *vintage* mientras regenta la guardería que ha instalado en el cuarto de estar. Vale, a mí me gustan los niños. No hay problema.

Teoría número dos: un equipo de renovación del hogar de uno de esos programas televisivos tipo *¡Sorpresa!* se ha encargado de redecorar el apartamento sin que lo sepa la señorita Spring, y cuando se entere sufrirá un infarto. Pero saldrá por televisión en todo el país.

Teoría número tres: La señorita Spring ha sufrido un colapso nervioso.

Fuera cual fuera la teoría acertada, la señora Kearns tenía que limpiar el apartamento. Y si iba a aparecer en televisión, tenía que dejarlo limpio como los chorros del oro.

En el tribunal, Jane llamó a declarar a su primer testigo, para contextualizar el caso. Era un policía novato, el primero que había llegado al escenario del crimen cuando los vecinos habían llamado al 911. Su tarea había sido triple: asegurarse de que nadie tocara el cadáver, retener a la acusada y a los testigos presenciales e impedir que nadie accediera al escenario del crimen. El agente era joven y estaba nervioso, pero Jane Spring le interrogó como una profesora de parvulario que ayuda a su pupilo a confeccionar un cenicero con macarrones. ¡Muy bien, agente! Sonrisa deslumbrante. ¡Excelente, agente! Sonrisa deslumbrante. ¡Perfecto, agente! No haré más preguntas, señoría. Sonrisa deslumbrante.

Aunque Chip Bancroft tenía la certeza de haber descubierto la maniobra de Jane Spring, eso no significaba que no se sintiera impresionado por ella. Ojalá los hombres pensaran con la cabeza en lugar de con la bragueta, se dijo Jane al observar cómo la observaba Chip. Durante todo el interrogatorio del primer testigo, Chip Bancroft no había dejado de mirar las piernas de Jane, el movimiento de sus caderas al andar, la curva de sus pechos debajo del jersey de mohair blanco. Cuando le tocó el turno de interrogar al joven policía, Chip Bancroft se levantó de la silla, dijo no interrogaré al testigo de momento, señoría, y volvió a sentarse.

Fue entonces cuando Jane Spring comprendió que la declaración que había hecho el día anterior Jesse Beauclaire en su despacho había sido genial. No, Jane no había hecho esto intencionadamente para ganar el caso. Pero, increíblemente, eso era lo que iba a conseguir. Si imitando a Doris he logrado derrotar a la defensa, pensó, cuando por fin conozca a mi hombre será pan comido.

Jane llamó a su segundo testigo a declarar.

Entretanto, Colleen Kearns trabajaba con ahínco en su apartamento. Quitó el polvo, sacó brillo a las superficies y pasó la fregona por el suelo del baño sin rechistar. Si iban a venir esas gentes de la tele, el apartamento tenía que estar listo. De pronto sintió esa sensación que experimentaba cuando se hallaba en un apartamento que la inspiraba.

La señora Kearns se sintió inspirada. Y por primera vez en el apartamento de Jane, se quitó su uniforme azul y se puso a jugar mientras limpiaba. Ese lugar la hacía sentirse como uno de los personajes de una vieja película en tecnicolor, en las cuales los apartamentos siempre son soleados y están pintados de amarillo, y todo el mundo se enamora.

En el dormitorio de Jane Spring, la señora Kearns consiguió tras no pocos esfuerzos embutirse en un traje color verde manzana de la abuela Eleanor. Como pesaba veinte kilos más que la abuela Eleanor, los michelines sobresalían sobre la cintura de la falda. Luego introdujo sus rollizos pies en los zapatos de tacón blancos y sus dedos regordetes en los guantes blancos. A continuación se encasquetó un gorrito color verde y se colocó un collar de perlas de tres vueltas alrededor del cuello. Por último se miró en el espejo. Encantada de conocerte, se dijo.

A las cuatro de la tarde, la señora Kearns había limpiado el apartamento a fondo y estaba dispuesta para marcharse. Pero quería esperar a que regresara Jane Spring. Quería hacerle unas preguntas que, pese a lo placentera que había sido la jornada, seguían sin contestación. En resumidas cuentas, la señora Kearns quería cerciorarse de que era Jane Spring quien seguía viviendo allí. ¿Y si tenía una nueva jefa? Sería muy propio de Jane Spring, esa tía que iba de diva por la vida, no comunicarle que había decidido mudarse. La señora Kearns se puso de nuevo su uniforme azul y esperó. Cuando oyó abrirse la puerta del ascensor en el pasillo, se alisó el pelo. Cuando oyó girar la llave en la cerradura, se puso firme.

—¡Señora Kearns! Celebro encontrarla aún aquí. Siempre me alegro de verla —dijo Jane con tono meloso.

Estupefacta, la señora Kearns se quedó mirando a Jane Spring sin poder articular palabra: la falda azul y el jersey de moer azul, el pelo rubio platino y los labios pintados de un color nacarado. ¡Y la voz! ¿Qué le había ocurrido a su voz? ¿Es posible que haya dicho que se alegra de verme?

—Señorita Spring..., ¿es realmente usted?

Esta conversación empezaba a sonar a Jane familiar.

—Es que está usted tan... El apartamento parece tan... cambiado.

—¿Le gusta? ¡A mí me encanta! —dijo Jane con tono risueño—. Pensé que había llegado el momento de un cambio. Ya sabe lo que dicen, si cambias de *look*, cambias de vida.

—Me gusta mucho. Es muy alegre. Pero es distinto, ¿no cree? Como de otra época. Aunque ha quedado precioso.

—Gracias, señora Kearns. Ha hecho un magnífico trabajo hoy. ¡Hasta veo mi imagen reflejada en la mesa! —dijo Jane dirigiendo a la asistenta una sonrisa ancha como una furgoneta de reparto. La señora Kearns le devolvió el gesto; pero mentalmente empezó a hacer inventario de los acontecimientos de la jornada, y de pronto le dio mala espina.

Aquí hay algo que no encaja, pensó Colleen, suspicaz por naturaleza. Muy suspicaz. Porque conocía a Jane Spring y esa mujer no viviría en un apartamento amarillo, ni se pondría una falda azul, ni hablaría como azúcar en polvo, ni te daría las gracias por tu trabajo aunque le concedieran la Medalla de Honor. Y dudaba que Jane Spring hubiera perdido temporalmente el juicio; era demasiado inteligente.

No, ahí ocurría algo raro. Y al igual que los colegas de Jane Spring habían ideado una explicación para hallar algún sentido a un absurdo, Colleen Kearns dio con una respuesta que la satisfizo.

De pronto Colleen Kearns sonrió a Jane Spring y emitió un suspiro de alivio.

Lo había comprendido todo.

La estaban filmando en *Objetivo indiscreto*.

Rock: *Si hay algo que no soporto, señora, es un hombre que se aprovecha de las mujeres.*

Confidencias a medianoche

20

Jane Spring entró en la comisaría del Departamento de Policía de Nueva York situada en la calle Diez a las ocho de la mañana para entrevistarse con el inspector Mike Millbank, tal como habían quedado. Iban a ensayar la declaración que él iba a ofrecer en el tribunal la semana próxima, y teniendo en cuenta que su último encuentro no había sido muy agradable, Jane quería liquidar el tema cuanto antes.

Llamó por teléfono al inspector Millbank desde recepción y esperó. Mientras aguardaba, el conserje de la comisaría la miró de arriba abajo. Ella le sonrió dulcemente. ¡Cuánto había cambiado en una semana!, se dijo Jane. Si ese hombre hubiera hecho eso el viernes pasado, ella le habría amenazado con acusarle de acoso sexual.

—Jane.

Ella dejó su neceser.

—Inspector —respondió ofreciéndole una mano enguantada—. Estoy encantada de verle.

A Jane le sorprendió que el inspector no se mostrara tan asombrado como había imaginado, pero entonces pensó que la noticia de su nueva personalidad probablemente había llegado a oídos del Departamento de Policía de Nueva York. Efectivamente, Mike Millbank había sido informado de que Jane Spring, la persona a quien culpaba por haber perdido un juicio que era importante para él, había perdido, para decirlo suavemente, la cabeza. Millbank había oído decir que la fiscal interpretaba ante el tribunal el papel de Doris Day, la actriz de cine de los sesenta, como parte de una ingeniosa estrategia para conseguir un fallo condenatorio. Al parecer, sus trajes pantalón negros no eran lo único que se había dejado en casa.

Había oído decir que también había dejado en casa sus afilados colmillos.

Al verla ahora con sus propios ojos, Millbank comprobó que era cierto.

—Acompáñeme —dijo.

El inspector Millbank condujo a Jane a través de la sala principal de la comisaría, y en aquel gigantesco espacio en el que hasta hacía poco resonaba un millar de voces, se produjo de pronto un silencio sepulcral.

Los agentes de policía se levantaron en sus cubículos o se inclinaron hacia atrás en sus sillas para echar un vistazo a Jane Spring. Unos delincuentes esposados a unas sillas de madera se pusieron a silbar. Algunos le dijeron «Hola, chata» cuando Jane pasó junto a ellos. Ella mantuvo la cabeza erguida, sin hacerles caso, entró en el despacho del inspector Millbank y se quitó el abrigo como si fuera un día cualquiera.

—¿Quiere un café, Jane?

—Sí, gracias, inspector. Con crema y azúcar, si tiene.

El inspector se dirigió a la cocina y ella aprovechó para echar una ojeada a su despacho. Millbank se había trasladado desde la última vez que se habían reunido para preparar su testimonio, y Jane observó que había numerosas fotografías de un golden retriéver expuestas en su nuevo despacho. Pero ninguna de una esposa. Lo suponía, pensó Jane. ¿Quién iba a casarse con un hombre que tenía esa actitud?

El inspector Millbank regresó por el pasillo con dos tazas de café. Antes de entrar en su despacho, se detuvo sigilosamente en el umbral y observó con detenimiento a Jane Spring por detrás. De pronto se activaron todos sus instintos profesionales. Aquí hay algo que no encaja, Mike, se dijo. ¿Habrá decidido montar este numerito para ganar el juicio? Muy bien. No sería la primera fiscal que recurría a los ardides más disparatados para conseguir un veredicto de culpabilidad. ¿Una exageración? Sin duda, pero la sutileza nunca había sido la principal virtud de Jane Spring.

Pero ¿por qué no deja de actuar cuando no está ante el tribunal?

El inspector Mike Millbank comenzó a darle vueltas a otra teoría, que había algo más detrás de todo esto. Pero ¿qué? Decidió seguir reflexionando sobre ello, pero después de su entrevista con Jane.

—No tenemos crema, pero le he echado una generosa ración de leche. Espero que le guste.

—No se preocupe. Gracias, inspector —contestó Jane dirigiéndole su sonrisa más deslumbrante.

Se moría de ganas de saber en qué estaba pensando Mike Millbank en esos momentos. Se había presentado en su despacho vestida con un traje rosa, zapatos de tacón blancos y abrigo de color azul ribeteado de raso, que había colgado del respaldo de la silla. ¿Acaso Millbank no iba a hacer ningún comentario? Era un inspector de policía, y muy bueno, según tuvo que reconocer Jane. Si era capaz de detectar una minúscula mancha de sangre en la moqueta, ¿cómo no iba a fijarse en una mujer pizpireta con el pelo rubio platino y los labios pintados de rosa que estaba en su despacho?

Pero Millbank no dijo nada. Jane abrió su neceser y sacó el expediente del caso Riley.

—Bien, inspector, propongo que repasemos utilizando el método de interrogatorio, como si estuviéramos ante el tribunal.

—De acuerdo —respondió Millbank sentándose a su mesa. Se aclaró la garganta y se enderezó, como si se dispusiera a enfrentarse al pelotón de ejecución de Spring.

—Naturalmente, podemos obviar los preliminares. Estoy segura de que usted es capaz de recitarlos dormido. Vayamos directamente a su testimonio. Inspector Millbank, ¿puede explicar al tribunal quién estaba presente cuando llegó usted al escenario del crimen?

—La acusada, la amante del difunto y el difunto.

—¿Dijo la acusada algo específico referente al crimen?

—Dijo «Le he matado, le he matado», una y otra vez.

—Pero no dijo «No quise matarlo. Fue un error». ¿La oyó decir eso, inspector?

—No.

Jane sonrió a Mike Millbank.

—Lo está haciendo muy bien, inspector.

Jane miró sus notas, carraspeó para aclararse la garganta y prosiguió.

—Inspector, durante su entrevista con la señora Riley en la comisaría, posteriormente, ¿le dijo por qué había ido a ver a su marido?

—Dijo que sabía que tenía una relación sentimental y que había ido a exigirle que le pusiera fin.

Jane Spring agitó su rubia cabeza y chasqueó la lengua en señal de desaprobación.

—¡Una relación sentimental! —Jane cruzó los brazos—. Por supuesto, sé lo que opina sobre el tema, inspector, lo dejó muy claro la última vez que nos vimos, pero...

—Un momento, Jane, rebobinemos. Nunca dije que el adulterio me pareciera aceptable. Ni mucho menos. Lo que dije fue que aunque es inmoral, no merece ser castigado con la muerte. Joder, no se puede asesinar a nadie porque sea adúltero.

—Una respuesta muy vehemente, inspector. Deduzco que nunca ha traicionado a nadie, ¿es así?

El inspector cruzó los brazos.

—Jamás. Soy hombre de una sola mujer, señorita Spring. Creo que mentir a la persona que amas es una bajeza. La peor bajeza. La traición no entra en mi esquema. Cuando estoy con una mujer, me dedico exclusivamente a ella; y cuando no quiero seguir con ella, procuro romper lo más elegantemente posible. No siento el menor respeto por lo que hizo mi colega policía. Pero nadie merece ser asesinado por ello.

A Mike Millbank le parecía increíble hablar con tanta franqueza delante de Jane Spring. ¿Qué había ocurrido? Ella le había desarmado con ese traje tan seductor y su dulce voz. El inspector se recordó que detrás de esa fachada se ocultaba la auténtica Jane Spring.

—Bien, inspector —dijo ella sonriendo—, le pido disculpas. Debo decirle que me impresiona su actitud. Un hombre como usted, tan honorable, tan decente... Confieso que me sorprende que no esté casado.

Jane Spring se sonrojó. Era increíble que hubiera dicho eso en voz alta. Había pensado en ello mientras el inspector hablaba —¿cómo es que siendo un hombre tan admirable siga soltero?—, pero de eso a decirlo... ¿Qué había ocurrido? Millbank la había desarmado con su sinceridad.

El inspector también se sonrojó. Al menos ahora estaban empatados.

—Trabajo mucho. Aún no he conocido a una mujer capaz de soportar mi horario. No se imagina la de llamadas que recibo a las tres de la mañana para que vaya a recoger un cadáver. Cuando quedo con alguna mujer después del trabajo, a veces estoy manchado de sangre, o tengo fragmentos de sesos pegados en los zapatos. ¿Qué voy a hacer? Ésta es mi vida. Al principio a las mujeres les parece emocionante, pero luego no lo soportan. Quieren tener un novio normal, y no se lo reprocho.

Jane sabía que debían seguir ensayando el testimonio del inspector, pero en esos momentos era incapaz de reconducir el tema.

—Si no le importa que se lo pregunte, inspector, ¿por qué trabaja tanto?

—No puedo evitarlo. Me encanta mi trabajo.

—Es encomiable.

—De niño, me gustaban mucho los rompecabezas. Este trabajo es para mí algo muy parecido. Pero es real. Luego, después de haber resuelto el rompecabezas, ayudas a la gente a superar una tragedia. Eso me satisface mucho.

De golpe Mike Millbank se sintió tan turbado por la franqueza que había mostrado ante Jane Spring, que no pudo mirarla a los ojos y se disculpó para ir al baño.

En su ausencia, Jane reprodujo mentalmente la conversación que habían mantenido. Millbank había dicho que jamás traicionaría a una mujer. Que estaba entregado a su trabajo. Que quería ayudar a la gente a superar su dolor. Jane le había juzgado mal. Era un hombre decente, dedicado a su profesión, que se había enojado con ella por lo del último juicio porque su trabajo le importaba. Le importaba hasta el punto de que le tenía sin cuidado que le faltara un botón en la manga de la chaqueta (sí, le faltaba un botón.) Tenía sentido del honor, era el tipo de hombre que habría encajado perfectamente en el ejército. Qué lástima que no se hubiera alistado.

Entonces pensó en Chip Bancroft. Chip, cuyo ego era tan descomunal que merecía un certificado de nacimiento aparte, no le llegaba a la suela de los zapatos a ese hombre en materia de decencia y honor. ¿Entonces por qué había sentido ella que el corazón le latía aceleradamente cuando lo había visto el martes en el tribunal? ¿Por qué había sentido que se derretía cada vez que a Chip le había caído un mechón sobre los ojos?

¡Vamos, Jane, tienes que dejar de pensar en él!

Cuando el inspector Millbank regresó, prosiguieron con el interrogatorio, fingiendo que la conversación anterior no había tenido lugar. Pero ambos se sentían turbados. Cuando terminaron, ella se levantó y se puso el abrigo. Vio de refilón que el inspector Millbank se inclinaba de lado para mirarle las piernas.

—Gracias por concederme unos minutos de su tiempo, inspector —dijo cerrando su neceser—. Tengo la sensación de que estamos preparados.

Él asintió con la cabeza. Se ofreció para acompañarla hasta la salida, pero ella protestó.

—Está usted muy ocupado, inspector. Puedo salir sola —dijo ella amablemente.

Tenía la mano apoyada en el pomo de la puerta cuando el inspector dijo:

—Jane.

—¿Sí? —respondió la letrada volviéndose y mirándole con los ojos muy abiertos.

—Como le dije el otro día, ese hombre era de la familia. No lo estropee.

Ella trató de disimular el dolor que le causaron las palabras de Millbank. Creía que ahora eran amigos.

—No se me ocurriría, inspector —contestó adoptando su expresión más pizpireta.

Rock: *Si la competencia es demasiado dura,*
renuncie a su profesión de publicitaria.

Doris: *Usted no se dedica a esta profesión;*
y si yo no fuera una señora,
le diría a qué profesión se dedica.

Pijama para dos

21

Jane Spring estaba impaciente por concluir el juicio Riley antes de Navidad. Faltaba una semana para las fiestas, y sabía que la suspensión del juicio durante las mismas, junto con las consabidas resacas y el espíritu festivo, garantizaba que a su regreso el jurado no podría concentrarse en el caso. Había participado anteriormente en un juicio que se había suspendido durante las fiestas navideñas, y había costado Dios y ayuda que el jurado se concentrara de nuevo en su labor. Estaba claro que lo único que deseaban era terminar cuanto antes para poder devolver los regalos que no les gustaban o, más concretamente, que no eran de su talla.

De modo que el tercer día del juicio, Jane interrogó educada pero eficazmente a tres policías y al detective privado y estaba dispuesta a llamar a su testigo estrella a declarar.

La amante del difunto.

Luciendo el conjunto favorito de la señora Kearns, consistente en la falda verde manzana con una chaqueta a juego, combinado con unos zapatos de tacón de cocodrilo marrones y un collar de perlas de tres vueltas, Jane Spring pidió a Patty Dunlap que dijera al tribunal su nombre y ocupación, tras lo cual sonrió dulcemente al jurado.

Después de los preliminares —cómo había conocido la testigo al difunto, cuánto tiempo había durado su relación sentimental (momento en el cual Jane había meneado la cabeza con gesto de censura)—, la fiscal se levantó de la mesa de la acusación y se acercó a la testigo.

—Ahora, señorita Dunlap —dijo Jane con tono meloso—, haga el favor de relatar al tribunal exactamente lo que ocurrió la noche del asesinato del agente Riley.

Patty Dunlap se pasó la mano izquierda por su larga melena oscura, que cayó suavemente a un lado de su rostro. La joven, de ojos rasgados y pecho generoso, se parecía más a una conejita de las páginas centrales de *Playboy* que a una secretaria judicial neoyorquina, la solución —o distracción— perfecta para cualquier hombre que sufría la crisis de la mediana edad. El mero hecho de verla hacía que todos se compadecieran de Laura Riley. ¿Cómo iba una madre voluntaria de la Asociación de Padres de Alumnos de pelo entrecano y a la que le sobraban diez kilos competir con eso?

—Tom llegó a mi apartamento hacia las seis, cuando terminó el turno —dijo Patty.

—Ya. ¿Y qué pasó?

—Charlamos un rato, salimos a tomar una copa y luego... practicamos el sexo en un callejón...

—Caramba —dijo Jane inclinando la cabeza y meneándola suavemente. Aunque tenía los ojos fijos en el suelo, su visión periférica alcanzaba a ver a las mujeres del jurado asintiendo con la cabeza. Esa testigo sentada en el estrado era una zorra que había robado el marido a otra mujer. Jesse estaba también fascinado por la actuación de Jane, por su fingido horror al averiguar que la testigo había retozado con un hombre apoyada en un contenedor de basura. Santo cielo, pensó Jesse, hasta yo podría vender localidades para este espectáculo.

—Bien, señorita Dunlap, después de su... aventura, regresó con el señor Riley a su apartamento, ¿no es cierto? Haga el favor de contar al tribunal lo que ocurrió cuando se presentó la acusada.

Cuando Patty Dunlap explicó que había abierto la puerta vestida con una camiseta y unas braguitas, Jane miró al jurado y frunció los labios. ¡Qué falta de decoro! Cuando Patty Dunlap explicó que su amante se había cubierto con una toalla al oír a su esposa en la puerta, Jane se sonrojó y desvió la vista. Y cuando Patty Dunlap declaró haber oído las amenazas de muerte, seguidas por unos disparos y haber hallado a su amante muerto en el suelo, Jane Spring abrió los ojos como una muñeca Kewpie, respiró hondo, se llevó la mano al corazón y se puso firme.

Jesse se preguntó si Jane iba a ponerse a cantar el himno nacional. Era lo único que le quedaba por hacer.

Durante el turno de repreguntas, Chip Bancroft daba la impresión de haber recuperado la seguridad en sí mismo que parecía haber perdido cuando Jane Spring había revelado su nueva personalidad al mundo. Había tenido tres días para acostumbrarse, y aunque seguía mirándola fascinado cada vez que se le presentaba la oportunidad, volvía a estar en forma. Bancroft era consciente de que había permitido que Spring ganara demasiados tantos utilizando el elemento de la sorpresa, y se juró que no volvería a ocurrir.

—Señorita Dunlap —dijo Chip Bancroft con tono solemne—, ha declarado que oyó a Laura Riley decir a su marido «Estoy tan furiosa que podría matarte».

—Sí.

Jane tomó unas notas en su bloc.

—Señorita Dunlap, ¿no ha dicho usted nunca en voz alta «Estoy tan furiosa que podría matar a esa persona»?

—Desde luego, pero no lo decía en serio. Es algo que se dice cuando uno se enfurece.

—Eso es justamente lo que pretendo demostrar —dijo Chip.

—Pero la esposa de Tommy empuñaba un arma.

—Pero usted no vio que la apuntara hacia el agente Riley, ¿no es así? —preguntó Chip volviéndose hacia el jurado.

—Sí

—Porque usted no estaba en la habitación. La señora Riley la había arrojado al pasillo y había cerrado la puerta, ¿no es así?

—Sí.

Algunos jurados tomaron unos bolígrafos y anotaron esa declaración en los blocs de notas que les habían suministrado. Lo cual enojó a Jane Spring. Estaba claro que se habían tragado la tesis de Chip de que, puesto que no había testigos presenciales, las pruebas eran puramente circunstanciales. Pero Jane no estaba dispuesta a que el jurado viera que estaba cabreada. Doris no lo habría permitido. Cuando los miembros del jurado la miraron, ella sonrió dulcemente y se ahuecó el pelo. Qué encanto de mujer, pensaron.

—Señorita Dunlap, usted y el difunto solían verse tres veces a la semana para mantener relaciones sexuales, ¿no es así?

—Sí, dos o tres veces a la semana.

—Un detective privado ha declarado anteriormente haber presentado unas pruebas fotográficas de esos encuentros a la señora Riley.

Patty Dunlap alzó la vista al techo. Chip se acercó a la tribuna de los testigos.

—Por lo que es comprensible que la señora Riley estuviera enojada y disgustada cuando llegó a su apartamento después de ver esas fotografías, ¿no es así?

—Quizá.

—¿Quizá? —exclamó Chip indignado—. ¿No está segura de que la señora Riley estuviera disgustada? Yo lo habría estado, señorita Dunlap. Y nos consta que la señorita Spring también —dijo Chip señalando a Jane. Ésta abrió los ojos desmesuradamente—. La fiscal ha dejado muy claro lo que opina sobre su adulterio, señorita Dunlap. Pero por muy furiosos que nos podamos sentir al descubrir que nuestros cónyuges nos están engañando, eso no nos convierte en unos asesinos. En todo caso, demuestra que somos humanos.

—¡Protesto! Es capcioso —dijo Jane—. Y el defensor no tiene derecho a insinuar al jurado lo que debe pensar.

—Se acepta.

Jane sintió deseos de asesinarlo. De empalarlo con su tacón de aguja. ¿Cómo se atrevía a utilizar las reacciones que ella había mostrado antes, su patente desaprobación del sentido moral de la señorita Dunlap, para reforzar su defensa?

Pero no estaba dispuesta a mostrar su enfado. Respira, Jane, respira. Inspira. Espira. Inspira. Espira. Inspira. Espira. Eso es.

—¿Me permite acercarme, señoría? —preguntó Chip.

—Muy bien —respondió el juez indicando a Jane que se acercara también. Ella se encaminó airosamente hacia el estrado, pero en lo único que pensaba era en fulminar a Chip cuando lo alcanzara.

—Señoría, mi pregunta se refiere al estado de ánimo de la testigo. Trato de demostrar que la señorita Dunlap no sentía la menor empatía hacia la acusada —murmuró Chip—. Si uno no comprende lo doloroso que es el adulterio, puede interpretar una reacción natural de furia como algo más siniestro. Como el deseo de asesinar.

—Se lo permitiré. Pero replantee su pregunta, abogado. Cíñase a lo esencial.

Ambos letrados se retiraron. Chip sonrió satisfecho porque había ganado ese asalto. Jane sonrió complacida porque no quería que el jurado pensara que había sufrido un revés.

—Señorita Dunlap, suponga que ha estado casada durante veintitrés años.

—De acuerdo.

—Ahora suponga que su marido, al que quiere profundamente, tiene una relación sentimental con otra mujer, pongamos, por ejemplo, con la guapa señorita Spring.

Chip se acercó a la mesa de Jane y dio unos golpecitos en la superficie antes de regresar a la tribuna de los testigos. El jurado se volvió para admirarla. Jane estaba tan indignada que echaba chispas. ¡Y dale! Chip está utilizándome para reforzar su caso. ¡Eres un impresentable, Bancroft!

—¿No estaría furiosa con la señorita Spring?

Patty Dunlap carraspeó para aclararse la garganta.

—Mire, creo que si un hombre engaña a su mujer es porque ésta no le da lo que quiere —contestó mirando a Laura Riley—. ¿Cómo vas a enfurecerte por algo que es culpa tuya?

Los miembros del jurado miraron a Laura Riley, que estaba a punto de romper a llorar, y se compadecieron de ella.

—He terminado —declaró Chip, tras lo cual regresó con expresión de evidente satisfacción a su mesa. Jane creyó que iba a desvanecerse. Mañana traería unas sales aromáticas.

—¡Aaaaah! —exclamó Jane mirando a Chip y achicando los ojos. El jurado se volvió para observar su indignación. No les gustaba que el señor Bancroft disgustara a la hermosa fiscal, aunque no estaban muy seguros de qué era lo que había hecho éste. Pero Jane sí lo sabía. Chip Bancroft la había utilizado a ella y a la testigo de la acusación para conseguir que su cliente inspirara compasión al jurado.

Jane se volvió hacia Jesse Beauclaire y dijo lo único que cabía decir en esas circunstancias:

—Increíble.

Habían servido el almuerzo en la sala del jurado. El tercer día de un juicio, los jurados por lo general ya han formado grupos y alianzas, y éste no era una excepción. Las alianzas se basaban principalmente en el sexo y el color de la piel. En una mesa estaban sentados los cuatro hombres, mientras que las ocho mujeres estaban divididas en dos grupos, uno negro y el otro blanco. Pero el tema de conversación era idéntico en todos los grupos, y no giraba en torno a las quejas sobre el hotel en el que se alojaban ni el hecho de no poder ver *Survivor* en la tele, ni lo mucho que añoraban a sus familias. Se centraba única y exclusivamente en Jane.

—Parecía muy abatida —comentó una mujer—. Espero que el abogado no la haya disgustado. Me molestaría mucho que lo hiciera.

—A mí también. La fiscal es encantadora.

—Me encanta ese traje verde que lleva. Me gustaría preguntarle dónde lo ha comprado.

—A mí me chifla su pelo. Cuando termine el juicio voy a preguntarle quién es su estilista.

—Ojalá mi hijo saliera con mujeres como ella. Las mujeres que trae a casa tienen el pelo sucio y están llenas de tatuajes.

—La fiscal tiene unos modales impecables. Siempre dice por favor, gracias, disculpe. Hoy en día no se ven muchas mujeres con modales tan exquisitos.

—Y tiene un sentido de la moral intachable. ¿Te fijaste en lo escandalizada que se mostró cuando la chica confesó que salía con un hombre casado?

—Tiene mucha clase. Sabe combinar muy bien, hasta los zapatos.

—Parece como si hubiera asistido a una escuela de comportamiento, ¿no crees?

—Seguro que tiene un apartamento precioso.

Y los hombres comentaban:

—Tiene unas piernas imponentes.

—Unas piernas fabulosas.

—Y unas bonitas curvas.

—Unas curvas fantásticas.

—Es una delicia.

—Un encanto.

—El tipo de chica que le presentas a tu madre.

—Yo no dudaría en presentársela a mi madre.

—No veo que lleve una alianza en el dedo. ¿Creéis que puede salir con los jurados?

Rock: Quiero disculparme por mi comportamiento. He analizado minuciosamente nuestra situación y no me siento muy orgulloso de mí mismo.

Confidencias a medianoche

22

Jane Spring se sentó en una mesa en la cafetería del juzgado de lo penal e inclinó la cabeza para bendecir los alimentos que iba a tomar. Era la una de la tarde y la estancia estaba llena de abogados que hablaban a voz en cuello, policías cansados y testigos que esperaban nerviosos ser llamados al estrado. Sólo los jurados y los acusados almorzaban en unas dependencias aparte. Jane Spring cruzó los tobillos debajo de la mesa, tomó la cuchara y empezó a comerse la sopa. Almorzaba sola, pues Jesse la había abandonado para regresar al despacho y examinar sus correos electrónicos. No sería exagerado decir que la mayoría de los presentes estaban pendientes de ella. Tampoco sería exagerado decir que Jane Spring gozaba sintiéndose el centro de atención.

Sólo habían pasado tres días, pero Jane no se había lamentado en ningún momento de su decisión de transformarse en Doris Day. ¡Y pensar que le había preocupado no sobrevivir al primer día! Entonces no había imaginado cómo lograría sofocar su auténtica personalidad aunque sabía intelectualmente que hacía lo correcto al asumir la de Doris. ¿Cómo iba a morderse la lengua cuando estaba rodeada de civiles insubordinados? Pero Jane había comprobado que no le había costado tanto esfuerzo morderse la lengua. El mero hecho de habitar la alegre personalidad de Doris, su cuerpo felino, su bonita indumentaria, su carmín nacarado y sus uñas lacadas había tenido un efecto en Jane Spring que no había previsto. Hacía que se sintiera más sosegada. Más tolerante.

No todo el tiempo, por supuesto. Esa mañana, sin ir más lejos, había deseado retorcerle el pescuezo a Chip al estilo de la «antigua Jane». (Pero curiosamente el hecho de respirar hondo tres veces la ayudaba a reprimirse.) Pero el imperioso afán de abroncar a los civiles al estilo militar se había ido diluyendo. Había comprobado que se había vuelto más paciente con ellos, y ellos la recompensaban mostrándose más amables. Jane no podía negarlo; le complacía la forma en que los hombres la miraban y admiraban su cara, su cuerpo. Le complacía que las mujeres le dijeran «Hola, Jane, me alegro de verte». La hacía sentirse hermosa, integrada, apreciada.

De modo que cuando Chip Bancroft apareció frente a ella sosteniendo una bandeja con un sándwich y un café, Jane tardó sólo unos segundos en borrar la sonrisa de su rostro y asumir una expresión de pocos amigos.

—¿Me permites que me siente? —preguntó Chip.

—Estamos en un país libre, Bancroft.

—Quiero disculparme, Jane.

—Ya.

Rock siempre se estaba disculpando y tratando por todos los medios de reconquistar a Doris después de haberse portado mal, por lo que Jane había anticipado esa reacción.

—En serio. Esta mañana me he comportado en el tribunal de un modo indigno. Sé que fue poco ético utilizarte para favorecer a mi cliente. Espero que aceptes mi disculpa.

Jane se detuvo. ¿Qué se proponía Chip? Lo que había hecho esa mañana en el tribunal era habitual en un abogado defensor, y muy brillante por cierto. Decidió seguirle el juego.

—Acepto tu disculpa —respondió, tomando otro sorbo de sopa.

—Esta semana has aparecido siempre muy atractiva en el tribunal, Jane. Me gusta tu pelo.

Ella se acarició el pelo y contestó:

—Gracias, Bancroft. Hace poco que decidí adoptar este corte.

—Te sienta muy bien.

Jane sonrió y siguió comiéndose la sopa.

—Tu exposición inicial y tu forma de interrogar a los testigos también me parecieron muy interesantes.

Cielo santo, este embustero se está pasando, pensó Jane.

—Muchas gracias. Viniendo de mi adversario, lo considero un elogio.

Chip Bancroft le dirigió su sonrisa de astro de la pantalla y en ese preciso instante se le cayó un mechón sobre los ojos. Se lo apartó, tal como Jane le había visto hacer cientos de veces en la Facultad de Derecho. En aquella época, esa sonrisa, combinada con el mechón sobre los ojos y su apabullante seguridad en sí mismo, había hecho que Jane se derritiera. Pero ahora no podía engañarla. No obstante, estaba almorzando con él, después de un montón de años esperándole, y en su fuero interno disfrutaba de lo lindo.

—No es que no pretenda derrotarte, Jane; pero un caballero no puede por menos de piropear a una mujer incluso en las circunstancias más competitivas.

—Me encanta oírte decir eso, Bancroft.

¡Por favor! Chip no podía ser más transparente. ¿Es que piensa que siguiéndome el juego, disculpándose como haría un caballero auténtico, va a conseguir convencerme?

De hecho, eso era justamente lo que esperaba Chip. Sabía que esa mañana había ganado unos tantos importantes con respecto al jurado. También intuía que los había perdido cuando el jurado había visto lo enfadada que estaba Jane con él. Por lo general, los jurados adoraban a Chip, en particular las mujeres, que se sentían fascinadas por su personalidad de hombre típicamente americano. Pero en esa ocasión no. Esta vez se sentían atraídos por Jane; Chip percibía la solidaridad del jurado con ella como un campo magnético. Pero le parecía increíble que no empezara a aburrirles su *show*. ¿No se daban cuenta de que era puro teatro? A Chip le preocupaba profundamente que se lo tragaran. Confiaba en que si aplacaba a Jane, las cosas volverían a equilibrarse entre ellos cuando regresaran a la sala después de comer.

Ése era el plan a corto plazo.

A largo plazo, Chip tenía que hallar el medio de impedir que su caso siguiera desangrándose. Tenía que tender una trampa a su adversaria y asestarle un golpe tan contundente que Jane Spring maldeciría el día en que se había cortado el pelo y se había embutido en ese bonito traje rosa.

Chip Bancroft se pasó la mano por el pelo y dirigió a Jane su sonrisa más radiante de chico dorado del campus. La observó detenidamente mientras ella se retocaba los labios y se ahuecaba el pelo, hasta que, de pronto, sus hombros se relajaron y sus ojos adquirieron una expresión chispeante. ¡Pues claro! No había otra solución.

Durante la sesión de la tarde Jane llamó a declarar al forense y le interrogó sobre los macabros pormenores del orificio de entrada de la bala y las manchas de sangre en las paredes. Distribuyó entre el jurado unas fotografías terroríficas del cadáver del agente Riley, mostrándose tan impresionada como ellos, como haría una dama. A Jesse le encantó esa actuación. La antigua Jane Spring no habría pestañeado aunque hubieran introducido el cadáver en la sala.

Gracias al ejército estadounidense, Jane tenía una mayor resistencia ante la visión de la sangre y las vísceras que la mayoría de los hombres. Por tanto, verla cerrar los ojos, apretar los labios y menear la cabeza suavemente mientras el forense relataba los detalles de las fotografías era un espectáculo fantástico. Sólo faltaban las palomitas.

Al tomar la palabra para interrogar al testigo, Chip adoptó una actitud radicalmente distinta. El agresivo abogado de la sesión matutina había sido sustituido por una mezcla del hombre contrito de hacía un rato y un mayordomo inglés. Se refirió a Jane como «la docta fiscal» en lugar de llamarla «señorita Spring». No protestó en ningún momento. Sonrió constantemente al jurado. Durante el receso sostuvo la puerta abierta para Jane; al término de la jornada se encargó de detener un taxi para ella.

Jane comprendió enseguida lo que se proponía Chip: suministrarle una dosis de su propia medicina. Aunque dudaba que él pudiera mantener ese juego mucho tiempo, a ella le divirtió y decidió saborearlo mientras durara.

—Te felicito por tu actuación hoy en el tribunal, Jane —dijo Chip sosteniendo abierta la puerta del taxi—. Había muchas pruebas que analizar y las expusiste al jurado con toda claridad. Ya veo que me va a costar un gran esfuerzo derrotarte.

—Gracias, Bancroft.

Mientras regresaba a casa en el taxi, Jane Spring miró por la ventanilla. Durante los tres últimos días había recibido mayor atención por parte de Chip Bancroft, hasta un extremo exagerado, que en los diez últimos años, lo cual le producía una sensación maravillosa. Sí, quizá fuera una atención falsa, pero lo que ella sentía por él era real. Una intensa atracción sexual. Deseo. Nuevamente. Como hacía diez años.

Descargó un puñetazo en su neceser. No lo comprendía. Ahora sabía exactamente cómo era Chip Bancroft. Jane se había perdonado el haberse enamorado de él años atrás: era joven, no conocía a los civiles, se había dejado seducir por sus encantos. Ahora le conocía perfectamente. Chip Bancroft era un egoísta, un mujeriego y un sucio y taimado abogado defensor cuyas artimañas en el tribunal no habrían estado fuera de lugar en una granja de serpientes. Pero ella seguía deseándole.

¡Aaaaah!

Jane Spring deseó preguntar al taxista si también le había ocurrido a él: enamorarse de alguien que sabes que no te conviene sin poder evitarlo. No cabía duda de que Chip poseía los rasgos de Rock y de Cary, pero los más nefastos: los rasgos que sólo conseguían eliminar casándose con Doris.

De modo que la pregunta, ahora que Jane se había transformado en Doris, era: ¿podía soñar con alcanzar su objetivo?

Doris: ¿Le parezco atractiva?

Rock: Sí, señora.

Confidencias a medianoche

23

El viernes, el juez llamó para comunicar que tenía gripe y que se suspendía la sesión del tribunal. Jane se disgustó; este aplazamiento casi garantizaba una interrupción durante las fiestas navideñas. Pero visto por el lado positivo, un día libre le daría la oportunidad de terminar el trabajo que se le había acumulado y luego ir de compras, puesto que necesitaba varias cosas que la abuela Eleanor no le había proporcionado.

De modo que por primera vez en una semana Jane Spring pudo permanecer toda la mañana en su despacho, pero le fue imposible concluir una sola tarea. Estaba demasiado ocupada recibiendo visitas como si fuera un dignatario extranjero. Varios colegas de otros departamentos se habían enterado de que el tribunal había suspendido la sesión y querían ver a Jane en carne y hueso para juzgar por sí mismos si era cierto lo que venían oyendo toda la semana: que Spring se había tomado tan en serio su ardid para ganar el caso que nunca dejaba de ser el personaje que interpretaba. (Uno de los rumores afirmaba que Jane tenía que mantener el tipo en caso de que el juez o un miembro del jurado la viera en publico; otro aseguraba que lo hacía para que sus testigos se aclimataran durante la preparación de última hora.)

Durante toda la mañana no había cesado de acudir una legión de curiosos para ver a Jane. Cada vez que aparecía un nuevo visitante, Susan la Holgazana anunciaba: «Ha venido el señor Evans de Juicios Civiles a verla, señorita Sp-Ring». O: «Ha venido el señor Parker de Casos Importantes». Y Jane respondía: «Gracias, Susan, hazle pasar».

Luego los hombres (siempre eran hombres; las mujeres eran más clandestinas a la hora de ir a echar un vistazo a Jane) alegaban alguna excusa de que querían pedirle consejo sobre un asunto jurídico espinoso mientras la examinaban de arriba abajo. Antes de marcharse, se detenían, carraspeaban para aclararse la garganta y acto seguido, como fulminados por la flecha de Cupido, invitaban a Jane a cenar o a un concierto.

Cabe resaltar que uno de los hombres ya había salido en una ocasión con Jane y la velada había terminado de forma desastrosa. Otro había cenado recientemente con ella. ¿No le había dicho ese también sin rodeos que no deseaba volver a verla? Pues bien, ambos habían ido a por otra ración. ¡Hay que ver la de vueltas que da el mundo!

Pero lo que divirtió más a Jane esa mañana fue la inesperada aparición de John Gillespie, el abogado defensor. El hombre que en cierta ocasión la había calificado de psicópata, tras lo cual había insinuado que estaba dispuesto a rebajar sus exigencias y acostarse con ella. El muy cerdo.

—Hola, Jane. He venido para tratar de llegar a un acuerdo con Graham para agilizar los trámites de un juicio y se me ha ocurrido pasar a saludarte —dijo examinándola, y después de asimilar el impacto inicial, sonrió complacido.

—¡Hola, Gillespie! —respondió Jane calurosamente—. Llevas una corbata preciosa.

Después de intercambiar unos comentarios intrascendentes sobre el tiempo y unos casos que tenían pendientes, él expuso su ofrecimiento.

—Oye, Jane, si te apetece, cuando termine con la gestión que me ha traído aquí, podemos comer juntos. Yo invito, por supuesto. No todos los días salgo a almorzar con una mujer.

—Te agradezco la invitación —dijo ella frunciendo los labios—. Pero estoy en medio de un juicio y tengo mucho trabajo. En otra ocasión.

—Cuando quieras.

Jane no había imaginado que ese cretino la invitaría a salir. Ni ninguno de los tipos que habían desfilado esa mañana por su despacho. Pero no sentía rencor hacia ellos. Por más que le doliera, empezaba a comprender por qué la habían rechazado anteriormente. Seguía pensando que siempre se había comportado bien con los hombres con los que había salido, que había sido educada y había estado pendiente de ellos, pero una semana actuando como Doris le había demostrado que lo importante no era sólo cómo se comportaba uno —el deber, el honor y la autodisciplina seguían siendo esenciales, por supuesto—, sino cómo trataba a los demás. ¡Ésa era la clave!

Si discrepabas de la opinión de otro con elegancia, sin humillarle, si pedías en lugar de ordenar, si criticabas a los demás por lo que hacían de forma constructiva en lugar de negativa (Jane suponía que eso se aplicaba también a la alcoba, aunque no estaba dispuesta a hacer la prueba), la gente reaccionaba de modo distinto. Les complacía tu compañía. Te pedían tu opinión. ¡Querían salir una segunda vez contigo! No menospreciaba tu inteligencia porque fueras amable; por el contrario, prestaban más atención a todo lo que decías.

Es increíble lo que se aprende de las películas, pensó Jane. El general se habría quedado asombrado.

La última visita de la mañana fue la de Marcie, que entró airosamente en el despacho de Jane para pedirle su opinión sobre las invitaciones de boda, depositando una amplia selección de las mismas en su mesa.

—Ésta tiene un ribete plateado excesivo, ¿no crees?

—No, Marcie, a mí me parece ideal.

—¿De veras? A mí me gusta más ésta con un ribete de oro viejo, pero a Howard le gusta el plateado.

—En tal caso yo haría lo que quisiera mi futuro marido —dijo Jane—. ¿No quieres hacerle feliz y dejar que aporte su granito de arena? Es lo que yo haría en tu lugar.

Al oír que sonaba el teléfono en su despacho Marcie recogió las invitaciones.

—Tienes razón, Jane. Hasta luego.

—Encantada de haberte ayudado, Marcie.

Jane salió de su despacho para hablar con Susan la Holgazana.

—¡Menuda mañana, Susan! ¡No he parado de tener visitas!

—Sí, señorita Sp-Ring.

Por disparatado que le había parecido al principio, a Susan la Holgazana le encantaba la renovada y mejorada Jane Spring y confiaba en que continuara así cuando concluyera el juicio. Para una mujer que había odiado comunicarse con su jefa, Susan la Holgazana disfrutaba ahora conversando con ella.

«Estaba muy preocupada al ver que esta mañana te retrasabas, Susan. Sé que sueles ser puntual. No es necesario que te disculpes, me alegro de que no te haya ocurrido nada malo.»

«Llevas una camisa preciosa, Susan. Deberías lucir ese color más a menudo.»

«Gracias por haber tomado nota de todos mis mensajes, Susan. ¡No sé qué haría sin ti!»

Pero más que la forma en que se expresaba Jane, lo que impresionó a Susan la Holgazana era la forma en que los otros se dirigían a ella. Buenos días, Jane. Buenas noches, Jane. Hoy tienes un aspecto estupendo, Jane. ¿Puedo pedirte un consejo, Jane? ¿Puedo invitarte a cenar, Jane?

Nadie se había dirigido así antes a su jefa, nadie se había detenido nunca simplemente a charlar con ella. ¿Acaso alguien en el pasado, se había disgustado alguna vez al enterarse de que Jane iba a pasar todo el día en los juzgados? Ahora la echaban de menos.

Incluso el ritual matutino de Susan la Holgazana con Graham había variado. En lugar de preguntar «¿Cómo está esta mañana la sargento mayor?», la saludaba preguntándole «¿Está la encantadora señorita Spring en su despacho, o ha salido a coger margaritas?»

Graham seguía poniendo los ojos en blanco, propinando codazos a Susan y riendo con gesto de complicidad, pero su tono había cambiado. Estaba claro que también prefería esta versión de Jane. De hecho, el mayor cambio que Susan la Holgazana había detectado era la forma en que los hombres reaccionaban ante ella. La atención que le prestaban. Los elogios que le dedicaban. No podían apartar los ojos de ella. Lo cual daba a Susan mucho que pensar.

Es decir, cuando no estaba trabajando. Susan la Holgazana había comprobado que desde que la señorita Spring había perdido la chaveta, ya no se echaba a temblar cuando la oía aproximarse. Abrir el correo ya no le parecía una lata, y los elogios que Jane le dedicaba la compensaban por el esfuerzo de copiar en el ordenador los expedientes de la causa. Incluso la tarea de atender el teléfono se había convertido en una actividad placentera.

Aunque Susan la Holgazana había sustituido su fórmula habitual de «Despacho de la señorita Sp-Ring» por «Buenos días/tardes, despacho de la señorita Sp-Ring», a instancias de Jane, había comprobado que era más eficaz. Curiosamente, las voces al otro extremo del hilo telefónico la trataban con más amabilidad.

Por lo demás, Susan la Holgazana habría prometido atender el teléfono haciendo el pino y cantando *Yankee Doodle* con tal de que la antigua Jane Spring no regresara jamás.

Desde que la Spring ha dejado de ser una pelmaza, pensó Susan, este trabajo es bastante tolerable.

Rock: *Eres una persona encantadora.*
Algún día harás muy feliz al hombre
que se case contigo.

Pijama para dos

24

Jane Spring comprobó que era muy fácil jugar a disfrazarse en Nueva York. Era una ciudad en la que la gente o te consideraba una *fashion victim* o una chiflada; cualquiera de esas opciones era perfectamente aceptable. De modo que cuando echó a andar por las calles del centro de Manhattan con su traje de color rosa asomando debajo del abrigo azul ribeteado de raso, balanceando su neceser con una mano enguantada, algunas personas la observaron de refilón, pero nadie llamó a la policía para que la arrestaran. Algunos hombres incluso silbaron. Un Papá Noel apostado frente a la catedral de San Patricio sonrió y se quitó su gorro rojo al verla pasar. Jane correspondió deseándole feliz Navidad. Era la primera vez en su vida que Jane Spring no soltaba un exabrupto a un Papá Noel.

Se dirigía a Bergdorf Goodman, la tienda favorita de Doris. Una vez dentro, comprendió por qué le gustaba tanto a Doris. Era una tienda muy elegante. Los vendedores y vendedoras iban muy bien vestidos y eran muy atentos. ¡Y qué modales! ¿Cuántas personas en Nueva York te llamaban «señora»?

Jane se acercó al mostrador de Elizabeth Arden. Una elegante mujer vestida con un uniforme blanco le preguntó en qué podía ayudarla.

—Quiero comprar un pintalabios como éste —dijo Jane mostrando a la vendedora un estuche dorado de carmín un tanto oxidado.

—Da la impresión de que ha permanecido mucho tiempo en el cajón del baño —comentó la vendedora.

—Más de cuarenta años, creo —contestó Jane con orgullo—. Pertenecía a mi abuela. Se llama Brillo Coral. Confío en que aún lo vendan.

Doris lucía Brillo Coral en todas sus películas; era evidente que la abuela Eleanor la había imitado. Jane se había cansado del rosa nacarado y deseaba comenzar la semana con un nuevo color de labios.

La vendedora se puso sus gafas bifocales, dio la vuelta al estuche para leer la etiqueta y luego lo abrió para averiguar si quedaban restos del pintalabios. Comprobó que quedaba un poco.

—Dejamos de fabricar Brillo Coral en los años sesenta, pero estoy segura de que encontraremos otro parecido.

La vendedora sacó varios pintalabios de un expositor y los abrió para mostrárselos. Luego trazó una línea con cada uno de ellos sobre el dorso de la mano de Jane. Estaba claro que el pintalabios Toque Calabaza era el que más se parecía al Brillo Coral. Pero Jane se sintió decepcionada. Lucir un carmín llamado Toque Calabaza no era tan estiloso como usar el Brillo Coral. No era tan romántico ni sensual. Pero no bien lo hubo pensado, Jane rectificó su actitud. No, seguiría sonriendo y luciría Toque Calabaza sin rechistar. Como habría hecho Doris.

Compró dos pintalabios de ese tono, tras lo cual se dirigió al departamento de hombres para comprar unos regalos navideños para el general y sus hermanos.

Mientras subía en la escalera automática, decidió regresar a Bergdorf's con tanta frecuencia como se lo permitiera su trabajo y su cartera. La esponjosa moqueta, los candelabros, el ambiente exquisito y las deliciosas bolsas de compra la hacían sentirse más como Doris que nunca. Era como darse un baño de *eau de Doris*. Por lo demás, era justamente el tipo de tienda en la que compraría el hombre que ella buscaba.

De hecho, Jane confiaba en toparse hoy con él. Quizás estuviera comprando un elegante traje para lucir en la oficina o un perfume para regalárselo a su madre esas fiestas. En cualquier caso, tratándose de un hombre exigente, sin duda compraría un producto de la mejor calidad.

En la planta de hombres, Jane pensó en varias opciones de regalo, examinando detenidamente la confección, el tejido, el estilo y el corte. Apoyó unos jerseys contra sus mejillas para calibrar la suavidad del tejido, acarició unos guantes para comprobar la delicadeza de su textura. Jane miró disimuladamente a su alrededor, confiando en ver a un ejemplar masculino de complexión musculosa a quien dirigirse.

«Disculpe, ¿me permite que solicite su consejo? Mi hermano es de su talla; ¿le importaría probarse esta chaqueta para ver cómo le sienta?»

Entablar una conversación sería facilísimo. Pero encontrar a un hombre solo entre aquel mar de mujeres comprando regalos para sus maridos, hermanos y padres resultaba más difícil de lo que Jane había supuesto. Aquello parecía una casa de locos.

—Cárguelo en la cuenta de mi marido —oyó Jane decir a la mujer que estaba delante de ella a la vendedora.

—Me gusta su estilo —contestó la vendedora sonriendo y guiñando un ojo—. Hacer que su marido pague por su regalo de Navidad. Es usted genial.

—Es uno de los mejores incentivos del matrimonio —respondió la mujer riendo.

Jane la miró, ladeando la cabeza como solía hacer Doris cuando algo la contrariaba. ¿Considera eso uno de los mejores incentivos del matrimonio? Ella estaba en total desacuerdo. ¡Jamás trataría a su marido como una caja registradora! Respetaría el que trabajara duro y se lo demostraría, pagando siempre su parte correspondiente. Por más que habitara un cuerpo de los sesenta, cuando hallara a su alma gemela Jane ocuparía un lugar equivalente a ésta en el matrimonio.

Su alma gemela y ella formarían una pareja que compartiría las faenas domésticas y la cocina (Jane comprendió que tendría que aprender a cocinar; abrir un bote de sopa no era cocinar) mientras ambos desempeñaban unos trabajos a los que estaban entregados y se alegraban de sus mutuos éxitos profesionales.

Jane pagó sus compras y subió para efectuar la última parada obligatoria en la sección de lencería o «prendas íntimas», como preferían denominarlo. Al cabo de unos momentos se le acercó una vendedora que llevaba un cartelito con su nombre: Irma.

Irma llevaba una cinta métrica alrededor del cuello.

—¿En qué puedo ayudarla, señora? ¿Busca un regalo para alguien?

—No, en realidad busco algo para mí.

—Perfecto.

—Sí. Quiero una bata de gasa rosa con un volante en el bajo. Y que se abroche hasta la barbilla.

Irma observó a Jane Spring de pies a cabeza. Desde que trabajaba en esa planta había visto de todo, desde travestidos hasta reinas de la pantalla, por lo que esa rubia vestida con un modelito de los sesenta no la impresionaba. Otra chiflada atrapada en el túnel del tiempo, pensó Irma. En Nueva York abundaban. Síguele el juego y sonríe.

—Lo siento, señora, pero hay un pequeño problema. Tenemos unas batas de gasa, pero no se abrochan hasta la barbilla.

—¿Ah, no? ¿Cómo es eso?

—Verá, señora, no hay mucha demanda para ese tipo de batas. A las mujeres hoy en día les gustan las prendas de un estilo más moderno. Seductor —dijo Irma con una sonrisa cargada de significado.

¡Seductor! ¡En Bergdorf's! ¡Es increíble!

—De todos modos, gracias.

Jane empezó a pasearse por la planta, seguida por Irma.

—¿Desea que le muestre otra cosa, señora? Tenemos una amplia selección de artículos.

Jane se detuvo junto a un perchero lleno de camisolas de encaje transparentes. Descolgó uno y meneó la cabeza.

—Es increíble que una mujer se ponga esto, ¿no le parece, Irma? ¡Qué indecencia!

Dos jóvenes minifalderas que habían ido de compras con la tarjeta de crédito de papá la miraron y se rieron al tiempo que ponían cara de asombro. A Jane le tenía sin cuidado que su nueva encarnación le pareciera cómica a algunos civiles, de modo que no dio importancia al incidente. Estaba decidida a ser Doris en todo momento; de este modo, siendo fiel al personaje, se aseguraría de que Su Hombre diera con ella.

Pero había algo más. Jane Spring empezaba a gozar siendo Doris Day más de lo que había imaginado. Cada minuto que interpretaba ese personaje, sentía que su cociente femenino se multiplicaba. Y cuanto más femenina se volvía, más admiración despertaba entre la gente (aparte de unas jovencitas envidiosas). Las miradas de aprobación, la amabilidad, el deseo de estar junto a ella le producían una felicidad que no habría experimentado ni bajo el efecto de las drogas.

Jane dio las gracias a Irma por haberla atendido y comentó que confiaba en que en adelante ofrecieran una mayor selección de artículos. Bergdorf's era su tienda favorita, añadió. De modo que esperaba que reconocieran su error y lo subsanaran para complacer a las mujeres pudorosas.

Doris: Un hombre que ama a los animales
es una buena persona.

Confidencias a medianoche

25

Jane Spring salió de Bergdorf's balanceando con ambas manos sus flamantes y preciadas bolsas de color lila. Puesto que era el último viernes antes de Navidad esperar un taxi requería una buena dosis de paciencia y unos pies resistentes. Jane estaba desarrollando lo primero de forma exponencial; lo segundo era más problemático, pues se había destrozado los pies caminando por la nieve y el barro calzada con tacones. De modo que al repantigarse en el taxi rodeada por sus compras se puso a soñar con el baño de espuma que se daría cuando llegara a casa.

—El tráfico es una locura, señorita. ¿Puedo dejarla en la esquina? —preguntó el taxista deteniéndose en el extremo de la calle donde vivía Jane.

—Por supuesto —respondió ella dulcemente, abriendo su cartera y sacando un billete de veinte dólares. La carrera ascendía a cinco dólares y medio—. Y feliz Navidad.

—Muchas gracias, señorita. Felices fiestas.

Jane abrió la puerta del taxi y se apeó con precaución. La mitad de la nieve que había caído durante la ventisca se había derretido, convirtiendo las aceras en pistas de carreras de obstáculos. Jane se detuvo en la esquina de la Tercera Avenida y la calle Setenta y tres, dudando entre cruzar la calle para comprar en el supermercado o encargar la cena en un chino.

Fue durante esos instantes de vacilación que Jane lo vio. Un hombre que se dirigía hacia ella acompañado por un perro sujeto con una correa larga. Estaba oscureciendo, por lo que no acertó a verlo con claridad, pero tuvo la impresión de que le conocía. Reconoció su abrigo marrón. El perro también le era familiar. Quizá fuera un vecino. No me moveré hasta que hayan pasado y les desearé una feliz Navidad. No sería correcto desaparecer ahora.

Cuando el hombre se acercó, Jane por poco se cae sentada.

—¿Inspector? ¡Inspector Millbank! ¡Qué sorpresa! ¿Qué le trae a esta parte de la ciudad?

Mike Millbank trató de comportarse con naturalidad, pero Jane observó que se sentía turbado por haberse topado con ella.

—Hola, Jane. ¡Qué casualidad encontrarme con usted!

—Yo vivo aquí.

—¿Ah, sí? No lo sabía. Llevé a *Bishop* a dar una vuelta por Central Park, y cuando terminamos, decidimos dar un paseo por el barrio.

—Si no le importa que se lo diga, está usted bastante lejos de donde vive, inspector —comentó Jane sonriendo suavemente. Sabía que Mike Millbank vivía en otra zona de la ciudad. Durante el juicio anterior en el que habían trabajado juntos, le había enviado en cierta ocasión unos documentos a su casa.

—Tiene usted una memoria excelente, Jane. Pero de vez en cuando traigo a *Bishop* al parque. Para él es como ir a Disneylandia. Disfruta correteando por el parque, jugando con otros perros y le encanta caminar por la nieve.

Bishop permanecía sentado en silencio junto al inspector Millbank, meneando la cola. Jane se inclinó sobre él para acariciarlo.

—Es un perro precioso.

—El mejor amigo del hombre —contestó Millbank con orgullo.

Jane observó la ternura con que el inspector trataba a su perro. Está claro que es un buen hombre, pensó.

—Bien —dijo Jane.

—Bien —dijo el inspector.

—Bien —repitió Jane.

Notó que ambos se sentían turbados como cuando ella había ido a verlo a su despacho y los dos se habían expresado con inusitada franqueza.

—¿Recuerda lo que dije la semana pasada cuando se marchó, Jane? No pretendía ser grosero —dijo Millbank restregando el suelo con los pies—. Estoy seguro de que lo está haciendo muy bien en el tribunal. Es que este caso significa mucho para todos los colegas...

—Lo sé, inspector —respondió ella amablemente—. Lo entiendo perfectamente.

—De acuerdo. Bien, debo irme —dijo Millbank tirando de la correa de *Bishop*.

—Yo también. Estoy rendida. Tengo ganas de llegar a casa y sentarme.

—¿Le apetece...? —preguntó el inspector tentativamente.

—¿Qué? —respondió ella.

—¿Le apetece que nos tomemos un café?

Jane le sonrió.

—Sí, me parece estupendo.

Le complació que el inspector se hubiera disculpado por su conducta de la otra vez que se habían visto. Quería que él lo supiera.

—Puesto que éste es su barrio, elija usted el lugar.

—Conozco el sitio ideal —dijo Jane con tono frívolo.

Llevó al inspector a su cafetería preferida. A Doris le encantaban las cafeterías; almorzaba en ellas en todas sus películas. Se sentaron junto a la ventana para que el inspector pudiera vigilar a *Bishop*, que estaba atado a un poste en la acera. La colección de bolsas color lila de Jane estaban en el suelo junto a ella.

Jane pidió chocolate a la taza, el inspector un café negro y, si no era demasiada molestia, unos huesos que tuvieran en la cocina para su perro. Al cabo de poco tiempo regresó la camarera con dos tazas y un bol que contenía unos huesos para caldo. El inspector Millbank se excusó y salió para dárselos a su mascota.

—La gente me dice que le mimo demasiado —dijo Millbank al sentarse de nuevo, tras lo cual dio unos golpecitos en la ventana con los nudillos para indicar a *Bishop* que estaba cerca. El perro alzó la vista de su comida y meneó la cola alegremente.

—No, inspector —respondió Jane—, no creo que uno pueda ser demasiado amable con nadie, ni siquiera con los animales.

—Mi hermano dice que debería casarme y tener hijos en lugar de fingir que *Bishop* es mi hijo —comentó Millbank tímidamente.

Joder, Mike, cierra la boca, se reprochó el inspector. Pero ¿qué haces? No seas idiota, no saques otra vez el tema del matrimonio y los hijos con esta mujer. La última vez metiste la pata.

—Algún día lo hará, inspector —dijo Jane—. Cuando llegue el momento, seguro que será un padre maravilloso.

Venga, Jane, déjalo ya, se dijo ella enojada consigo misma. No vuelvas a pisar este campo minado del matrimonio y los hijos con el inspector. ¿No recuerdas lo avergonzada que te sentiste la otra vez?

Ambos guardaron silencio unos momentos mientras se bebían lo que habían pedido.

—¿Cómo va el juicio? —preguntó el inspector Millbank, decidido a cambiar de tema. Ella se sintió aliviada.

—Bueno —respondió suspirando—, aparte del hecho de que el incorregible señor Bancroft sigue utilizando sus acostumbradas artimañas, creo que va muy bien.

—¿Sus acostumbradas artimañas?

—Dio a entender al jurado que mi testigo no me caía bien. La señorita Dunlap. Trató de utilizarme para que el jurado se compadeciera de ella. Ese hombre es un bribón.

Mike Millbank observó detenidamente a Jane Spring. ¿Un bribón? ¿Quién se expresaba de esa forma en el siglo XXI? ¿Qué se traía la fiscal entre manos?

—Pero es verdad que a usted no le cae bien Patty Dunlap, ¿no es así?

—Eso no importa. Lo que yo opine no tiene nada que ver con el caso. Ni tampoco la moral de la señorita Dunlap, por despreciable que sea. ¡Robó el marido a otra mujer! ¿Se le ocurre algo peor?

Mike Millbank se fijó en el pelo de Jane. Una cosa era lucir un vestido nuevo, pero cortarse el pelo. No sabía lo que se traía entre manos, pero desde luego era serio. ¿Era posible que el cambio de aspecto de la fiscal estuviera relacionado con el juicio Riley?

—¿Cómo dice? —preguntó Millbank.

—¿Cree que existe algo peor que romper el matrimonio de otra persona? Lo cual, si me permite que se lo recuerde, en este caso condujo a un asesinato.

—Da la impresión de que está procesando a la mujer equivocada, Jane. Creo que preferiría encerrar en el trullo a Patty Dunlap —dijo el inspector en tono de guasa.

—Tiene razón. Me gustaría encerrarlas a las dos. —Jane sonrió—. Lamentablemente, tendré que conformarme con que condenen a una.

—Es increíble, ¿no? —dijo Mike meneando la cabeza.

—¿Qué es increíble?

—Lo que la búsqueda del amor, estar enamorado, influye en las personas. Lo he visto multitud de veces. Hace que se conviertan en una persona que no reconocerían.

—¿De veras? —preguntó Jane abriendo mucho los ojos.

—Conozco a Patty Dunlap de Central de Reservas. Era una chica encantadora. Nunca pensé que se dedicara a romper matrimonios. A Laura Riley la vi en un par de ocasiones. Jamás se me habría pasado por la cabeza que era una asesina.

—Y sin embargo lo es.

—A eso me refería.

Bishop comenzó a ladrar.

—Será mejor que vaya a rescatarlo. Probablemente tiene frío.

Jane se bebió el chocolate. El inspector apuró su café e indicó a la camarera que le trajera la cuenta. Jane observó en silencio mientras Mike Millbank pagaba. Antes de ponerse el abrigo, el inspector la ayudó a ponerse el suyo. Al salir, sostuvo la puerta abierta para que pasara.

Jane estaba impresionada.

—Gracias, inspector. Ha sido muy agradable.

—De nada, Jane —respondió Millbank desatando a *Bishop*.

—Le veré el martes en los juzgados.

—No faltaré.

Ella extendió una mano enguantada. El inspector la estrechó. Luego ambos echaron a andar en dirección opuesta hacia sus respectivas casas.

Cuando Jane entró en el edificio de su apartamento, el conserje la detuvo en el vestíbulo.

—Un hombre pasó hace aproximadamente una hora y preguntó por usted, señorita Spring. No quiso dejar su nombre. Me pidió que no le informara de su visita, pero pensé que debía decírselo. Quizá sea un acosador relacionado con su trabajo o algo por el estilo.

—Ha hecho bien en decírmelo, gracias —respondió ella con tono jovial, repasando mentalmente una lista de sospechosos. Las seis últimas personas a las que había procesado estaban en la cárcel, y aunque Gloria Markham tenía motivos para odiarla, esa anciana apenas tenía fuerzas para andar y menos para acosar a nadie. ¿Quién quedaba? Chip Bancroft. Ese tramposo.

—¿Qué aspecto tenía?

—Era un hombre de aproximadamente un metro ochenta de estatura. Con el pelo oscuro. Llevaba un abrigo marrón. Iba acompañado por un perro.

Jane depositó las bolsas en el suelo.

—¿Un perro?

—Si, un golden retriéver enorme.

Jane se quedó estupefacta. ¿Así que Mike Millbank había pasado por su casa? ¿Haciendo preguntas? De modo que no sólo había llevado a su perro a dar una vuelta por el parque. Ya se había dado cuenta de que esa historia no se sostenía en pie. No era de extrañar que el inspector casi se hubiera desmayado cuando ella le había saludado.

—¿Qué le preguntó?

—Nada de particular. Si vivía aquí. Yo le dije que sí. Que si se vestía siempre así, de color rosa y con perlas, o sólo para ir a trabajar.

—¿Y usted qué respondió?

—Le dije que no, que tenía la impresión de que usted había dado un nuevo giro a su vida y siempre iba vestida así. Que hacía más de una semana que no la veía con un taje pantalón negro o un chándal militar.

—¿Y qué más?

—Nada, el hombre se marchó.

—Gracias. Le agradezco que me haya informado.

—De nada, señorita Spring.

Jane entró en el ascensor, sosteniendo con ambas manos las bolsas de color lila, ofreciendo la viva imagen de la serenidad. Siguió sonriendo al conserje hasta que la puerta se cerró. Entonces se dibujó en su rostro una expresión de pánico.

¿Qué se trae entre manos, inspector Millbank?

Doris: *¿Por qué no trató de influir en mí cuando le pedí consejo?*

Amiga: *Porque no es su estilo. Algunos tíos se dedican a sobar a las mujeres en el metro. Éste opera desde una limusina. Pero un sobón es un sobón.*

Suave como visón

26

El sábado por la mañana, agotada por el trajín y la excitación de ser Doris durante una semana, Jane Spring durmió hasta tarde, que para ella significaba las siete de la mañana. A las ocho estaba en la piscina del club. Los asiduos estaban tan acostumbrados a verla con el traje de baño azul con pliegues y el gorro de baño floreado que nadie le prestó atención.

Mientras nadaba unos largos en la piscina, repasó mentalmente los acontecimientos de la semana anterior. Cuando el impacto inicial causado por su aspecto comenzó a disiparse, las personas habían acogido favorablemente su nueva personalidad. Era la ventaja de trabajar con civiles. No tenían el menor sentido de compromiso, se adaptaban a una nueva situación al instante. Pero lo que la sorprendió más fue lo fácil que le resultó acostumbrarse a ser Doris. Cuando estaba en su entorno habitual y se ponía la ropa, los zapatos y asumía su nueva voz, el resto fluía de forma tan natural que parecía como si Doris hubiera estado siempre en su interior, esperando a que la hiciera aflorar. El deseo de gritar a su secretaria, de maldecir a los civiles por su falta de consideración y de hostigar a los testigos —esas cosas que Jane hacía de forma tan involuntaria como respirar— había desaparecido.

Lo que era aún más asombroso, a Jane le chiflaba ser Doris. Nunca había disfrutado tanto. Le encantaba que Chip la cortejara con sus elegantes modales (aunque falsos), que los taxistas la llamaran señora, que Susan la Holgazana la saludara diciendo buenos días, señorita Sp-Ring, en lugar de gruñir. ¿Se equivocaba al pensar que la chica se esmeraba más en su trabajo? Cada día, cuando Jane llegaba a su despacho, encontraba unos documentos sobre su mesa listos para que los firmara. Lo que demostraba que aún se producían milagros.

Claro está que Jane no había conocido todavía al hombre de sus sueños, pero sólo había pasado una semana. Y siempre podía aprovechar el tiempo para ensayar su actuación, por así decir. Pero tras haber superado la semana con éxito, Jane sabía que estaba preparada para conocer a Su Hombre. El momento no podía ser más oportuno, pues tenía planes para esa noche.

A las diez de la mañana, cuando se estaba poniendo unos rulos, sonó el teléfono. Jane supuso que era Jesse; habían quedado en reunirse más tarde para terminar de perfilar su estrategia cuando Chip llamara a Laura Riley a declarar. Suponiendo que la llamara a declarar. Si no lo hacía, tenían el caso ganado. Si lo hacía, tenían problemas. Sentar en el estrado de los testigos a una mujer traicionada y deshecha en llanto, aunque hubiera matado a su marido, solía impresionar al jurado. Desmontar su historia requería una gran habilidad: Jane no quería exponerse a antagonizar al jurado como había hecho en el juicio Markham.

Descolgó el auricular y respondió animadamente. No era Jesse. Era Alice.

Aunque la echaba mucho de menos, se alegraba de que su mejor amiga se encontrara en la otra punta del país. De haber estado en Nueva York y haber visto su apartamento pintado de amarillo con las cortinas de color azul y la cama individual, Alice habría hecho que la encerraran en un psiquiátrico. Inmediatamente. ¿Qué me hace suponer que no lo hará por teléfono cuando colguemos?, se preguntó Jane.

—Hola, Springie. ¿Cómo va el juicio? —Jane oyó el barullo del puesto de enfermeras al fondo—. No, eso ya me lo contarás dentro de un minuto. En primer lugar, ¿cómo va lo otro? —preguntó Alice bajando la voz—. ¿Has conocido ya a Doris?

—¡Cuánto me alegro de que me hayas llamado, Alice! —respondió Jane al estilo Doris, con una voz que parecía melaza pura.

Jane había hecho un pacto consigo misma desde el principio de que no dejaría nunca de comportarse como Doris. Más que una cuestión de práctica, era una cuestión de principio.

«*Los soldados no dejan de estar de servicio porque los disparos hayan cesado, Jane.*»

Pero aun cuando hubiera sido más conveniente desde el punto de vista táctico dejar de estar de servicio de vez en cuando —cuando tu mejor amiga te llama de otra ciudad y quieres ahorrarte tener que responder a unas preguntas engorrosas sobre tu cordura—, Jane era incapaz de hacerlo. No quería hacerlo. Ser Doris la había convertido en una Jane mejor, más feliz, más relajada, y no estaba dispuesta a volver a asumir su antigua personalidad.

—Mi encuentro con Doris fue maravillosamente, Alice. Es una mujer increíble. Me explicó unas cosas sobre los hombres que yo ignoraba. Luego trazamos un plan de acción que... Bueno, trataré de utilizar una táctica distinta. Esta noche voy a ponerla en práctica por primera vez. ¡No puedes imaginarte lo emocionada que estoy!

En San Francisco, Alice Carpenter frunció el ceño, retiró el auricular de su oreja y lo contempló durante unos segundos.

—¿Qué te ocurre, Springie? Te noto rara.

—¿Rara? No sé a qué te refieres, Alice.

Ésta golpeó suavemente el teléfono para asegurarse de que no era un problema de la línea.

—Me refiero a tu voz. Parece como si hubieras tomado helio o algo parecido.

—Yo te oigo perfectamente.

Alice comprendió entonces que su mejor amiga no sólo sonaba distinta, sino que se expresaba de forma distinta. Animada. Feliz. Excitada. ¡Cielo santo!

—¿Has bebido, Springie?

—Claro que no.

—¿Entonces qué ha ocurrido?

Jane echó una ojeada a su apartamento. Nada, pensó, aparte de que he montado un *revival* total de los sesenta y una persecución feroz y sin cuartel de un hombre.

—Nada.

Alice no se lo tragó. Había tenido que vérselas con suficientes borrachos en urgencias a primera hora de la mañana para saber de qué iba el asunto. Pobre Jane, pensó. Ese juicio debe de estar machacándola. No suele beber antes de las seis de la tarde, y son las diez de la mañana y lleva una cogorza como un piano.

—Oye, mira, Springie. Estás trompa. No lo niegues. Escúcháme —dijo Alice adoptando el tono de enfermera—. Cuando cuelgues, quiero que bebas una gran cantidad de agua. Luego tómate dos aspirinas y come algo ligero. Y duerme todo el día. Te llamaré más tarde para ver cómo estás.

—Que no, Alice, te aseguro que estoy bien —respondió Jane dulcemente—. Es más, nunca me he sentido mejor.

Alice volvió a llamar a las seis de la tarde, pero Jane dejó que respondiera el contestador automático. En primer lugar, no creía que Alice soportara enfrentarse dos veces a la nueva y mejorada Jane Spring en un día. Y segundo, estaba ocupada arreglándose para salir. Confiaba en que la velada fuera un éxito y quería estar perfecta. Lo cual significaba esmerarse al máximo con el pelo y el maquillaje además de cambiarse la laca de las uñas. Jane no se había percatado del tiempo que dedicaban las mujeres a arreglarse hasta que ella misma había decidido interpretar el papel de una mujer.

Esta noche iba a bailar. Jane había comprendido que para conocer a su hombre, el hombre con unos modales impecables, íntegro y honrado, el hombre que quería a una mujer con carácter, debía frecuentar lugares en los que pudiera conocer a ese tipo de hombre. Cary y Rock siempre llevaban a Doris a bailar. Cary y Rock eran unos bailarines fenomenales.

De modo que Jane se había inscrito en una clase para principiantes en la academia de baile Fred Astaire, en Broadway. En el anuncio que habían insertado en las páginas amarillas, los de la academia Astaire prometían que con una sola clase aprendías a bailar el tango y el vals, cosa que Jane estaba más que dispuesta a hacer. Sabía que ambos bailes figuraban en el repertorio de Doris.

Jane se preparó un baño de espuma y se sumergió en la bañera, donde estuvo cantando alegremente *Cumpleaños feliz a mí* hasta que las burbujas se desvanecieron. Luego se secó, se puso un vestido de cóctel de seda rojo con escote en uve y muy ceñido en la cintura. Se cubrió los pies con tiritas antes de calzarse unos zapatos de satín rojos y se colocó dos lacitos rojos en el pelo, uno en cada lado.

Después de ponerse unos pendientes de perlas, se enfundó unos guantes de cuero de color blanco y el abrigo blanco ribeteado con piel de zorro y gorrito a juego.

Al salir de su apartamento Jane Spring se sentía como un millón de dólares. Estuviera donde estuviera su hombre, que se fuera preparando porque iba a por él.

Cuando entró en la academia de baile Fred Astaire, se llevó el gran chasco. Aunque su futuro marido estuviera allí, ¿cómo iba a reconocerla? Frente a ella había una docena de mujeres que se habían apuntado a la clase, las cuales presentaban el mismo aspecto que ella. Las de más edad, ansiosas de revivir el esplendor de su juventud, habían embutido sus cuerpos obesos y arrugados en unos vestidos de cóctel que debían de llevar cuarenta años colgados en sus roperos. Las más jóvenes estaban también ataviadas con unos vestidos de fiesta de los sesenta que habían adquirido en tiendas de ropa *vintage* —estampados florales, seda, escotes en uve, escotes barco—, ceñidos en la cintura.

—Qué vestido tan bonito —comentó Jane a una mujer de veintitantos años que estaba a su lado.

—Gracias, temí ser la única persona aquí disfrazada —respondió con tono de broma.

Es cierto, pensó Jane.

—Pero por lo visto toda la gente inteligente piensa lo mismo —prosiguió la otra.

—Sí, brillante —murmuró Jane.

Sólo había ocho hombres, por lo que algunas mujeres tenían que formar pareja entre ellas. Lo cual no era una buena señal. De los hombres que había en la sala, Jane calculó enseguida que la mitad eran gays. No porque lucieran pantalones de cuero, sino porque se turnaban en conducir a su pareja. La otra mitad no constituía según Jane un material adecuado para marido. Tres de ellos eran unos vejetes enfundados en pantalones de color tostado y zapatillas deportivas blancas que llamaban a cualquiera de menos de sesenta y cinco años «pequeña». El único candidato era un tipo flacucho llamado

Marcel, que llevaba el pelo recogido en una cola de caballo y el pantalón demasiado alto. Jane sospechaba que se había metido un calcetín en la bragueta. Resultó que el tipo flacucho también era un sobón. Cuando apoyaba las manos en tu trasero, aprovechaba para palparlo, por así decir. Cuando Jane protestó «Haga el favor de apoyar las manos en mi cintura», el tío le dijo que se relajara y gozara del momento, guapa.

Jane no se habría dignado siquiera tomar café con un sobón, y menos aún casarse con él.

Dos horas más tarde, Jane Spring, profundamente desalentada, se quitó sus zapatos rojos, se masajeó los pies y se tumbó en su cama individual. La velada no había resultado tan agradable como había previsto, pero era la primera noche en que representaba el papel de Doris con toda la parafernalia, y al igual que el primer día en el tribunal, Jane no esperaba alzarse con la victoria. Su teoría sobre hallar al hombre de sus sueños fuera del trabajo era correcta, se dijo. Se había equivocado en la elección del lugar, eso es todo. Jane se incorporó y se bajó la cremallera del vestido.

«Un buen soldado aprende de la derrota; no se deja derrotar por ella, Jane.»

El general tenía razón. Jane no había probado las mieles de la victoria en esta ocasión, pero lo haría. Retornaría al combate y marcharía, con la cabeza alta, hasta regresar victoriosa. Después de ponerse su pijama chino, oyó a los Tate ponerse a hacer lo que se les daba mejor. Pero esta vez no le molestó; no corrió a encender el televisor en el cuarto de estar.

Se metió en la cama, apoyó el mentón en el ribete de raso de la manta y dejó que los Tate la arrullaran hasta que conciliara el sueño. No tardaría en aparecer su príncipe encantador, Jane estaba convencida de ello, por lo que nada ni nadie conseguiría desanimarla.

Rock: *Nunca se me han dado bien los discursos brillantes, pero cuando estoy con usted siento una sensación muy agradable.*

Confidencias a medianoche

27

Cuando unos albañiles le silbaron el lunes cuando se dirigía al tribunal, Jane Spring comprendió que había hecho bien en considerar la noche del sábado como un desastre imprevisto, como una ventisca. No estaba preocupaba por el fracaso de la velada; este soldado no pensaba huir del campo de batalla.

En la sala del tribunal, vestida de nuevo con su traje verde manzana y los zapatos de cocodrilo, Jane se repantigó en su silla y dejó que Jesse interrogara al testigo del día, el perito forense. Había permitido que Jesse tomara la palabra porque necesitaba practicar, y porque sabía que el interrogatorio del forense se limitaría a unas preguntas y respuestas sin drama: haga el favor de describir la hora de la defunción. Describa las pruebas que determinan las causa de la muerte. Describa las heridas. Era imposible pifiarla.

Pero aunque estaba encantada de ayudarle a perfeccionar sus dotes de abogado, había otra razón por la que Jane había dejado que Jesse se encargara ese día de interrogar al testigo. Tenía los pies hechos polvo.

Llevaba una semana calzada con zapatos de tacón y el dolor se había extendido hasta las pantorrillas. No podía soportarlo, ni permanecer de pie mucho rato. Cuanto más tiempo estuviera sentada, mejor. Una vez sentada, podía quitarse la parte posterior de los zapatos de cocodrilo, que le apretaban de un modo atroz, y dar un respiro a sus pies. Jane Spring no comprendía cómo diantres conseguía Doris Day sonreír continuamente cuando los pies debían de dolerle tanto o más que a ella.

Jesse se comportó dignamente en el tribunal, y cuando hicieron una pausa para almorzar, Jane se deshizo en halagos.

—Estuviste magnífico, Jesse. Tus preguntas fueron excelentes. Me impresionó la forma en que te dirigiste al jurado. Llegarás a ser un fiscal espléndido.

Jesse solía recibir comentarios críticos de Jane cuando ésta le dejaba tomar la palabra en el tribunal, pero jamás había recibido tantos elogios de ella. Más bien comentaba «Pero ¿cómo se te ha ocurrido formular esa pregunta tan absurda?»

Jesse Beauclaire quizá pensara que Jane estaba rematadamente loca por hacer lo que hacía, pero él había recibido de paso las mejores críticas de su carrera, así que ¿por qué iba a quejarse? Aceptó los elogios de Jane con la misma elegancia con que ella se los había dado.

Cuando Chip Bancroft terminó de repreguntar al perito forense y el tribunal suspendió la sesión hasta el día siguiente, se acercó a la mesa de la acusación y preguntó a Jane si podía hablar con ella en privado.

—Mira, Bancroft, no hay nada que puedas decirme sobre este caso que no pueda oír el fiscal adjunto —dijo Jane señalando a Jesse.

—Es un asunto privado, Jane.

Ella miró a Chip Bancroft y notó que el corazón le latía aceleradamente. Basta. Basta. Trató de obligar a su corazón a recuperar el ritmo normal. Ese hombre era un sinvergüenza redomado, el abogado más marrullero que he conocido jamás. No había más que ver cómo engatusaba al jurado. A los testigos. A ella. Jane conocía sus tácticas, pero sus pulsaciones no disminuían. Estaba indignada consigo misma.

—De acuerdo, Bancroft.

Jane se acercó a la tribuna del jurado, que estaba vacía, y esperó a que Chip se reuniera con ella.

—¿Tienes algo que hacer esta noche, Jane?

—¿Cómo dices?

—¿Te parece que quedemos para tomar una copa en The White Lion cuando salgas de la oficina? ¿A las siete?

The White Lion era el único bar decente que había en el barrio, equidistante de los juzgados y la comisaría de policía. Muchos inspectores y abogados iban allí por la noche a tomarse unas copas, pero no sólo para relajarse y pasarlo bien. Aprovechaban para hablar de asuntos profesionales e intercambiar información.

—Pero ¿qué dices, Bancroft? ¿Quieres tomar una copa conmigo en medio de un juicio?

Aunque con frecuencia los fiscales y los abogados defensores tomaban copas juntos después de un día en los tribunales (un hecho que nunca dejaba de asombrar a sus clientes), Jane siempre lo había considerado una costumbre poco ética. Pero se trataba de Chip. Y todo indicaba que le había pedido una cita.

—Sí, Jane —respondió él adoptando su mejor expresión de cachorrito—. Hay unas cuestiones relacionadas con la causa que quiero comentarte.

Maldita sea. No era una cita.

Jane sonrió mientras trataba de ganar tiempo, sin saber qué hacer. Dejando aparte la ética, quizá fuera su primera y última oportunidad de tomar una copa con Chip Bancroft. Lo cual era razón suficiente para aceptar. Pero también podía ser una oportunidad para averiguar si Chip se proponía llamar a declarar a Laura Riley después de las fiestas navideñas.

Sí, Laura Riley figuraba en su lista de testigos, pero eso no significaba nada. Los abogados defensores tenían por costumbre ocultar sus cartas, y no decidían si llamaban a declarar o no a sus testigos hasta haber comprobado cómo se desarrollaba el juicio.

—Gracias por la invitación. Me encantaría tomarme una copa contigo, Bancroft. Nos vemos en The White Lion a las siete.

Volvió a la mesa de la acusación y cerró su neceser. Jesse estaba esperándola, y después de que ella se pusiera el sombrero y el abrigo, salieron juntos. Pero cuando Jane alargó la mano para abrir la puerta, Jesse se adelantó a ella y sostuvo la puerta abierta para que pasara.

—Después de ti, Jane.

¿Después de ti, Jane? ¿Desde cuándo la dejaba pasar primero? Jesse opinaba que si las mujeres querían igualdad en el lugar de trabajo, podían abrirse ellas mismas las puertas.

Vaya, vaya, esto mejora cada día.

Doris: ¡Es un monstruo depravado!

Pijama para dos

28

Jane Spring regresó al despacho a las cinco de la tarde y comprobó que en el espacio de una semana Susan la Holgazana se había convertido en un modelo de eficiencia. Quizá tuviera que ponerle otro apodo. ¿Susan la Hacendosa? El icono de su juego de póquer ya no aparecía en la pantalla de su ordenador. El expediente de la causa había sido reorganizado, los documentos del mes pasado que se habían acumulado estaban sobre la mesa de Jane, listos para que los firmara, los mensajes estaban colocados por orden de importancia junto al teléfono. Lo que era aún mejor, si sus ojos no la engañaban, Susan la Holgazana había experimentado también una transformación.

Su indómita cabellera estaba teñida de un tono castaño; las mechas y los reflejos habían desaparecido. Lo llevaba peinado hacia atrás, con la raya al medio, en una cola de caballo sujeta con un lazo. Los pantalones de talle bajo y el sujetador de encaje negro habían desaparecido; la campanita del ombligo había sido silenciada. Susan lucía en esos momentos una falda tubo de tweed de color marrón y unas botas de ante marrones. El conjunto estaba rematado por un jersey verde de cuello alto, el mismo color que el traje que lucía ahora Jane. Susan presentaba un aspecto muy elegante y, bien pensado, algo parecido al de Jane.

—Hoy estás muy elegante, Susan —dijo Jane, y por primera vez lo decía en serio.

—Gracias, señorita Spring.

Hasta su pronunciación había mejorado.

Jane se sentó y sonrió satisfecha. Eso debía significar que ejercía una influencia positiva en la joven. Jane se sintió halagada. Hasta que cayó en la cuenta de que no había ejercido ninguna influencia sobre ella cuando era la antigua Jane, sino ahora, como Doris. Si pudiera ejercer ese impacto en un hombre...

—Tengo que marcharme, señorita Spring —anunció Susan la Holgazana, depositando unos papeles sobre la mesa—. El primer montón es para que usted los firme, el segundo para que los apruebe y el tercero son unos informes de gastos.

—Gracias, Susan. Estoy muy satisfecha de lo bien que estás trabajando.

—No hay problema —contestó Susan la Holgazana con tono neutro. Pero su sonrisa lo decía todo.

Jane observó a su secretaria recoger sus cosas y marcharse, tras lo cual comenzó a examinar los papeles que tenía sobre su mesa. Decidió que a las seis y media se retocaría el maquillaje y se peinaría, para llegar a The White Lion unos minutos pasadas las siete. Aunque un soldado siempre debe ser puntual, una señora tiene que hacer esperar a un hombre si quiere hacer la gran entrada.

A las siete y diez Jane entró en The White Lion y vio a Chip Bancroft sentado en una mesa para dos. En la mesa había una vela insertada en una botella por la que se deslizaba la cera fundida y un bol que contenía unos frutos secos. Al verla, Chip se levantó.

—Permite que te ayude a quitarte el abrigo, Jane.

—Gracias, Bancroft.

Al quitarle el abrigo, él rozó el cuello de Jane con la mano y ella no pudo negar que había sentido una descarga. ¡Eres patética, Jane, se dijo! Chip Bancroft no es el hombre que aguardas. En todo caso, más vale que no lo sea.

Cuando Jane se hubo sentado, Chip indicó al camarero que se acercara. Pidió un vodka doble y Jane un martini. Como estaba sentada de espaldas a él, Jane no vio que el inspector Mike Millbank también estaba esa noche en The White Lion. Él y su colega, el inspector Cruz, habían terminado el turno y habían entrado a tomarse una cerveza antes de irse a casa.

Cuando había llegado Chip Bancroft, él y el inspector se habían saludado. Sabían que dentro de poco se encontrarían en el tribunal. Pero cuando había aparecido Jane, el inspector se había apresurado a ocultarse detrás de su compañero, para no tener que saludarla. No estaba de humor para someterse a un interrogatorio de Jane Spring, ni de la antigua ni de la nueva. El viernes por la noche le había dicho que había salido a pasear con su perro por Central Park. ¿Y si Jane había averiguado que había ido a su apartamento y había hecho unas preguntas al conserje? ¿Qué explicación le daría?

Mike Millbank fijó los ojos en su cerveza cuando Jane pasó de largo y se dirigió hacia el otro extremo del bar. Cuando alzó la vista y vio que se había sentado a una mesa con Chip, por poco le da un síncope. Jane detestaba a Bancroft, según le había confesado en la cafetería. ¿Cómo era posible que estuviera tomándose una copa con él?

Jane miró sonriendo a Chip Bancroft y se alisó el pelo. Se esforzó en conservar la calma y comportarse con indiferencia, mostrar un aspecto estoico y profesional. Doris Day jamás se arrojaría en brazos de un hombre, y ella tampoco. Aunque en su fuero interno se moría por levantarse en esos momentos y sentarse en las rodillas de Chip.

Él sonrió a Jane. El mechón le cayó sobre los ojos. Ella sintió que se derretía. Ojalá pudieran verles las mujeres con las que Chip había salido en la Facultad de Derecho. ¡Chip Bancroft estaba con ella! Con Jane Spring.

—Sé que dije que quería que nos reuniéramos aquí para hablar del caso, pero antes de entrar en ello, quiero preguntarte algo.

—Adelante.

—Jane... Te lo diré sin rodeos. Tú me gustas. Me gustas mucho. Estoy loco por ti. No he mirado a otra mujer en toda la semana.

Para Chip Bancroft probablemente era un récord. Debería convocar una rueda de prensa.

—Me gustaría salir contigo, Jane. Llevarte a cenar, a bailar, lo que quieras. Quiero estar contigo.

¡Había dicho que la llevaría a bailar! Jane comprendió que iba por buen camino. Menos mal que había tomado la lección de baile.

—Pero yo creí... ¿y esa modelo con la que...?

—¿Bjorgia? Hemos roto. Se ha acabado. Quiero estar contigo. Entre otras cosas, no sabe hablar inglés. Me cansé de pedírselo todo por medio de gestos.

Jane Spring pensó que iba a morirse de alegría en esos momentos, allí mismo. Chip Bancroft quería salir con ella. Claro que podía tratarse de una artimaña; seguramente lo era. Jane sabía que Chip era muy capaz de eso. Por más que trató de dominarse Jane creyó que iba a estallar de gozo, que iba a arrojarse sobre Chip y arrancarle la ropa.

—¿Y bien?

—¿Qué?

—¿Quieres salir conmigo?

Jane deseaba creerle, deseaba creer que el hecho de interpretar el papel de Doris le había permitido atrapar a un Cary Grant de carne y hueso, pero éste era Chip Bancroft. Chip había imitado su talante en el tribunal; ¿qué se proponía ahora, tenderle una trampa y humillarla? Decidió contestar con evasivas y mostrarse misteriosamente indecisa. Eso es lo que habría hecho Doris. Por lo demás, si aceptaba de inmediato su propuesta, Chip pensaría que era un ligue fácil. Y Doris no era un ligue fácil.

—Mira, entiéndelo, pero no puedo responderte ahora. Debo pensarlo antes de tomar una decisión.

—Lo entiendo, Jane. Pero confío en que comprendas que te lo he propuesto muy en serio.

Por favor, Señor, haz que sea cierto.

Mientras bebía su cerveza, Mike Millbank prestó atención a la conversación en su mesa, pero no quitaba ojo a Chip y a Jane Spring. ¿De qué estarían hablando? Sonreían mucho para estar hablando sobre trabajo. Le molestaba ver a Jane y a Chip juntos allí. Y le molestaba que le molestara, aunque no habría sabido explicar por qué.

Ella rechazó otra copa, pero Chip pidió su tercer vodka y estaba un tanto achispado. Incluso sin la ayuda del alcohol, Jane Spring se sentía decididamente mareada. Tenía a Chip Bancroft en el bolsillo, al menos eso creía. Él acababa de confesarle que estaba enamorado de ella. Si era sincero sobre lo que sentía por ella, no cabía duda de que era Su Hombre.

Una declaración de amor era una cosa, pero Jane necesitaba algo más de Chip Bancroft en esos momentos y no estaba dispuesta a marcharse sin haberlo conseguido.

—Bueno, Bancroft, ¿vas a decirme si piensas llamar a declarar a Laura Riley o vas a dejar que la duda me corroa?

Chip se reclinó hacia atrás, bebió un sorbo y arqueó una ceja.

—Aún no lo he decidido, letrada.

—¿De veras? Tú no sueles mostrarte indeciso.

—Lo sé. Pero tú tampoco te comportas como tú misma, ése es mi problema —dijo Chip arrastrando las palabras. Jane abrió mucho los ojos sin dejar de sonreír.

—No te entiendo.

—Verás, si me garantizaran que la otra Jane Spring comparecería en el tribunal ese día, no dudaría en llamar al estrado a Laura Riley. La otra Jane Spring, la que tenía el pelo largo e iba vestida de negro, era una auténtica cabrona. Habría atacado el testimonio de Laura Riley como un tiburón. La habría hecho llorar o desmayarse, ambas cosas se le dan muy bien, y el jurado se habría compadecido de mi cliente, que es lo que necesito para sembrar una duda razonable.

»Pero si ese día comparece la Jane Spring actual, es decir tú, estoy jodido. Harás ojitos al jurado y camelarás a Laura Riley, que se dejará manipular por ti. ¿Comprendes mi problema, letrada? Necesito saber quién vas a ser después de Navidad.

Jane Spring sintió deseos de abofetearle. ¿Cómo se atrevía a llamarla cabrona? ¡Un tiburón capaz de hacer que la acusada rompiera a llorar! ¡Que se desmayara! Qué desfachatez. Pero Jane se esforzó en conservar la calma. Respira, Jane. Inspira. Espira. Inspira. Espira. Tal como lo ensayaste. Como haría Doris.

Chip Bancroft se inclinó hacia delante hasta que su rostro casi rozó el de ella. Su aliento apestaba a alcohol.

—Sé lo que te propones con esto, Jane —dijo Chip tocándole el traje y el pelo—. No ocurre con frecuencia que un fiscal se exponga hasta ese extremo para ganar un caso, por lo que te admiro.

—No sé de qué estás hablando —replicó ella indignada pero sin dejar de sonreír. Sigue sonriendo, Jane.

Chip se echó hacia atrás.

—Por supuesto que lo sabes. No puedo creer que una mujer tan inteligente como tú decidiera un día, de la noche a la mañana, convertirse en Doris Day.

—En realidad, Chip, eso fue justamente lo que ocurrió.

—Sé lo que te traes entre manos. Se trata de una estrategia que has urdido para ganar el juicio. Debo reconocer que funciona, Jane. Tienes al jurado embelesado. El juez acepta todas las protestas que formulas. Si quisieras hasta lograrías que condenaran a la madre Teresa.

—Me molesta que creas que soy capaz de recurrir a una sucia artimaña, Bancroft. Es la mayor locura que he oído hoy.

—No es una locura, y no estás loca, Jane. El caso es que no me importa. Me encanta tu nueva personalidad. Aunque sé que no eres tú. Antes eras una bruja insoportable.

Jane quería abofetearle. Doris abofeteaba a todos sus admiradores cuando la ofendían.

—Pero ahora estás muy atractiva y sexy.

Jane le abofeteó. Luego le arrojó el resto de su martini a la cara, recogió su abrigo y se marchó indignada. Todo el bar, incluido el inspector Millbank, contempló la escena. Chip se enjugó la cara mientras Mike Millbank se preguntaba qué diablos había ocurrido. ¿Diferencias profesionales? ¿Una pelea de enamorados? El inspector seguía dándole vueltas cuando Chip tomó apresuradamente su abrigo y salió disparado detrás de Jane.

El inspector sacó un billete de diez dólares del bolsillo, lo depositó en la mesa y se despidió de su compañero. Luego tomó su abrigo y salió precipitadamente a la calle, donde soplaba un gélido aire nocturno.

Doris: No puedo enfurecerme con usted, señor Allen. Es un inválido. Tiene un hermoso rostro y un hermoso cuerpo, y se han convertido en sus muletas. La mayoría de la gente tiene que aprender a caminar sin ellas.

Confidencias a medianoche

29

Jane detuvo un taxi y se marchó a toda velocidad, Chip Bancroft tomó otro y ordenó al taxista que siguiera al primero. Y Mike Millbank, que cerraba la comitiva, les siguió a ambos, confiando en que Chip no le reconociera, en un coche de la policía camuflado. El convoy de coches se abrió camino lentamente a través del tráfico, en dirección al apartamento de Jane.

En el interior del segundo taxi, Chip Bancroft se maldecía furioso consigo mismo. ¡Dios!, ¿cómo se me ocurrió atacarla de esa forma? Todo iba perfectamente.

Habían sido los malditos vodkas los que le habían hecho perder los papeles. Ahora tendría que disculparse ante ella, y compensarla por su metedura de pata; de lo contrario, todo el plan se iría al carajo.

Al llegar a la Tercera Avenida con la calle Setenta y tres, Chip Bancroft vio a Jane apearse del taxi y dirigirse hacia el edificio de su apartamento. Era evidente que estaba disgustada. Esperó a que Jane entrara en el edificio y entonces se apeó del taxi y se encaminó hacia un *delicatessen* que estaba abierto toda la noche. Mike Millbank detuvo su vehículo cerca y aguardó. Al cabo de dos minutos, Chip salió con un ramo de rosas y echó a andar por la calle Setenta y tres. Millbank esperó un minuto, después de lo cual dobló la esquina para seguir al abogado. Aparcó frente al apartamento de Jane y observó a Chip dirigirse hacia la puerta del edificio que él había visitado hacía unos días. El conserje había terminado su turno a las ocho de la noche, dejando a Chip a merced del interfono.

Chip llamó al timbre; Jane no respondió. Chip llamó otras tres veces; Jane siguió ignorándole. Por fin Chip pulsó el botón del interfono sin soltarlo y empezó a disculparse.

—Jane, soy yo, Chip. Por favor, déjame entrar. Quiero pedirte perdón.

Nada.

—Jane, te lo ruego.

Nada.

Chip Bancroft se apartó de la puerta principal y se situó en la cerca, frente al edificio.

—¡Jane! —gritó alzando la vista hacia el cuarto piso—. Lo siento, Jane. Déjame entrar. Deja que te lo explique.

Ella miró a través de sus cortinas azules, pero volvió a cerrarlas apresuradamente.

—¡Jane, por favor!

Ella se detuvo en el centro del cuarto de estar y respiró hondo tres veces. Inspira. Espira. Inspira. Espira. Inspira. Espira. Muy bien, Jane.

Era evidente que Chip estaba trompa y Jane dudaba que a esas alturas de la película accediera a marcharse. Lo más probable era que se quedara toda la noche gritando frente a su apartamento, lo cual no dejaba de complacerle. Un hombre declarándole su amor frente a su ventana era un espectáculo que demostraría a los Tate que ella no estaba «discapacitada». Por otro lado, despertaría a todos los vecinos que no hubieran decidido ya llamar a la policía, una situación que Doris jamás toleraría.

Pulsó el botón del interfono para que Chip pudiera entrar en el edificio, pero no le dejaría entrar en su apartamento. Tendría que presentarles sus disculpas en el pasillo y marcharse.

Oyó subir el ascensor. Al cabo de unos segundos Chip Bancroft se hallaba en el pasillo, con el rostro pegado a la puerta cerrada con la cadena.

—Te escucho, Bancroft.

—Por favor, Jane, déjame entrar y disculparme. No me quedaré más de cinco minutos. Te lo prometo.

Jane nunca había imaginado el rostro de Chip Bancroft estrujado entre el quicio de la puerta y la puerta, con la cadena presionándole la frente. Tenía un aspecto... adorable.

Prescindiendo de toda cautela, Jane Spring retiró la cadena y le dejó entrar.

—¡Aaaaah¡ —masculló Jane.

Chip entró en el cuarto de estar pintado de un amarillo vivo, con unas cortinas de seda azules, y no pudo contenerse. Entregó a Jane el ramo de flores, que ella arrojó enseguida sobre la mesita de café.

—¡Joder, Jane! Veo que te has tomado esto muy en serio. Creí que era un montaje destinado al tribunal, pero... —Chip empezó a recorrer muy excitado el apartamento, seguido por Jane, que trataba inútilmente de obligarle a regresar al cuarto de estar.

—Por favor, Chip. No tienes derecho a presentarte aquí. Dejé que entraras en el edificio para que dejaras de hacer una escena en la calle. Dime lo que has venido a decirme y vete de una vez.

Pero él no la escuchaba. Estaba demasiado bebido y demasiado excitado. El apartamento le intrigaba. Era increíble lo lejos que había llevado Jane ese montaje. Entró apresuradamente en su dormitorio, y ella por poco se desmaya del susto.

—Fuera de ahí, Bancroft. Ahora mismo.

Joder, tío, no la enfurezcas más, se reprochó Chip. Recuerda por qué has venido.

Chip regresó dócilmente al cuarto de estar. Jane se plantó ante él con los brazos cruzados.

—Lo siento. No pretendía invadir tu casa. He venido para pedirte perdón. Retiro lo que dije antes en The White Lion. Fue una grosería, despreciable y ofensiva.

Jane frunció los labios.

—Desde luego.

Lo cierto era que Chip Bancroft tenía que disculparse con Jane por varias razones. Una era que no podía permitirse el lujo de indisponerla contra él. El jurado la adoraba; eso estaba claro. Jane había dejado que Jesse tomara la palabra, pero el jurado no había dejado de mirarla con auténtica añoranza. Era bochornoso. Si Chip dejaba que Jane concluyera la disputa que habían tenido en The White Lion en el tribunal en lugar de ahora, Laura Riley podía despedirse de su libertad. Además, estaba el otro aspecto de la cuestión...

—Jane, comprendo que no quieras volver a dirigirme la palabra. Pero quiero que sepas que lamento profundamente haberte ofendido. Mi propuesta sigue en pie. Me gustaría salir contigo.

—¿Ah, sí? —le espetó Jane.

—Te lo digo en serio. Y no te miento cuando digo que has trastornado mi vida. Hace años que no he estado tan loco por una mujer. Me has visto en el tribunal. Apenas puedo concentrarme en el juicio. ¿Es ése el Chip Bancroft que conoces?

Ella tuvo que reconocer que tenía razón. Chip agachó la cabeza con expresión contrita. Jane comprendió que era cierto que estaba enamorado de ella. Sintió deseos de besarlo. Luego sintió deseos de matarlo. ¿Cómo se atrevía a tratarla de esa forma? ¿Qué la había llamado? ¡Una bruja insoportable!

—Creo que es mejor que te marches ahora mismo de mi apartamento, Bancroft.

—¡Ay, Jane! —exclamó Chip llevándose las manos a la cabeza—. Estoy mareado.

Se sentó en el sofá con gesto de sentirse realmente mareado.

—Es natural después de haberte bebido media botella de vodka en menos de una hora, Bancroft.

—¡Ayyyy! —gimió Chip.

—Te traeré unas aspirinas —dijo ella meneando la cabeza—. Y luego quiero que te vayas.

Jane entró en el cuarto de baño y tomó dos aspirinas y un vaso de agua. Cuando regresó al cuarto de estar, Chip estaba tumbado en el sofá. Dormido.

—Dios —se quejó Jane—. No hay nada peor que un hombre que no sabe beber.

Luego se dirigió a su dormitorio, cogió una manta amarilla de su cama, regresó al cuarto de estar y cubrió a Chip con ella. Le observó dormido. Tenía un aspecto tan... adorable. Sí, no había otra forma de describirlo.

Apagó las luces del cuarto de estar y cerró la puerta. En el baño se desmaquilló con crema, se lavó los dientes y se colocó unos rulos en la coronilla. Cinco minutos más tarde se había enfundado su pijama chino y estaba acostada debajo de la manta amarilla restante.

Chip Bancroft, tendido en el sofá, abrió los ojos. Tomó las aspirinas, se las tragó con un poco de agua y consultó su reloj. Esperaría un poco antes de marcharse, para que pareciera convincente.

Jane, acostada en su cama, contempló el techo. Qué noche.

Chip le había confesado su amor por ella, la había insultado y ahora estaba dormido en su cuarto de estar. Pero ¿por qué estaba tan sorprendida? Eso era justamente lo que le ocurría a Doris en las películas.

Una hora más tarde, Chip Bancroft se levantó del sofá, abrió la puerta sigilosamente y salió del apartamento.

En la calle, el inspector Mike Millbank seguía sentado en su coche de la policía. Se deslizó hacia abajo en el asiento para que Chip no le viera y le observó por encima del volante abandonar el edificio.

El abogado se detuvo en la esquina para parar a un taxi, mostrando una sonrisa de autosatisfacción y una extraña expresión.

El inspector no sabía qué significaba. Pero de algo estaba seguro: era un numerito que no le gustaba ni pizca.

Rock: Me recuerdas a una gatita.
A veces siento el deseo de acariciarte.

Confidencias a medianoche

30

Jane Spring no tenía ni remota idea de a qué hora había abandonado Chip Bancroft su apartamento, pero a la mañana siguiente sintió un gran alivio al comprobar que se había marchado. Hallar al abogado defensor tendido en su sofá con resaca no era como Jane había planeado comenzar el día. Por no decir que probablemente era motivo para comparecer ante el comité de ética del Colegio de Abogados.

Después de ir a nadar, Jane llegó a su despacho a las ocho para contestar los correos electrónicos y realizar las tareas domésticas habituales antes de comenzar a las nueve. Susan la Holgazana había dejado dos pilas de documentos sobre su mesa para que los revisara y firmara, y Jane se percató de pronto de que aunque no lograra dar con su hombre, su transformación en Doris no había dejado de ser un éxito. Su secretaria se había convertido por fin en una secretaria.

Una vez concluidas las tareas domésticas, Jane examinó sus notas referentes al juicio. Hoy llamaría por fin a declarar a Mike Millbank. Hoy era también Nochebuena, y a Jane le disgustaba llamar al estrado a un testigo tan importante porque sabía que el jurado apenas prestaría atención. La sesión del tribunal duraría sólo medio día, y Jane estaba convencida de que la mayoría de los miembros del jurado estarían cocinando sus pavos y envolviendo sus regalos mentalmente.

Cosa que no podía reprocharles. Cuando terminara la sesión, ella también se iría a casa a envolver los regalos para el general, para Charlie y para Eddie Junior. Los chicos, que estaban destinados en California, se trasladarían en avión para pasar las fiestas en familia. Jane iba a comer el día de Navidad con su padre y sus hermanos. Ni siquiera había tenido tiempo para pensar cómo se desarrollaría ese encuentro.

Salió de su despacho sosteniendo un jarrón con unas margaritas. Se dirigía a la cocina para llenarlo con agua fresca cuando oyó unos pasos. Al volverse vio al inspector Mike Millbank encaminándose hacia ella. Lucía un traje azul marino y Jane observó que le sentaba muy bien. Debe de ser el traje que se pone para comparecer ante el tribunal, pensó. Se había lustrado los zapatos y la corbata combinaba con la camisa. Vaya, hoy se ha esmerado con su atuendo.

—Buenos días, inspector. Qué sorpresa verlo por aquí.

Jane se preguntó si el inspector se sentía abrumado por los remordimientos, si había venido para confesar que había interrogado a su conserje y había husmeado por su barrio. Tenía curiosidad por averiguar qué se proponía.

Mike Millbank se detuvo unos instantes para observar a Jane Spring. Ésta lucía una falda tubo de color amarillo con una chaqueta a juego, una camisa blanca con botones de nácar y unos zapatos de tacón blancos. Si uno sumaba a eso el pelo rubio platino y la sonrisa radiante, Jane parecía un rayo de sol.

—Quisiera hablar unos minutos con usted en su despacho, Jane.

Ella sintió pánico. El tono del inspector no auguraba nada bueno; desde luego no indicaba que hubiera venido para confesar haber husmeado en su vida personal. Indicaba que venía a darle otra mala noticia. ¡Cielo santo, Millbank iba a decirle que sus pruebas se habían extraviado o traspapelado! Que había decidido modificar su testimonio. Jane no podía soportar la tensión. Respira, Jane. Inspira. Espira. Inspira. Espira. Otra vez. Muy bien.

—¿Ocurre algo, inspector? —preguntó Jane con calma.

—Dígamelo usted, letrada.

—¿Perdón?

—Anoche estuve en The White Lion.

—¿Ah, sí?

—Estaba sentado con mi compañero al fondo del local. Usted no me vio, pero yo la vi a usted.

Jane sólo atinó a mirarlo en silencio.

—Vi lo que ocurrió, Jane. Ignoro lo que Chip Bancroft dijo o hizo, pero está claro que la disgustó mucho.

—Ya.

—¿Le está causando problemas, Jane?

Ella miró a través de la ventana.

—De ser así, en tal caso, no tiene más que decírmelo y organizaré una protección para usted.

¿Mike Millbank quiere protegerme? Qué manera más agradable de empezar el día.

—Es muy amable, inspector, pero no me pasará nada. He resuelto la situación con el impresentable del señor Bancroft y el tema está zanjado. No volverá a molestarme.

—Bien, pero si vuelve a importunarla durante el juicio, no deje de informarme.

—Gracias, inspector.

De pronto Mike Millbank se sintió incómodo y deseó salir de allí. Al igual que la última vez, había compartido unos momentos de sinceridad con Jane Spring y luego se había arrepentido. No sabía qué le había llevado a su despacho a primera hora de la mañana para ofrecerle protección, pero no había podido remediarlo.

Tan sólo cumplo con mi obligación, se dijo el inspector mientras bajaba en el ascensor.

Es mi trabajo como policía que soy.

Proteger y servir al ciudadano.

Yo no debo nada a esa mujer.

Cuando Jane Spring se encontró con Mike Millbank una hora más tarde en el tribunal, ambos se comportaron como si fuera la primera vez que se veían ese día, como si la conversación que habían mantenido antes no se hubiera producido nunca. Eso complacía al inspector Millbank. Era el primer testigo, lo cual también le complacía. Quería acabar cuanto antes. Después de que apoyara la mano en la Biblia y jurara decir la verdad y nada más que la verdad, Jane le interrogó tal como habían ensayado.

Pero esta vez era distinto.

Esta vez mientras Jane le formulaba unas preguntas, Millbank pensó en qué sentiría al besar esos labios de coral nacarados, al quitarle ese alegre traje de color amarillo.

Esta vez mientras Jane le oía responder a sus preguntas, no dejaba de pensar en qué expresión tan dulce y preocupada había mostrado el inspector antes. Temía que ella estuviera en un apuro. Deseaba protegerla. Era un civil fuera de lo normal. Nada que ver con Chip Bancroft.

El inspector Bancroft no sólo entendía el credo del ejército basado en el deber, el honor y la lealtad, sino que vivía de acuerdo con esos principios. Estaba tan dedicado a su trabajo que no tenía tiempo para el amor. Estaba tan dedicado a su carrera, que había ofrecido proteger a la mujer a quien culpaba por haber perdido su último caso importante. Y Jane Spring estaba asombrada de lo guapo que estaba con ese traje azul marino.

—Cuando llegó al escenario del crimen, ¿dijo la acusada algo específico referente al asesinato?

Mike Millbank imaginó que estaba sentado a una mesa, frente a Jane, sosteniéndole la mano. Se hallaban en un restaurante. Fuera estaba nevando; en la chimenea ardía un gigantesco fuego de leña.

—Dijo «Yo le maté, yo le maté», una y otra vez.

Jane, que estaba situada detrás de la mesa de la acusación, se acercó a la tribuna de los testigos, se inclinó hacia delante y miró al inspector Millbank a los ojos.

—Pero ¿no dijo «No quise matarlo. Fue un error»? ¿La oyó decir eso, inspector?

—No.

Mike Millbank no entendía qué le pasaba. ¿Eran las piernas de Jane? Siempre había admirado unas piernas bonitas. ¿Era la curva de su pecho debajo de los botones de nácar blancos de la camisa? ¿Era su voz? Siempre le habían gustado las mujeres dulces y delicadas. No cabía duda de que Jane era dulce y delicada. O al menos fingía serlo. Pero ¿qué diablos ocurría?

El inspector se detestaba por sentir algo por Jane Spring. Sabía que desafiaba toda lógica, pero ¿desde cuándo había gobernado la atracción física su cerebro? Se dijo que no debía perder los nervios, que ese mal momento pasaría. Sabía que después del juicio Jane regresaría a su encarnación anterior y él volvería a sentir por ella la misma antipatía que antes. Qué alivio.

—Inspector, durante su entrevista con la señora Riley en la comisaría, posteriormente, ¿le dijo ésta por qué había ido a ver a su marido?

Jane Spring observó que el inspector la miraba con insólita intensidad. También advirtió que cuando se acercaba a él se producían ciertas vibraciones entre ambos. Y ella no era la única que lo había notado. Chip Bancroft también había reparado en ello. ¿Estaban Jane y el inspector coqueteando?

Éste respondió afanosamente a todas sus preguntas. Jane le dio las gracias profusamente después de cada respuesta. Millbank se pasó la mano por el pelo. Jane se apartó unos mechones detrás de las orejas.

¡Estaban coqueteando!

Cuando Jane terminó de interrogar al inspector y el tribunal suspendió la sesión hasta el día siguiente, Chip se acercó apresuradamente a la mesa de la fiscal.

—Lamento mucho lo de anoche, Jane. Quiero disculparme de nuevo. Pero como es debido. Ahora que no estoy bebido, para convencerte de que soy sincero. ¿Quieres almorzar conmigo? He reservado una mesa para nosotros en el 21.

Jane vio al inspector aguardando discretamente y le indicó que enseguida iría a hablar con él. No sabía qué hacer. ¿Debía aceptar la invitación de Chip para demostrar que era una señora o seguir mostrándose furiosa con él?

¿Qué habría hecho Doris?

Cruzó los brazos y asumió una expresión enojada. Achicó los ojos y frunció los labios.

—Mira, Bancroft, anoche, en The White Lion, te comportaste...

—Cuando te enfadas estás preciosa —murmuró Chip.

Jane bajó la vista tratando de no sonreír, pero la sonrisa se le escapó de los labios. Luego miró a Chip. Chip Bancroft, alto, rubio, con los ojos azules. Era víspera de Navidad. Jane comprendió que debía mostrarse generosa y tolerante con él. Es lo que habría hecho Doris. ¡Y en el 21! Le complacía que hubiera tenido ese detalle. Era un lugar decididamente impresionante, como diría Doris.

—Puesto que soy una señora estoy obligada a aceptar tus disculpas, Bancroft, y teniendo en cuenta que estamos en Navidad, estaré encantada de almorzar contigo.

—Gracias, Jane.

El inspector Mike Millbank observó cómo un risueño Chip Bancroft apoyaba la mano en la espalda de Jane y la conducía hacia la salida. Al llegar a la puerta se apartó para que ella le precediera, después de lo cual se volvió hacia el inspector y le miró a los ojos. «Feliz Navidad, inspector», dijo Chip moviendo los labios en silencio y sonriendo satisfecho. Luego dio media vuelta y siguió a su presa.

De pronto el rostro de Mike Millbank perdió toda expresión. La palabra estupefacto no basta para describirlo.

Cary: *Hace una noche espléndida y Nueva York es una ciudad espléndida. ¿Qué te gustaría hacer con ella?*

Doris: *No lo sé. Nunca me habían ofrecido una ciudad.*

Suave como visón

31

Durante el almuerzo Chip no bebió una gota de alcohol. Pidió vino para los dos, pero no tocó su copa. La velada en The White Lion había estado a punto de desbaratarlo todo, y estaba decidido a no dejar que volviera a producirse esa situación.

Durante toda la comida, consistente en unos pastelitos de cangrejo y budín de Navidad, Chip se comportó como un perfecto caballero. Apartó la silla para que Jane se sentara y se levantó cuando ella fue a empolvarse la nariz. Evitaron hablar del juicio e intercambiaron historias sobre sus respectivas infancias. Chip no dejó de mirar a Jane a los ojos, pendiente en todo momento de ella. Se sintió sinceramente apenado cuando Jane le contó que había perdido a su madre de pequeña. Pero duró sólo unos momentos. Luego recondujo la conversación por los derroteros que le convenía.

—Para serte sincero, Jane, siempre he estado enamorado de ti, desde los tiempos de la Facultad de Derecho. Nunca te pedí una cita porque... pensé que no querrías salir conmigo.

—No te entiendo, Chip.

—Sabía que yo no era lo suficientemente inteligente para ti. Me esforzaba en los estudios, sí, y sacaba buenas notas, pero tú eras el genio de la facultad. Era consciente de que no estaba a tu altura.

—No digas bobadas. Eras un chico muy inteligente. Te recuerdo durante las reuniones que hacíamos en la revista jurídica. Tú me superabas con creces.

Jane apuró su vino y en el acto apareció un camarero para rellenar su copa. ¿Es posible que Chip hubiera dicho en serio que se consideraba inferior a ella? No. Aunque lo había dicho con expresión seria. Quizá había algo de verdad en ello. Puede que debajo de su elegante indumentaria, su mirada sensual y su lustroso cabello de estrella de la pantalla se sintiera un poco inseguro.

Era posible. Jane debía saber que cuando estás cegada por el amor, cuando el hombre por el que llevas suspirando desde hace más de diez años está frente a ti, mirándote a los ojos, lo primero que pierdes es la razón. Y no la recuperas.

—Tengo una sorpresa para ti, Jane —dijo Chip cuando terminaron de almorzar y salieron del restaurante.

—¿Una sorpresa?

—Ya lo verás.

Chip detuvo a un taxi, y cuando se montaron en él, murmuró algo al taxista. En el momento en que el coche arrancó tapó con la mano los ojos de Jane. Ella trató de obligarle cariñosamente a retirar la mano de su rostro, pero al final cedió. Ahora comprendía por qué tantas mujeres habían sucumbido a su encanto. Cuando Chip Bancroft se enamoraba de ti, hacía que te sintieras la única mujer en el mundo. El taxi se detuvo y él retiró la mano.

—Mira.

Jane miró a través de la ventanilla y vio que se encontraban delante del Empire State Building. Pese a los años que hacía que vivía en Nueva York jamás había estado allí. Le parecía la típica atracción turística y una cursilada, pero en esos momentos le pareció el lugar más romántico del mundo. Eres realmente especial, Chip, pensó Jane.

—¿Tienes vértigo?

No tuvieron que hacer cola; Chip ya había adquirido los billetes. Al subir en el ascensor Jane sintió que se le taponaban los oídos, pero olvidó el dolor cuando salieron al observatorio situado en el último piso. Jane y Chip se apoyaron en la barandilla y él le rodeó con el brazo para protegerla del frío. Nueva York se extendía a sus pies en todas las direcciones. Cada palmo de la ciudad estaba iluminado con luces navideñas. Hasta el puente de Brooklyn resplandecía.

—Feliz Navidad, Jane —dijo Chip besándola en la mejilla.

Ella estaba tan eufórica que temió caerse por la barandilla.

—Feliz Navidad, Chip —respondió.

Si esto fuera una película, pensó Jane, Doris empezaría a cantar en estos momentos. Ella también deseaba hacerlo, pero decidió ahorrar a Chip el mal trago.

—Ya sabes lo que siento por ti, Jane —dijo él mirándola a la cara. Jane sonrió complacida—. Y me gustaría saber qué sientes tú por mí. Entiendo que no quieras iniciar nada serio durante el juicio; a fin de cuentas, somos adversarios en el tribunal. Pero si me dieras alguna señal, para saber si compartiremos el futuro, te estaría muy agradecido.

Respira, Jane. Respira, se dijo. Inspira. Espira. Inspira. Espira. No te precipites y metas la pata.

—Tengo que pensarlo, Chip —dijo—. Pero me siento muy halagada por tu interés en mí. Como decimos los abogados, estudiaré el caso.

—Por supuesto, Jane.

Más tarde, en el cuarto de baño de su apartamento, mientras se preparaba un baño de espuma, Jane no dejaba de pensar en la petición de Chip.

«Si pudieras darme alguna señal, para saber si compartiremos el futuro, te estaría muy agradecido.»

Con la cara y la barbilla embadurnadas de crema, Jane salió del baño y tomó la caja de tarjetas navideñas que había adquirido hacía una semana. Ya había enviado unas felicitaciones a varios colegas; ¿qué tenía de malo que enviara una a Chip? Y podía aprovechar para decirle, aparte de desearles una felices fiestas, que veía un futuro para ambos y que ella también le quería. Que siempre había estado enamorada de él. Doris siempre decía a sus admiradores que estaba enamorada de ellos. ¡El día que conoció a Cary Grant en *Suave como visón* fue ella quien se declaró a él!

Jane abrió una tarjeta y tomó un bolígrafo.

Querido Chip:

Te deseo unas felices fiestas...

Chip, me has dicho con toda claridad lo que sientes por mí, pero ahora yo debo explicarte sinceramente mis sentimientos hacia ti...

Escribió en ambas caras de la tarjeta y firmó «Te quiere, Jane». Jamás había escrito una tarjeta semejante a un hombre. Sintió que el corazón le latía aceleradamente. Pegó un sello en el sobre y miró las señas de Chip en su agenda. La echaría al correo mañana temprano.

Jane estaba impaciente por averiguar la reacción de Chip cuando recibiera la tarjeta.

Rock: *Te ayudaré a fregar los platos.*

Doris: *No puedo consentirlo.*
Es trabajo de mujeres.

Pijama para dos

32

Jane Spring alquiló un coche para trasladarse a West Point para el almuerzo de Navidad. Una de las ventajas de vivir en Nueva York, una vez que te habías adaptado al hecho de vivir entre civiles, consistía en que era una ciudad que procuraba una gratificación instantánea. ¿Que querías alquilar un Corvette Roadster de los años sesenta en perfecto estado y descapotable? No había ningún problema. Sólo tenías que saber qué concesionario de coches antiguos ofrecía los mejores precios.

Jane comprobó que en Nueva York había no uno sino dos concesionarios especializados en el alquiler de coches antiguos. Sus mejores clientes eran los estudios cinematográficos, seguidos por los entusiastas del motor y los alumnos presuntuosos de último año de instituto que buscaban la forma de epatar al personal con su llegada al baile de fin de curso. Pero nunca habían tenido de cliente a una adjunta del fiscal del distrito que representaba a una estrella cinematográfica de los sesenta con el único propósito de encontrar a su alma gemela.

El almuerzo estaba previsto para la una de la tarde, y Jane partió de la ciudad a las once y media, concediéndose un amplio margen de tiempo para realizar el corto trayecto de una hora en dirección al norte. Sintonizó una emisora de radio que transmitía villancicos, pero apenas prestó atención a la música. Pensaba en Chip Bancroft... y, de vez en cuando, en Mike Millbank. Jane comprendía que pensara en Chip. Pero ¿en Mike? ¿Cómo se había colado Millbank en sus pensamientos? No lo sabía.

Poco antes de llegar a West Point, se puso a pensar en su padre. Había muchas cosas que quería decirle. Muchas cosas que había aprendido durante los diez últimos días.

¿Sabía usted, señor, que si sonríes continuamente las personas quieren entablar amistad contigo? Te traen café, flores, y se ofrecen para llevarte la compra del súper. (Y flirtean contigo. Te invitan al 21.)

¿Y sabía usted, señor, que cuando felicitas a las personas por sus esfuerzos en lugar de señalarles sus defectos se afanan en trabajar con más ahínco para ti?

¿Y sabía usted, señor, que si no alzas nunca la voz, si te abstienes de dar órdenes, las personas te dan lo mejor de sí mismas? Te abren las puertas, detienen un taxi para ti, escriben de buen grado los documentos que necesitas.

¡Es increíble!

Pero Jane sabía que probablemente no diría esas cosas a su padre. Criticar la forma en que éste la había educado era poco menos que una traición. De modo que se puso a pensar en cómo recibiría el general a su hija cuando la viera. Señor, si existes, ahora es el momento de mostrarte y protegerme.

Jane Spring sabía que había llegado el momento de dejar de interpretar a Doris. Pero había hecho un pacto consigo misma de que no asumiría de nuevo su antigua personalidad hasta haber cumplido su misión. Si la interrumpía en esos momentos, siquiera durante una hora, quizá se rompiera la magia para siempre. Lo cierto era que el general no tenía nada que reprochar a Jane. Él era quien había inculcado en su hija las tácticas esenciales de guerra, la importancia de no abandonar la lucha para alzarse con la victoria.

Usted tiene la culpa, señor.

Jane detuvo el coche en el puesto de control de West Point y sonrió al guardia. Éste salió de la garita y examinó durante unos minutos el pase que autorizaba a Jane a entrar en la base antes de franquearle la entrada. (Cualquiera hubiera hecho lo mismo si era un guardia de seguridad de una base militar y aparecía una rubia vestida con un traje rosa conduciendo un Corvette de color blanco.)

Jane dio dos vueltas en el coche alrededor del campus militar para calmarse antes de aparcar frente a la vivienda de su padre. Casi todo el mundo se había marchado y en West Point reinaba un extraño silencio. El campo de instrucción, el lugar favorito de su padre, estaba cubierto de nieve. Jane se apeó del coche, cogió sus regalos, hizo acopio de valor y llamó al timbre, sintiendo un vacío en la boca del estómago.

«Ánimo, Jane.»

Eddie Junior abrió la puerta.

—¿Jane? —Eddie miró a su hermana de arriba abajo. Su hermana, a menos que la vista le fallara de repente, lucía unos lacitos rosas en el pelo, que por cierto se había cortado y marcado con el secador. Llevaba los labios pintados de color rosa, colorete rosa en las mejillas, una falda y una chaqueta a juego de color rosa, unos zapatos de tacón blancos y guantes blancos. En una mano sostenía una cartera de mano y en la otra tres cajas plateadas decoradas con unas cintas de color púrpura.

Eddie pensó que iba a perder el conocimiento.

—¿Jane? Pero ¿qué es esto? ¿Una broma?

—Cierra la puerta, hijo, que se va a enfriar la casa.

—Sí, señor.

Eddie condujo a su hermana al cuarto de estar de su padre. El general había instalado en un rincón un árbol navideño de plástico verde, adornado con las mismas decoraciones que el año pasado, y el anterior, y el otro: tres tiras de espumillón plateado, numerosas bolas de colores y unas lucecitas de colorines colgadas de unos cordeles.

En el comedor el general había dispuesto la mesa con la vajilla que Jane sabía que había elegido su madre cuando se habían casado. Le dolió verla. Se acercó al árbol de plástico y depositó sus regalos en el suelo.

Charlie estaba en la cocina con su padre. Estaba apoyado en el frigorífico, hojeando una revista de armas de fuego mientras el general sacaba el jamón del horno y empezaba a trincharlo. Durante los treinta últimos años, en casa de los Spring la Navidad había consistido en jamón al horno, cazuela de judías verdes (hecha con judías congeladas y un bote de crema de champiñones), seguido por un budín navideño (comprado en la tienda), salsa de brandy (de un paquete) y ponche de huevo (de un *tetrabrik*). A los chicos les gustaba beber cerveza con la comida, el general se servía un whisky, y eso era Navidad.

Eddie Junior entró apresuradamente en la cocina.

—Ha llegado Jane.

El general asintió con la cabeza. Charlie siguió hojeando su revista de armas de fuego.

—Señor —dijo Eddie bajando la voz—, creo que debo advertirle que...

En éstas entró Jane tranquilamente en la cocina y dejó su bolso en la encimera.

—¡Feliz Navidad a todos!

Luego se quitó los guantes lentamente, un dedo tras otro. Charlie dejó caer la revista al suelo. El general por poco se amputa un dedo. Charlie miró al general, esperando órdenes sobre lo que debía hacer. Eddie miró a Charlie. El general miró a su hija.

—No debió molestarse en poner la mesa, señor. Debió esperar a que yo lo hiciera —dijo Jane.

Eddie se acercó al general, le quitó suavemente el cuchillo de la mano y lo depositó sobre la tabla de trinchar.

—¿Jane?

—Sí, señor.

—Veo que llevas un vestido, Jane.

—Sí, señor.

—Un vestido rosa.

—Sí, señor. ¿Le gusta? He renovado mi vestuario.

El general esperó unos momentos antes de volver a hablar. Estaba pensando. Cuando por fin prosiguió, no dijo lo que Eddie y Charlie esperaban.

—¿Has tenido buen viaje, Jane?

—Perfecto, señor. La carretera estaba un poco mojada, pero, aparte de eso, no he tenido problemas.

Eddie y Charlie no apartaban los ojos del general. ¿Cómo era que no se enfurecía? ¿Por qué no exigía una explicación sobre ese estúpido vestido rosa e insistía en que Jane se lo quitara? Sabían que el general no toleraba ese tipo de conducta estrafalaria.

—Dime, Jane, ¿qué tal va el juicio?

—Muy bien, señor. Creo que conseguiré un fallo condenatorio a principios de la semana que viene.

—Excelente. Buen trabajo.

—Gracias, señor.

El general sacó la cazuela de judías verdes del horno y Jane se apresuró a ayudarle. Charlie y Eddie la miraron como si les hubieran electrocutado. Su hermana, que no se ponía una falda aunque le pagaras, se había presentado con un traje rosa. Su hermana, que odiaba cocinar, estaba deseosa de echar una mano. Su hermana, la agresiva fiscal cuya voz era capaz de hacer que se cerrara una ventana, hablaba como si hubiera ingerido un balón de helio.

¿Y qué hacía su padre?

Nada. Conversar con ella como si fuera un día cualquiera.

—¿Tienes mucho trabajo después de este juicio? —preguntó el general escrutándola detenidamente. Jane estaba ridícula con ese traje, pensó, nada que ver con la hija a la que él había instruido y educado. Pero tenía que reconocer que estaba... atractiva. Se parecía a su madre cuando el general la conoció. Su hija era decididamente una mujer muy guapa.

—¿Que si tengo trabajo? Como siempre, señor.

El general miró el reloj.

—No tardaremos en comer, Jane. ¿Por qué no vas al cuarto de baño a esto..., a refrescarte?

—Sí, señor.

Jane recogió su bolso y echó a andar por el pasillo. Las cosas habían ido bastante bien, pensó. Supuso que el general se lo estaba tomando con filosofía porque:

a. No salía de su estupor.
b. Reservaba los reproches y abdominales para después del almuerzo.

Mientras se retocaba los labios, el general analizó la situación con sus hijos en la cocina.

—Deduzco, chicos, que habéis notado que vuestra hermana está un tanto distinta.

—Solicito permiso para hablar, señor —dijo Charlie.

—Concedido.

—¡Lo que pasa es que está loca, señor!

—No lo comprendo —terció Eddie—. ¿Por qué habla de esa forma? ¿Por qué lleva puesto ese traje? Me recuerda a esas películas en las que los extraterrestres te raptan y te devuelven a la tierra con una personalidad diferente.

—Sí, y de una década distinta.

—¿Ha visto cómo se ha cortado el pelo, padre?

—Sí. Ahora, chicos, quiero que os tranquilicéis y me prestéis atención. Nunca habéis presenciado eso, pero yo sí.

—¿Qué?

—Se trata de una... crisis nerviosa. Como les ocurre a las tropas cuando permanecen mucho tiempo bajo fuego enemigo. Lo he visto en Vietnam; lo he visto en el golfo Pérsico. El estrés se va acumulando hasta que un día se desmoronan.

El general chasqueó los dedos.

—Creen que son otras personas. Yo tenía en mi unidad en Vietnam a un soldado que combatió durante sesenta días seguidos, y un día se despertó convencido de que era Elvis. Algunos creen que son Jesús. Según me contaron, un piloto regresó del Golfo creyendo que era Eleanor Roosevelt.

—¿Dice usted que Jane ha sufrido una crisis nerviosa?

—Sí, hijo.

—Pero no combate en una guerra.

—Te equivocas, hijo. Todos los días, en esa ciudad, viviendo entre civiles, vuestra hermana tiene que librar su propia guerra. No imagináis lo dura que es su vida. Esos bohemios y delincuentes neoyorquinos carecen de toda disciplina, de orden, de respeto hacia la autoridad. Deberías pasar un tiempo allí, hijo. Te juro que es peor que luchar contra el Viet Cong. Las calles están llenas de traficantes de drogas, de chicos armados con pistolas en el metro. Yo tengo la culpa, chicos. Por haberla enviado a vivir entre civiles. Sabía que esto podía suceder. Pero ¿qué podía hacer? No tuve opción.

—Dios —dijo Charlie.

—Ya —apostilló Eddie, celoso de que su hermana hubiera contraído una dolencia reconocida entre los militares antes que él.

—¿Sabe usted quién cree Jane que es, señor? —preguntó Charlie.

El general asintió con la cabeza.

—Creo que sí. Ahora, chicos, debéis conservar la calma cuando os lo cuente.

Los chicos asintieron.

—Vuestra hermana...

Los chicos se acercaron más.

—Vuestra hermana cree que es la Vendedora de Avon.

Se produjo un silencio mientras los chicos asimilaban la noticia.

—Cuando nos sentemos a comer, seguidle el juego, chicos. Comportaos con naturalidad; no mencionéis a la otra Jane. Recuerdo que el psiquiatra militar nos dijo que llamáramos a ese soldado que estaba trastornado, Elvis, porque estaba convencido de serlo, y si insinuábamos que no lo era podíamos enfurecerle.

—Sí, señor.

—Sí, señor.

Los chicos saludaron a su padre al estilo militar. Jane apareció de nuevo.

—Llegas en el momento preciso, Jane. Vamos a empezar —dijo el general.

Durante la comida el general prestó más atención a Jane en una hora que durante toda su vida. Rechazó la propuesta de Eddie y Charlie de comentar el nuevo diseño de la ametralladora Uzi y en lugar de ello formuló a su hija unas preguntas destinadas a revelar hasta qué punto era preocupante su estado.

¿Seguía trabajando cada día en la oficina del fiscal del distrito? Sí, señor.

¿Vivía aún en el apartamento de la calle Setenta y tres? Por supuesto, señor.

¿Había comprado productos nuevos de maquillaje? Sí, señor, bastantes. Para realzar mi nuevo *look*.

¿Había recibido a alguien en su apartamento recientemente? Sí, varias personas habían ido a visitarla el mes pasado. Técnicamente no era mentira si uno incluía a los operarios de las mudanzas, a la señora Kearns y a Chip Bancroft.

Al averiguar que Jane seguía empleada en la oficina del fiscal del distrito trabajando y residía en su apartamento, el general se mostró

—hasta cierto punto— aliviado. Jane no había cambiado de trabajo, lo cual significaba que aún no se dedicaba a vender productos Avon de puerta en puerta. Pero había recibido a amigos en su apartamento, lo cual significaba que daba fiestas en su casa. El general recordó que en cierta ocasión su difunta esposa, Carol, había organizado una reunión Avon en su casa en Fort Benning. El general había regresado a casa después de instruir a los cadetes bajo una temperatura de treinta y cinco grados y se había encontrado a quince mujeres en su cuarto de estar pintándose las uñas y probándose distintos tonos de colorete.

El general sonrió a su hija y empezó a urdir un plan de batalla mientras comía. En primer lugar llamaría al psiquiatra de la base para que le asesorara. Luego iría a Nueva York, sacaría a Jane de su apartamento para alejarla de la nefasta influencia de los civiles y se la traería a vivir con él en West Point.

Para irritación de sus hermanos, Jane Spring estaba disfrutando de lo lindo. Por una vez, había conseguido captar la atención de su padre. Y era maravilloso.

Después de comer Jane lavó los platos mientras sus hermanos la observaban, incrédulos. Por regla general los lavaban y secaban entre los cuatro, como solía hacerse en el comedor de los soldados. Pero ese día ella se opuso rotundamente. Sus hermanos podían quedarse en la cocina y hacerle compañía si lo deseaban, pero no permitiría que se ensuciaran las manos. Lo cual a ellos les pareció de perlas.

Tradicionalmente, después de recoger los platos y guardar las sobras de comida en el frigorífico, Jane y sus hermanos salían al jardín para disputar un partido de fútbol americano. Charlie miró nervioso a Eddie Junior, que le indicó que no se preocupara. Aunque a su hermana se le hubiera ido la olla, le indicó con gestos, su partido navideño de fútbol era sacrosanto.

Eddie Junior tomó el balón de fútbol de la familia.

—Eh, Jane, nos vemos en el jardín dentro de cinco minutos —dijo lanzándole el balón en el pasillo. Pero en vez de atraparla, ella dejó que la pelota pasara volando frente a ella y aterrizara en la mesita del teléfono.

—Jane. Vamos a jugar a fútbol. Venga, mujer —dijo Charlie.

—¿A fútbol? ¿Con estos tacones? Me partiré las piernas. Y si me pongo a correr me despeinaré. Tenéis que entenderlo.

Los chicos sonrieron a su hermana tal como les había ordenado que hicieran el general, tras lo cual le acorralaron en la cocina, donde éste se estaba sirviendo otro whisky. Jane fue a disponer los regalos a los pies del árbol.

—¡Jane ni siquiera quiere jugar a fútbol con nosotros, señor!

—Lo sé, hijo. Ya os lo dije. En estos momentos no es vuestra hermana. Pero volverá a serlo. Por la mañana llamaré a los servicios de psiquiatría. Dejadlo de mi cuenta.

—No es necesario, señor —dijo Jane entrando en la cocina y sobresaltándolos a todos—. No es necesario que llame por mi causa. Estoy perfectamente. De veras. En realidad, señor, nunca me he sentido mejor.

El general examinó a su hija de pies a cabeza. Tenía que reconocer que parecía más animada. Y seguía siendo la misma Jane en los aspectos importantes: trabajadora, obediente, autodisciplinada. Todos los valores que él le había inculcado seguían presentes en ella. Lo único que había cambiado era el envoltorio y la presentación. Tenía un aspecto más dulce, estaba más guapa. Eso era lo irritante: Jane se comportaba ahora como una mujer.

El general cambió de tema, ordenándoles a los tres que se sentaran alrededor del árbol y abrieran sus regalos.

Los chicos regalaron a su hermana una navaja militar multiusos.

—Es el último modelo, Jane. Hace poco que la venden en el economato.

—Muchas gracias. Es preciosa.

—Con ella puedes desollar a un conejo en un abrir y cerrar de ojos —comentó Charlie muy ufano—. Las hojas son el doble de afiladas.

—Estupendo —respondió Jane.

El general le regaló una biografía nueva del general Norman Schwarzkopf —el general consideraba importante tener siempre en la mesita de noche unos libros edificantes sobre la guerra— y la edición de aniversario que acababa de salir de *Patton* en DVD.

—Qué regalo tan encantador. Gracias, señor —dijo Jane sonriendo—. Seguro que será muy interesante.

Cada año Jane regalaba a su padre una suscripción a la revista *Soldier of Fortune* y unas entradas para la Exposición Nacional de Armas Antiguas en Nueva York. A sus hermanos les regalaba suscripciones a *Guns & Ammo* y pastillas de jabón sujetas con unos vistosos cordeles que adquiría en la farmacia, todo ello envuelto en papel decorado con acebo que vendían en un rollo.

Este año todos los regalos de Jane estaban presentados en unas cajas plateadas de Bergdorf's atadas con una cinta de color púrpura.

—Esto es para usted, señor —dijo entregando ilusionada al general su regalo.

Su padre cortó la cinta con su navaja de bolsillo y retiró la tapa de la caja. En su interior encontró un montoncito de papel de seda color lila. El hombre trató de ocultar su estupor. Un buen soldado nunca revela sus emociones. Pero este regalo no se parecía a ninguno que había recibido jamás. El general rompió el papel y en el fondo de la caja halló una jarra para martinis de cristal tallado rosa y dos copas a juego.

—Sé que prefiere el whisky, pero pensé que quizá quiera preparar unos cócteles de vez en cuando —dijo ella dulcemente.

—Gracias, Jane —respondió el general educadamente, pensando que no era la peor idea que había oído. ¿Por qué no iba a preparar un cóctel de vez en cuando?

Los chicos sonrieron con desdén. ¿Cristal tallado en una base militar? Su hermana estaba para encerrarla en el frenopático.

Jane regaló a Eddie unos calcetines de cachemir color gris perla y una bufanda a juego. Las etiquetas de ambas prendas decían «*Made in Paris*». Cuando Eddie retiró el papel color lila, se volvió hacia Charlie con cara de resignación.

—Son de primera calidad, Eddie. Así llevarás los pies abrigados las noches de invierno que hagas guardia.

Él acarició los calcetines y comprobó su suavidad. Iría muy cómodo con ellos calzado con sus botas de combate, pensó. Se colocó la bufanda alrededor del cuello; tenía un tacto maravilloso comparado con la rasposa bufanda militar. Tendría que quitar las etiquetas para que sus compañeros en la base no le llamaran nenaza por lucir unas prendas de cachemir confeccionadas en París.

—Gracias, Jane —dijo sorprendido.

—Me alegro de que te gusten, Eddie —respondió ella con tono meloso.

Y era cierto.

A Charlie le regaló una bolsa para el equipo de pesca de cuero italiana. Cuando su hermano no se dedicaba a matar gente a cambio del sustento, le gustaba capturar peces de gran tamaño por deporte.

—Tiene varios bolsillos para todos tus cebos y anzuelos; y mira, aquí puedes guardar tu cantimplora —dijo Jane ilusionada—. Está hecha a mano, es de Florencia. ¡Y es impermeable!

Charlie acarició la bolsa; era increíblemente suave y flexible. Aunque le encantaba su vieja bolsa de pesca, la cual se caía a pedazos, tenía que reconocer que ésta era mejor.

—Es un regalo fantástico, Jane —dijo asombrado.

Jane Spring no cabía en sí de contento.

—Es maravilloso cuando eliges unos regalos para otras personas y les gustan. Feliz Navidad a todos.

—Feliz Navidad, Jane —respondieron su padre y sus hermanos.

Y fue realmente una Navidad muy feliz.

Rock: *¿Cómo se siente uno al regresar al escenario del crimen?*

Confidencias a medianoche

33

Cuando Jane Spring regresó a la oficina después de las fiestas navideñas ignoraba la cantidad de dinero que había cambiado de mano en su honor. Poco antes de las vacaciones, a Graham se le ocurrió hacer una porra: cinco dólares por apuesta y uno podía hacer tantas como quisiera. Susan la Holgazana hizo seis apuestas. Una por la mañana, seguida por otras cinco a lo largo del día, lo cual le dio una excusa perfecta para visitar a Graham durante todo el día sin levantar sospechas.

—¿Ya estás otra vez aquí? —preguntó él riendo cuando Susan le entregó otro billete de cinco dólares—. ¿Qué sabes tú que nosotros no sepamos?

Graham Van Outen miró a la secretaria de Spring y se preguntó si se estaba volviendo loco. Susan llevaba un atuendo radicalmente distinto del habitual. ¿Qué había sido de los pantalones de talle bajo y la melena salvaje? ¿Era posible que llevara una cola de caballo sujeta con un lazo? Santo cielo, las mujeres de esta oficina han sucumbido a un encantamiento. Quizá tengamos que llamar a un exorcista. Por increíble que pareciera, Graham daba gracias a Dios de que Marcie siguiera siendo la misma.

—Yo no sé nada —respondió Susan la Holgazana sonrojándose—. Me limito a rezar.

La apuesta consistía en si Jane regresaría a la oficina como la versión antigua o como la nueva. La mayoría había apostado por la antigua. Nadie en todo el departamento creía que Jane sería capaz de seguir fingiendo, ni que necesitara hacerlo. Todos suponían que se proponía pronunciar su alegato final como la Jane Spring dura y agresiva de siempre, para impactar al jurado e inducirles a tomar la decisión que ella quería.

Pero cuando Jane apareció en la oficina a las ocho de la mañana del jueves después de Navidad ataviada con unos zapatos de tacón y el abrigo azul con grandes botones y un ribete de raso, los suspiros de alivio se oyeron hasta en Montana. Todos estaban encantados con la nueva Jane; querían que siguiera así siempre. Pero como no se atrevían a confiar en ello, habían decidido hacer una porra. Era una forma de canalizar sus temores en algo tangible.

Fue Susan la Holgazana la que ganó la apuesta. Había sido la única que había apostado a que Jane regresaría como Doris. Graham ignoraba si ello se debía a que sus oraciones habían sido atendidas o a su brillante intuición. Lo único que sabía era que la secretaria de Spring se había embolsado ciento setenta y cinco dólares. Susan la Holgazana había estado tan convencida de que Jane regresaría como la versión renovada y mejorada que ella también había regresado encarnada en su nueva y mejorada versión.

Aunque se había llevado un chasco al comprobar que Graham no hacía ningún comentario sobre su transformación (puede que aún no se hubiera percatado; los tíos eran bastante torpes para esas cosas), y mucho menos le había propuesto salir, Susan la Holgazana estaba convencida de que lo haría. No había más que ver el éxito que le había reportado a la señorita Spring su transformación en una estrella de los sesenta.

—Buenos días, Susan. Estás muy elegante hoy —dijo Jane, observando que su secretaria lucía una falda de tweed marrón, un jersey y chaqueta a juego color tostado, unos zapatos de tacón marrones y el broche de marcasita que Jane le había regalado para Navidad.

—Gracias, señorita Spring.

Jane observó que sobre la mesa de Susan la Holgazana había un jarrón con unos claveles, y junto a él un plato que contenía unas galletas con virutas de chocolate recién horneadas. Detrás del plato había una nota que decía: «Felices Pascuas. Por favor, sírvase una». Jane cogió una galleta y dio un bocado.

—¡Están riquísimas, Susan! ¿Las has hecho tú?

—Sí, señorita Spring —contestó su secretaria sonriendo.

Y qué si había comprado la masa para las galletas en el supermercado, pensó Susan. Las había hecho ella misma, y eso era lo importante. Confiaba en que la señorita Spring no cogiera otra; quería que quedaran las suficientes para ofrecérselas a Graham cada vez que pasara por allí.

—Y gracias por terminar los informes de los testigos antes de Nochebuena. Te agradezco que te quedaras hasta tarde —dijo Jane limpiándose unas migas de la boca.

—De nada, señorita Spring.

Susan la Holgazana se ruborizó. Nada era más gratificante que un elogio a primera hora de la mañana. Aparte de contemplar el hoyuelo que tenía Graham en la barbilla.

—Tengo que hablar contigo un minuto, Jane.

Era Marcie.

—Lo siento, Marcie. Sabes que no me gusta ser grosera, pero tengo que ir a los juzgados.

Marcie sujetó a Jane del brazo y la condujo a su despacho.

—No me llevará más de treinta segundos, te lo prometo. ¿Éste o el otro?

Marcie señaló dos juegos de tazas con sus correspondientes platitos que estaban dispuestos sobre su mesa. Uno era de color blanco con un filete dorado. El otro tenía un diseño floral azul holandés.

—¿Cómo dices?

—¿Qué dibujo te gusta más? Howard y yo estamos eligiendo la vajilla para nuestra lista de bodas. La elección está entre estos dos porque es fácil conseguir piezas de repuesto en eBay.

—¿Ésta va a ser la vajilla buena o la de cada día? Si es la vajilla para ocasiones especiales, yo elegiría la blanca. Si es la de cada día, la azul.

—¿No crees que la azul es lo suficientemente elegante para ocasiones especiales?

Jane meneó la cabeza. Por increíble que pareciera, hacía dos semanas Marcie no habría considerado a Jane una experta en materia de buen gusto; pero ahora la consultaba en todo.

—Creo que con la blanca no puedes equivocarte, Marcie. Y supongo que no querrás equivocarte.

—Tienes razón, Jane. Se lo diré a Howard.

—Salúdalo de mi parte.

Tal como Jane había sospechado, los miembros del jurado se mostraron inquietos y distraídos. Algunos probablemente arrastraban la resaca de los festejos del día anterior; Jane achacó la somnolencia de algunos a un atracón de pavo. En cualquier caso, no era un buen momento para llamar a Mike Millbank a declarar de nuevo y someterlo al turno de repreguntas por parte de Chip Bancroft.

A las nueve menos cuarto Jane entró en la sala donde estaban reunidos los testigos en busca de Mike Millbank. Deseaba verlo por unos motivos que no tenían nada que ver con el juicio. Unos motivos que Jane no habría sabido explicar, pero cualquiera que la viera no habría tenido dificultad alguna en adivinarlo. Esta mañana se había esmerado más de lo habitual al elegir su atuendo. Llevaba la falda del traje rosa combinada con una rebeca de angora también de color rosa. Se había colocado dos lacitos rosas en el pelo y lucía sus pendientes de perlas

—Buenos días, inspector —dijo Jane alegremente, dejando su neceser y quitándose los guantes.

—Hola, señorita Spring.

El tono de Millbank denotaba cierta aspereza que hizo que ella se sintiera incómoda.

—Estuvo usted muy bien el otro día, inspector. Su testimonio fue muy preciso. Pero supongo que sabe que hoy no será tan fácil. El señor Bancroft tratará de desmontar su testimonio. Pero no quiero que se preocupe. Yo le ayudaré en todo momento, y si el señor Bancroft se pasa de la raya, protestaré.

—Muy amable de su parte —contestó él sarcásticamente.

—¿Cómo dice?

—Que es muy amable por su parte ofrecerme hoy su ayuda.

—Disculpe, inspector, ¿ocurre algo?

Mike Millbank se acercó a Jane.

—¿Quiere saber cómo puede ayudarme? ¿Cómo puede contribuir a que ganemos este caso? Dejando de coquetear con el abogado de la defensa y concentrándose en su trabajo.

—¿Qué? —gritó Jane sin poder reprimirse—. ¿A qué se refiere, inspector?

—Ya me ha oído. No estoy ciego, letrada. Estuvo tomando unas copas con él en The White Lion. Almorzó con él en el 21 la víspera de Navidad. Se ruboriza cada que vez que él le susurra algo al oído. Éste es un juicio por asesinato, letrada, no una fiesta de solteros. Han matado a un policía, y estamos aquí para que condenen a su asesina. En todo caso, yo estoy aquí por este motivo. Supuse que usted estaba aquí por el mismo motivo, pero por lo visto estaba equivocado.

Jane abrió los ojos desmesuradamente. ¿Cómo se atrevía Millbank a poner en tela de juicio su entrega al trabajo, su dedicación profesional?

—Inspector —dijo Jane con frialdad. Cruzó los brazos y en su rostro comenzó a dibujarse una expresión hosca que recordaba mucho a la antigua Jane—. Yo...

—No se dé esos aires conmigo, letrada —replicó Mike Millbank—. Si no está atenta a la pelota, podemos perder este caso. Por respeto a mi placa, me siento obligado a impedir que ocurra. Al parecer usted no se siente tan obligada como yo, habida cuenta que ha sacado tiempo en su agenda profesional para seducir al señor Bancroft.

—¡Pero bueno! —protestó Jane airadamente—. Me siento indignada y ofendida por lo que acaba de decir. Para que lo sepa, inspector, yo deseo obtener un fallo condenatorio tanto como usted. Y para que se entere, no estoy coqueteando con el abogado defensor. Jamás haría nada tan poco ético. Se trataba de unas reuniones profesionales. Todo estaba relacionado con el juicio.

—¿De veras? ¿Siempre bebe martinis durante sus reuniones profesionales? Es curioso. Yo no.

En esos momentos sonó el timbre indicando que iba a comenzar la sesión. Jane tomó su neceser y dio media vuelta para marcharse. Estaba roja como un tomate.

—Le veré en la tribuna de los testigos.

Jane Spring se dirigió muy tiesa hacia la mesa de la acusación, temiendo que le saliera humo por la orejas como en las viñetas cómicas. ¿Cómo se atrevía Millbank a acusarla de no estar atenta al proceso? El mero hecho de haber tomado una copa y haber almorzado con Chip no significaba que no estuviera totalmente concentrada en su trabajo. ¿De modo que se ruborizaba cuando estaba con Chip? Qué majadería. El inspector tenía una imaginación muy viva.

Jane estaba decidida a demostrarle lo entregada que estaba a este juicio.

Una decisión muy oportuna, porque cuando Chip Bancroft tomó la palabra a las nueve y cinco, el abogado encantador y contrito que la había invitado a almorzar y le había declarado románticamente su amor en el observatorio situado en el último piso del Empire State Building había desaparecido sin dejar rastro. En su lugar ese día se había presentado a trabajar el grandullón prepotente y detestable del campus universitario. Jane lo comprendió todo enseguida. Desde el punto de vista táctico, Chip necesitaba machacar y destrozar a este testigo mano a mano. Lo cual no podía conseguir haciendo el papel de Cary Grant.

El encanto se había esfumado y había sido sustituido por la agresividad.

Y eso fue lo que Chip Bancroft esgrimió durante dos horas seguidas, tratando de desbaratar el testimonio de Mike Millbank, y no digamos su compostura. Jane apenas podía presenciarlo. Le angustiaba ver al hombre que había pensado que quería (el lunes) atacando al hombre que había pensado que quería (el martes). Hoy era jueves y Jane ya no sabía qué o a quién quería.

—Dígame, inspector, cuando entrevistó a la señora Riley, ¿estaba trastornada?

—Sí, estaba disgustada.

—¿Disgustada por haber matado accidentalmente a su marido?

—Protesto. Pregunta tendenciosa —dijo Jane dulcemente, tomándose unos segundos adicionales para mirar al inspector. Sus ojos decían: «Te demostrare que estoy totalmente entregada a este caso».

—Se acepta.

—Retiro la pregunta. Inspector Millbank, ha declarado que cuando llegó al escenario del crimen, la señora Riley le dijo que había matado a su marido.

—Así es.

—¿No es cierto que cuando usted la entrevistó una hora más tarde en la comisaría, la señora Riley afirmó que la pistola se había disparado accidentalmente?

—Sí, pero creo que para entonces la señora Riley había tenido tiempo de cambiar su versión. Y eso es lo que hizo.

—¿Usted cree?

—Sí.

—Inspector, esto es un tribunal. Aquí juzgamos hechos. No nos interesa lo que usted «crea». ¿Se imagina una sociedad en que condenáramos a las personas basándonos en lo que creyera la policía? Teniendo en cuenta la torpeza de la policía, probablemente acusarían a Blancanieves de practicar la prostitución después de haber compartido una cama con los siete enanitos

El jurado se echó a reír. Apúntate un tanto, Chip.

—¡Protesto! —gritó Jane alzando la voz más de lo que habría hecho Doris. Al darse cuenta, procuró controlarse. Repitió, esta vez suavemente—: Protesto.

—Letrado —dijo el juez Shepherd—, reserve su vena dramática para el teatro de su comunidad y sus opiniones para sus memorias. El jurado no tendrá en cuenta el comentario anterior.

Jane estaba furiosa. ¡Cómo se atrevía Chip a ofender la integridad del inspector! Tenía que mostrar al jurado lo equivocado que estaba Chip Bancroft. Suspiró en voz alta y emitió unos sonidos de indignación. El jurado tomó nota de ello, pero eso no era suficiente para Jane. Deseaba protestar a voz en cuello. Deseaba gritar: «Señoras y señores del jurado, aunque en estos momentos estoy furiosa con él, ese hombre que está sentado en la tribuna de los testigos es honrado a carta cabal. Ese hombre está tan comprometido con su labor de proteger a los ciudadanos de esta ciudad que ni siquiera tiene tiempo para el amor». Jane deseaba agarrar a cada uno de los miembros del jurado por el pescuezo y decir: «Ese hombre que está sentado en la tribuna de los testigos es tan íntegro que ofreció protegerme aunque yo le decepcioné». Pero se limitó a alisarse el pelo y a cruzar de nuevo los tobillos debajo de la mesa.

—Inspector, este juicio tiene un significado personal para usted, ¿no es así? —preguntó Chip con aire de suficiencia.

—¿Personal?

—Sí. Un policía ha muerto asesinado, lo cual constituye un ataque contra su tribu. ¿No es cierto que, al margen de que Laura Riley sea culpable o no, usted desea que la condenen porque según su código no escrito alguien debe pagar?

—No, debe pagar la persona culpable.

—¿Cómo Rose y Arthur Steiner? ¿Eran ellos culpables?

Mike Millbank torció el gesto. Era increíble que ese reptil se propusiera desenterrar eso. Jane, sentada a la mesa de la acusación, por poco se cae de la silla. No tenía remota idea de quiénes eran Rose y Arthur Steiner, pero sabía que no le gustaba la maniobra de Chip.

—Protesto, es irrelevante.

—¿Me permite su señoría demostrar la relación con este caso?

—Adelante.

—Inspector Millbank, ¿no es cierto que una noche de un veinticinco de agosto de hace cinco años, usted y su compañero, el inspector Cruz, derribaron la puerta de un apartamento perteneciente a unos ancianos jubilados, Rose y Arthur Steiner, los esposaron, les leyeron sus derechos y les informaron de que les acusaban de tráfico de drogas?

—Sí, pero...

—Limítese a responder sí, inspector. ¿Y no es cierto también que quedó demostrado que esos pobres ancianos, atemorizados y confundidos, eran totalmente inocentes, que usted y su compañero habían irrumpido en el apartamento equivocado?

El jurado emitió una exclamación de asombro colectivo.

—Fue un error burocrático —contestó Millbank volviéndose hacia el juez—. Las drogas se encontraban en el apartamento dieciséis. La orden de registro que nos entregaron decía apartamento sesenta y uno. Son cosas que pasan. Mi compañero y yo presentamos nuestras disculpas a los Steiner, y el departamento les instaló al día siguiente una puerta nueva.

—Muy considerado por su parte, inspector. El regalo de una puerta nueva, después de haber arrestado, humillado y aterrorizado a esa pareja de ancianos inocentes.

—Protesto, el defensor está hostigando al testigo —dijo Jane.

—Se acepta.

Jane vio que los miembros del jurado estaban tomando notas y sintió que le latían las sienes. Era la primera vez en diez días que la antigua Jane Spring trataba de imponerse, insistiendo en ser escuchada. Pero no podía dar rienda suelta a su furia. Doris no lo habría hecho. Así pues, respiró hondo tres veces y juntó las manos en su regazo. Una cosa era que Mike Millbank la atacara a ella. A fuer de ser sincera, Jane reconocía que tenía en parte razón al censurarle que saliera a tomar unas copas y a almorzar con el abogado defensor en mitad de un juicio. Pero el ataque de Chip contra la credibilidad de Mike, contra su reputación intachable, esgrimiendo un caso ocurrido hacía cinco años en el que se había producido un error burocrático, era intolerable.

Jesse percibió que Jane estaba tensa. Tenía los hombros rígidos y la ira emanaba por todos los poros de su cuerpo. El fiscal adjunto se preguntó por qué estaba tan disgustada. Los abogados defensores tenían la costumbre de destrozar a los policías que declaraban como testigos, y Jane nunca había pestañeado anteriormente. Sabía que formaba parte del juego. Tú atacas a los míos; yo destruiré a los tuyos.

—Permita, inspector, que se lo pregunte de nuevo. ¿Ha acusado alguna vez equivocadamente de un delito a una o más personas?

—Sí, pero...

—¿Y no consta en su historial profesional que realizó un falso arresto?

—Sí.

—De modo que oficialmente usted es un policía que va por libre. Le gusta tomarse la justicia por su mano, ¿no es así?

—¡Protesto! —gritó Jane saltando de la silla.

—Se acepta.

—No haré más preguntas —dijo Chip pasándose la lengua por los labios.

Concluida la declaración de Mike Millbank, el juez les informó de que tenía que presidir la vista de un recurso y suspendió la sesión hasta el día siguiente. Chip se acercó a Jane y se sentó en el borde de la mesa de la acusación.

—¿No me guardas rencor, Jane? Lamento haber tenido que machacar un poco a tu testigo. Pero me llevabas demasiados puntos de ventaja.

—Para serte franca, Bancroft, esos ataques contra mi impecable testigo me han parecido indignos de un caballero. El desgraciado incidente en el que participó el inspector Millbank hace cinco años, el cual permíteme que te recuerde no fue culpa suya, no tiene ninguna relación con este proceso y tú lo sabes. Está claro que tienes un caso mucho más endeble de lo que suponía. De lo contrario no recurrirías a estas tácticas tan mezquinas.

—¿Tácticas mezquinas? —Chip soltó una carcajada—. Tú las utilizabas continuamente, Jane. Te falla la memoria.

—Las personas cambiamos.

Jane miró a su alrededor en busca del inspector Millbank. Quería felicitarle por su entereza. Pero se había marchado.

Se puso el abrigo.

—¿Quieres cenar conmigo? —preguntó Chip.

Jane cerró su neceser y se enfundó los guantes.

—Nos veremos mañana por la mañana, abogado. Tengo que irme a casa y lavarme la cabeza.

—No hemos tenido un buen día en el tribunal —comentó Jesse malhumorado cuando Jane y él regresaron caminando a la oficina.

No tienes ni idea, deseaba responder ella. Primero, el inspector Millbank me lee la cartilla por mi comportamiento. Luego Chip Bancroft destruye a nuestro testigo, el susodicho inspector. Pero se limitó a decir:

—Es increíble que Chip Bancroft haya tenido la cara dura de poner en entredicho la integridad de Mike Millbank.

—No te preocupes, Jane. Seguimos teniendo un caso sólido. Y tu actuación está impresionando favorablemente al tribunal.

¿Tú crees?, pensó Jane. No estaba tan convencida. Chip se había alzado hoy con la victoria. Jane decidió que cuando llegara a la oficina revisaría todas las notas del caso para asegurarse de que todos los cabos estaban bien atados.

Al llegar a su despacho, cerró la puerta y llamó al inspector Millbank. Quería decirle que había encajado magníficamente el ataque que le había lanzado Chip y que ella estaba dispuesta a restituir su honor en el estrado a la primera oportunidad. Pero el inspector había dejado dicho a las telefonistas de la comisaría que no le pasaran ninguna llamada. Jane dejó un mensaje. El inspector no le devolvió la llamada.

Ella pensó que le convenía una buena dosis de cafeína, de modo que se dirigió a la cocina. Al pasar frente al despacho de Marcie, vio que la letrada Blumenthal se hallaba ausente y de pronto, cediendo a un impulso, entró en él. Observó que la pila de revistas de novias que había en la mesa de Marcie había crecido desde la última vez que le había hecho una visita. ¿Había dejado Marcie algún ejemplar en los quioscos de prensa para las otras novias que iban a casarse este siglo?

Jane tomó una revista de la parte superior de la pila y empezó a hojearla. Inopinadamente comenzó a pensar de nuevo en el inspector Millbank, tras lo cual se concentró en la revista. Vestidos. Alianzas. Vajillas. Tartas. Todo lo referente a una boda. Leyó por encima un artículo sobre la luna de miel. En una fotografía aparecía una pareja en una bañera en forma de corazón en un hotel en las montañas. No, eso no era para ella. Pero le gustó la fotografía de una pareja paseando por una playa en Hawai al atardecer.

Se apoyó en la mesa de Marcie mientras hojeaba un artículo de veinte páginas dedicado a vestidos de novia. No. No. No. Ése es horroroso. Éste es bonito. Éste me gusta. Jane se detuvo en una página que mostraba un vestido del estilo de los cincuenta, tobillero, de color blanco, con un lazo en la cintura y unos guantes a juego. Se volvió y arrancó disimuladamente la página de la revista.

—Hola, Jane —dijo Marcie entrando en su despacho.

Jane se sobresaltó. Dobló apresuradamente la página a su espalda y la ocultó dentro de su camisa.

—Hola, Marcie —contestó con tono jovial, volviéndose y colocando de nuevo la revista en la parte superior de la pila—. Vine a verte porque quería pedirte consejo sobre un tema de impugnación que me está causando quebraderos de cabeza.

—Claro. Dime.

Jane formuló a Marcie una simple pregunta cuya respuesta ya conocía, le dio las gracias y regresó a su despacho. Una vez allí, sacó la página arrugada de su sujetador y la alisó sobre su mesa. Sonrió. Había encontrado el vestido. Jane también sabía que durante las dos últimas semanas había empezado a encontrarse a sí misma.

Lo único que faltaba era encontrarlo a él.

Doris: Señor Allen, soy consciente de que es usted encantador e irresistible. Lo sé porque me lo ha dicho usted mismo. Soy muy aficionada a la ciencia ficción, pero usted es un monstruo que no me interesa en absoluto.

Confidencias a medianoche

34

Aunque era excepcional, Chip Bancroft estaba nervioso. El tribunal comenzaría la sesión sesión dentro de diez minutos y él aún no había decidido si llamaría a Laura Riley al estrado. No tomaría una decisión definitiva hasta que apareciera Jane, que aún no había llegado. Supongo que querrá hacer la gran entrada, pensó Chip. ¡Mujeres! En los viejos tiempos Jane siempre era la primera en llegar a la sala; era ella quien le regañaba a él si se retrasaba un segundo.

Jane apareció por fin a las ocho y cincuenta y cinco minutos, fresca como una rosa. Chip la examinó de pies a cabeza y de inmediato tomó una decisión: Laura Riley no declarará.

Habían corrido insistentes rumores sobre este preciso momento, y las apuestas se decantaban a favor de que Jane aparecería bajo su antigua guisa para asestar el golpe de gracia. Pero Spring no lucía un traje pantalón negro y unos zapatos planos como Chip Bancroft había confiado. Como había rezado para que ocurriera.

Jane lucía una falda tubo de color blanco y un delicado jersey de angora blanco y parecía, a ojos de un observador ajeno, una gatita. Un copo de nieve. A cualquier hombre con sangre en las venas le habría parecido una bomba sexual. Y para los miembros del jurado seguía siendo la misma mujer de la que se habían enamorado. Si Chip llamaba a Laura Riley a declarar, esta Jane no la haría llorar, no la hostigaría ni la trataría con condescendencia. Le hablaría con una dulzura que parecería como si destilara azúcar fundido, y ningún jurado se compadecería de su cliente en esas circunstancias. Laura Riley sólo tenía posibilidades de que la absolvieran si la que comparecía en la sala era la bruja de la Spring.

Pero no era el caso.

Chip informó a su cliente de que no la haría sentarse en el estrado, y puesto que era su último testigo, anunció que concluiría su alegato.

El juez señaló un receso de quince minutos. Jane y Jesse comentaron sentados en la mesa de la acusación el alegato final que ella pronunciaría. Jesse estaba convencido de que Jane revelaría por fin al jurado, a él mismo, el plan que se ocultaba detrás de su complicado montaje.

Pero cuando Jane Spring tomó la palabra para pronunciar su alegato final no hizo ninguna alusión a su aspecto. En lugar de ello, se centró en las pruebas forenses, que el experto que ella llamó a declarar había interpretado como confirmación de que la pistola había sido disparada intencionadamente. Hizo hincapié en el móvil, la oportunidad y la cruel indiferencia de la acusada ante sus ruegos de clemencia por parte de su marido. Recordó al jurado que cuando un hombre te traiciona, por más que matarlo de un tiro sea catártico, no deja de ser un crimen.

—Laura Riley tenía otras opciones —repitió Jane mientras se paseaba con calma, elegantemente, delante de la tribuna del jurado, deteniéndose cada pocos segundos para mirar a un miembro del jurado a los ojos, dirigiéndole una leve sonrisa.

Sus ojos decían «Yo confío en ti; confía tú en mí». Y cuando terminó de exponer su alegato, pidió a los miembros del jurado, como buenos ciudadanos de Nueva York, que tuvieran presente que la ciudad había perdido a uno de sus mejores policías, y que si declaraban culpable a la acusada harían justicia.

—Si Laura Riley no estaba dispuesta a soportar las infidelidades de su marido —dijo Jane resumiendo—, debió pedir el divorcio, no matarlo de un tiro.

A continuación se encaminó lentamente a la mesa de la acusación y se sentó, cruzando los tobillos.

Chip Bancroft rodeó los hombros de su cliente con el brazo y luego se puso en pie. El alegato final de Jane había sido muy convincente. Estaba claro que los miembros del jurado se habían tragado todos sus argumentos al tiempo que la miraban arrobados. El abogado defensor comprendió que no tenía más remedio que seguir adelante. Tú te lo has buscado, Jane, se dijo.

Bancroft se ajustó el nudo de la corbata y retiró un mechón de la frente. Se acercó a la tribuna del jurado, suspiró y miró a los ojos a cada uno de los jurados, tal como había hecho Jane.

—Señoras y señores del jurado. Ya han oído las pruebas, ahora ha llegado el momento de que decidan si Laura Riley es culpable o inocente. Se trata, como sin duda saben, de una tarea de enorme trascendencia, por lo que les pido que analicen detenidamente todo lo que han visto y oído en esta sala. Su decisión puede modificar la vida de la señora Riley, la cual es madre de dos hijos que la necesitan. Esos niños han perdido a su padre; no permitan que pierdan también a su madre.

Chip expuso a continuación el caso a favor de su cliente. Laura Riley estaba profundamente enamorada de su marido, que le había mentido, la había traicionado, había roto sus votos de fidelidad y se había acostado con otra mujer. Adujo que Laura Riley había ido a ver a su marido tan sólo para exigirle que respetara sus votos matrimoniales. Ella le amaba. Jamás le habría lastimado. Cuando la pistola se disparó durante el forcejeo, fue un accidente; Chip recordó al jurado que su testigo de contrarréplica, un segundo perito forense, así lo había declarado. Y reiteró que Laura Riley era madre de dos hermosos niños.

Jane Spring descruzó las piernas y juntó los tobillos. Jesse Beauclaire le pasó una nota que decía: «¿Qué te parece?»

Jane respondió con otra nota: «No tenemos nada de qué preocuparnos. Bancroft esgrime el tema de la mamá como defensa. Está desesperado».

Pero Jane no tardaría en averiguar hasta qué extremo estaba desesperado Bancroft.

El abogado fijó los ojos en el suelo y volvió a alzarlos. Se acercó a la mesa de la defensa y se detuvo junto a ella.

—Señora y señores del jurado, he expuesto mi alegato, y confío en que su inteligencia les haga comprender que mi cliente es inocente de los cargos que se le imputan. Pero antes de concluir, quiero pedirles que tomen otro dato en consideración. Quiero que miren esta fotografía.

Chip tomó de pronto una fotografía de la mesa de la defensa y se la mostró al jurado. Se acercó a ellos y todos se inclinaron afanosamente hacia delante para verla con nitidez, tras lo cual se volvieron hacia Jane.

—¿Qué...? —exclamó Jane—. ¡Protesto! —El defensor no había presentado esa fotografía previamente como prueba—. ¿Nos permite su señoría aproximarnos al estrado?

—Acérquense, letrados. Con la fotografía, por favor.

Chip y Jane se acercaron al estrado y Jane vio entonces que la fotografía que Chip había mostrado al jurado era de ella, una foto en blanco y negro de dieciocho por veinticuatro centímetros que le habían tomado hacía un par de meses. El pelo largo, unas gafas negras y una expresión hosca permanente. Jane pensó que iba a desmayarse.

—Señoría, protesto enérgicamente. No sé qué se propone el defensor, pero el hecho de mostrar mi fotografía al jurado no tiene relación con esta causa. Y puesto que el defensor no la había presentado previamente como prueba, exijo que el juicio sea sobreseído.

El juez se volvió hacia Chip y arqueó las cejas.

—Esta fotografía incide en la credibilidad de la acusación, señoría —replicó Chip—. No estoy presentando una nueva prueba para que conste en acta, por lo que no estaba obligado legalmente a presentarla con anterioridad. Me limito a mostrar una fotografía que, unida a mis afirmaciones verbales, constituirá mi alegato final.

Respira, Jane, respira. Inspira. Espira. Inspira. Espira. Inspira. Espira.

—¡Aaaaaah! —bramó Jane.

Después de contemplar la fotografía, el juez se volvió hacia Jane.

—No permitiré al defensor que la muestre de nuevo, letrada, de modo que su protesta es aceptada. Pero como no es una prueba material, su petición de sobreseimiento es denegada. Por otra parte, ordenaré al jurado antes de que se retire para deliberar que no tenga en cuenta esa fotografía por no ser relevante a los hechos probados.

—Señoría —dijo Jane tratando de conservar la calma—, todos sabemos que el jurado ha visto esta fotografía, por lo que es inútil pedirles que no la tengan en cuenta. —Chip sonrió satisfecho—. Que era con lo que contaba sin duda el señor Bancroft.

—No me diga lo que debo hacer, letrada, y yo no le diré lo que debe hacer usted —respondió el juez bruscamente. Luego, sosteniendo aún la fotografía, les indicó con un gesto que se retiraran.

Chip regresó al lugar que había ocupado frente al jurado, Jane a su mesa. Pensó que iba a romper a llorar.

—Señoras y señores —prosiguió Chip—. ¿Saben ustedes que si hubieran comparecido en esta sala cualquier día de este año, para juzgar cualquier otra causa salvo ésta, la señorita Spring, la excelente fiscal aquí presente, no les habría sonreído, ni les habría hecho ojitos, ni habría aparecido ante ustedes luciendo bonitos trajes y perlas?

Los miembros del jurado estaban pendientes de lo que decía Chip. Jane Spring fijó la vista al frente, evitando mirarles.

—No. Habrían visto a la mujer que han contemplado en la fotografía que acabo de mostrarles. La mujer vestida de negro. La que ofrece un aspecto tan duro e implacable que aunque una anciana se desvaneciera ante sus ojos, la señorita Spring se burlaría de ella. Lo cual, debo decirles, ha ocurrido. Pero, señoras y señores del jurado, ésta no es la única razón por la que les he mostrado la fotografía. Deseo que comprendan que aunque por regla general la señorita Spring —Chip señaló a Jane— no ofrece este aspecto, tampoco se comporta como finge hacerlo. Que conste en acta que esta señorita amable y recatada, no obstante su brillante actuación, es también una embustera.

—¡Protesto! —gritó Jane.

—No puede protestar durante el alegato final, señorita Spring. Siéntese.

Jane se sentó desalentada. Respira, Jane. Inspira. Espira. Inspira. Espira. Jesse apoyó la mano en el respaldo de la silla que ocupaba Jane, temiendo que se cayera.

Chip se pasó la lengua por los labios y continuó.

—Señoras y señores, la hermosa señorita Spring aquí presente quiere convencerles de que se ha sentido escandalizada por los testimonios de adulterio y sexo que hemos oído durante este juicio. Pero creo que, en aras de la justicia, debo decirles algo. Durante todo el tiempo que la señorita Spring ha estado representando en esta sala el papel de la virginal Señorita Simpatía ha estado coqueteando conmigo, sí, como lo oyen. Yo traté de decirle que no me interesaba, pero no conseguí disuadirla. Me invitó a tomar una copa y luego a su apartamento, supuestamente para hablar de «asuntos profesionales». Soy un hombre, confieso que tengo mis momentos de debilidad. El caso es que me quedé a dormir en su apartamento. A propósito, la señorita Spring tiene unas mantas amarillas. Pero yo no lo busqué —agregó Chip bajando la cabeza—. Fue ella quien me sedujo.

Jane pensó que iba a estallarle la cabeza.

Eres un reptil venenoso. Tú me invitaste a tomar una copa, Chip, y el único motivo por el que te dejé entrar en mi apartamento fue porque estabas montando una escena en la calle. ¿Cómo que te quedaste a dormir en mi casa? ¡Te quedaste frito en el sofá! Me dijiste que me amabas; ¿cómo has podido hacerme esto? En cuanto salgamos de aquí llamaré a West Point para que venga el ejército y te dé una lección que no olvidarás, traidor.

—¡Las cosas no ocurrieron como él insinúa, señoría! —protestó Jane levantándose apresuradamente.

—Siéntese, señorita Spring, o la acusaré de desacato. Señor Bancroft, ¿qué se propone con estas revelaciones?

—¡Vamos, Jane! ¿Por qué no dejamos que sea el jurado quien decida al respecto? —preguntó Chip ásperamente, sacando del bolsillo de su chaqueta una tarjeta navideña.

¡Dios, era la tarjeta que ella le había enviado! Jane sintió que las venas de su frente se hinchaban y las sienes le latían.

—«Querido Chip» —leyó el abogado—. Me has dicho con toda claridad lo que sientes por mí...» Es cierto, le dije que dejara de perseguirme. «... pero ahora yo debo explicarte sinceramente mis sentimientos hacia ti. He estado enamorada de ti desde que nos conocimos en la Facultad de Derecho... Esta semana, cuando te quedaste dormido en mi apartamento...» —Chip se volvió hacia ella—. Ésta es tu letra, Jane, ¿no es así? ¿Quieres que prosiga?

—¡Señoría! —imploró Jane.

—Señor Bancroft, éste no es el momento ni el lugar para que nos lea las cartas de amor que la señorita Spring le ha enviado. Estoy seguro de que el jurado ha comprendido el contenido de esa postal, lo cual, como es natural, ordeno al jurado que no tenga en cuenta. Termine su alegato final o siéntese.

—Sí, señoría. —Chip se acercó a la tribuna del jurado y cruzó los brazos—. Señoras y señores, Jane Spring, como han visto y oído, miente sobre su auténtica personalidad —prosiguió—. Y lo ha hecho para engañarles a ustedes. Pretende convencerles de que es una joven pura e inocente que jamás robaría el marido a otra mujer, pero les aseguro que no es así.

—Dios mío —gimió Jane.

—Ahora quiero que se pregunten lo siguiente: si la señorita Spring les ha estado mintiendo durante casi dos semanas sobre su auténtica personalidad, ¿no creen que podría estar también mintiendo sobre este caso? ¿No pone esto en entredicho a todos sus testigos, y en particular la acusación de que Laura Riley es culpable de asesinato? La noche de autos la señora Riley fue presa de un arrebato de furia por lo que le había hecho una mujer semejante a la señorita Spring. Cegada por la ira y la pasión, forcejeó con su marido, la pistola se disparó y su vida cambió para siempre. Les ruego que no la castiguen más de lo que se ha castigado ella misma. Piensen en sus hijos. Gracias.

Chip Bancroft regresó a la mesa de la defensa y rodeó los hombros de Laura Riley con el brazo en un gesto efusivo. Jane Spring pensó que iba a perder el conocimiento. ¡Chip la había traicionado! Lo que era aún peor, ¡había insinuado que era una devorahombres! ¡Una zorra! ¡Una mujer que escribe cartas de amor a los hombres y les invita a su apartamento!

Jane empezó a respirar trabajosamente. Antes de que ocurriera esto había logrado conquistar al jurado. Estaban entusiasmados con ella, creían los argumentos que ella les había expuesto. Pero ahora todo se había ido al traste. ¿Y si habían creído a Chip? ¿Y si éste les había convencido de que ella había desempeñado el papel de Doris para engañarlos porque sus pruebas no resistían el menor análisis? En tal caso seguramente votarían contra ella. El último jurado se había vuelto contra ella. Podría volver a ocurrir.

—Lo siento, Jane —le susurró Jesse al oído—. No te preocupes, recurriremos.

Ella respiró hondo y se formuló una pregunta. ¿Qué haría Doris en estos momentos? Eso es, Jane, respira. Inspira. Espira. Inspira. Espira. Sonríe, Jane. Los miembros del jurado la observaban estupefactos. No dejes de sonreír, Jane. Levanta el mentón.

Qué idiota soy. Las copas después del trabajo, la visita a mi apartamento, el almuerzo en el 21, la declaración de amor en la última planta del Empire State Building, la petición de una señal... ¿Todo había sido una treta? ¡Ay, Jane, Jane! ¡Ese hombre te ha destruido!

Cuando el juez se dirigió a los jurados, ordenándoles que no tuvieran en cuenta la fotografía ni la carta de amor por no ser relevantes a los hechos probados, añadiendo luego que los devaneos de la señorita Spring con el señor Bancroft no incumbían al jurado, Jane dirigió a Chip una mirada glacial. Su ira era palpable.

Él había dicho que la quería, y quizá fuera cierto, pensó Jane mientras la voz del juez seguía sonando al fondo. Pero si la quería sinceramente, jamás la habría traicionado para ganar este caso. No, Chip sólo se quiere a sí mismo, ahora lo veo con claridad.

De pronto Jane Spring se sintió embargada por otro sentimiento, el cual, a diferencia de la ira, la sorprendió.

Un profundo alivio.

Dos semanas como Doris Day y Jane Spring había descubierto por fin lo que no estaba dispuesta a consentir en el amor. No estaba dispuesta a consentir que un hombre la destruyera con tal de salvar su propio ego.

—Gracias a Dios —murmuró Jane alisándose el pelo.

Gracias a Dios.

Al cabo de diez años, por fin había superado su amor por Chip.

Doris: Irás a la cárcel por esto.

Pijama para dos

35

En la sala del jurado, nadie siguió las instrucciones del juez con respecto a la fotografía y la carta porque ninguno de ellos había creído las alegaciones de Chip Bancroft. Porque este jurado jamás había creído que Jane Spring fuera otra cosa que la bonita mujer ataviada con un delicado jersey de moer blanco y perlas que habían visto ante ellos. No era ni la secretaria sexy ni la tímida escolar. Era una fiscal alegre y adorable con unos modales perfectos y una moral intachable. Sabían que Jane era capaz de arrojarse ante un tren en marcha antes que engañarlos sobre su verdadera identidad. ¿Que había recibido a un hombre en su dormitorio? El abogado defensor debía de estar soñando.

El amor es ciego. Incluso los jurados sucumbían a su hechizo.

De modo que después de comentarlo durante menos de tres minutos, el jurado decidió hacer caso omiso de las acusaciones vertidas por la defensa sobre la maravillosa señorita Spring. Una táctica desesperada, dijo uno. Imposible que sean ciertas, dijo otro. La fotografía probablemente había sido manipulada. ¿La carta de amor? Seguramente la había escrito él mismo. La señorita Spring jamás nos mentiría. La señorita Spring no sólo era una mujer, era una señora. Las señoras no mienten.

Qué lástima que Jane Spring no pudiera oírles. Habría evitado sentir náuseas y que los ojos le lagrimearan. Inmediatamente después de que el jurado se retirara para deliberar, Jane regresó al despacho y dijo a Susan la Holgazana que no quería que la molestaran. Hecha polvo, abrió el *Post* por la página seis, la cual mostraba una fotografía de Chip Bancroft y Bjorgia con una leyenda que decía: «El célebre abogado defensor besuqueándose con una impresionante modelo sueca».

Jane sintió que el corazón le latía aceleradamente. ¡El muy cerdo! Furiosa, descargó un puñetazo sobre su mesa.

Si creen a Chip y nosotros perdemos el juicio, pensó, será culpa mía. Mía. ¡Sólo pretendía encontrar el amor! Por su culpa una asesina podía ser absuelta.

En la sala del jurado, la presidenta del mismo, la señora Pirella, expuso todas las pruebas. Puesto que era profesora de segundo curso, reconstruyó el crimen como si les contara una historia. Cuando concluyó, los miembros del jurado se sintieron más frustrados de lo que jamás hubieran imaginado. En televisión parecía muy fácil. Ahí se veía claramente la culpabilidad o inocencia de una persona. Siempre había una prueba incriminatoria que sellaba su suerte, tras lo cual Perry Mason aparecía triunfante.

Pero ahora no. En este caso tanto la acusación como la defensa habían presentado unas pruebas contundentes. La señorita Spring había llamado a declarar a expertos que habían jurado que la pistola había sido disparada intencionadamente. El señor Bancroft había jurado que había sido un accidente. No había testigos presenciales. Las únicas personas que había en la habitación eran la acusada y su víctima. La acusada era madre de dos niños. Pero había matado a un policía. ¿Qué hacer?

—Pero como ha alegado la defensa, el hecho de que digas que estás tan furiosa que serías capaz de matar a alguien no significa que lo hagas. Todos hemos dicho eso. Al menos yo —dijo la jurado número ocho.

Después de hablar durante horas hasta quedarse roncos, la señora Pirella distribuyó unas hojas y unos bolígrafos y anunció que procederían a la primera ronda de la votación.

En la sala se hizo un silencio sepulcral. Los jurados tomaron sus bolígrafos, pero nadie escribió nada. Ahora comprendían que lo que el juez les había dicho sobre las deliberaciones era cierto. Juzgar la culpabilidad o inocencia de otra persona era una tarea de enorme trascendencia.

El jurado número nueve dejó el bolígrafo durante unos segundos y alzó la vista al techo. Si esto fuera una partida de ajedrez, pensó, quedaría en tablas. Los otros once jurados mantenían consigo mismos unas conversaciones idénticas. ¿Había sido intencionado? ¿Había sido un accidente? Laura Riley no parecía una asesina, pero un hombre había muerto y sus huellas dactilares aparecían en la pistola. Pero es madre de dos niños. Traicionada por su marido. Pobre mujer. ¿Cómo vamos a encarcelar a una madre?

Los jurados escribieron sus respuestas y las entregaron a la señora Pirella. Después de leerlas todas, la señora Pirella llamó a la puerta para indicar al funcionario que habían alcanzado su decisión. Cuando informaron a Jane Spring de que el jurado había regresado a la sala, ésta temió ponerse a vomitar sobre su neceser.

—¿Ha alcanzado el jurado un veredicto?

—Sí, señoría —respondió la señora Pirella. Estaba gozando de ese momento. Era el centro de todas las miradas y, a diferencia de ordenar a unos críos de siete años que dejaran de pelearse, lo que iba a decir era de gran importancia.

Laura Riley se puso en pie, temblando. Jane Spring se puso en pie, temblando. Si perdía esta causa porque Chip había convencido al jurado de que ella les había engañado, tendría que marcharse de la ciudad. Tendría que mudarse a Canadá. No conseguiría superar la ignominia. Chip Bancroft la miró. Sonreía de oreja a oreja.

—Declaramos a la acusada, Laura Riley... culpable de asesinato en primer grado.

Jane Spring se volvió hacia Jesse en busca de confirmación.

—¿Ha dicho culpable? —murmuró Jane—. ¿Hemos ganado?

—Sí, hemos ganado, Jane. ¿Qué te ocurre?

Jane se sentó.

—Nada. Es que pensé que después de todo lo que dijo Chip, el jurado...

—¿De qué hablas, Jane? El jurado estaba entusiasmado contigo. Creo que la mitad de ellos deseaban irse a casa contigo. Nada de lo que pudiera decir Chip Bancroft podía alterar eso.

De hecho, lo que había convencido al jurado era la propia Jane. Teniendo que resolver un caso en el que ambas partes presentaban unos argumentos sólidos, el jurado había hecho lo que hacen todos los jurados. Abordar el veredicto como unas elecciones presidenciales. En ese caso el voto indeciso se reduce a dos cosas: confianza y carisma. ¿En quién confía uno que le diga la verdad, y con quién preferiría uno cenar?

Cuando el jurado lo enfocó de ese modo, el resultado estaba cantado. El señor Bancroft era un sinvergüenza que había tratado de ensuciar el buen nombre de la señorita Spring. Pero a ella le habrían confiado incluso a sus hijos. ¡Y le sobraba carisma! Las mujeres deseaban ser como la señorita Spring; los hombres deseaban casarse con ella. ¡Era adorable! ¡Y qué estilo! ¿Quién podía olvidar esos fabulosos trajes de color pastel que solía lucir? (¡Y no digamos sus piernas!) Era como ver una de esas películas en tecnicolor que dan en la televisión por cable.

Estaban todos embelesados con ella. Jamás la hubieran defraudado.

Jane Spring empezó a respirar trabajosamente. Se sentía muy feliz. No tendría que mudarse a Canadá. Allí hay ventiscas continuamente. Y después de las consecuencias de la última...

—Enhorabuena, Jane —dijo Chip sentándose en el borde de la mesa de la acusación—. Supongo que imaginas que voy a recurrir.

Ella cruzó los brazos sin decir nada. No era necesario. Su rostro lo decía todo.

Chip se inclinó hacia ella y murmuró. Era el momento oportuno para tratar de reparar los daños; seguramente habría otro juicio; convenía que aplacara la ira de Jane.

—Sabes que tuve que hacerlo. No me diste otra opción —dijo Chip tímidamente.

—Eres un cerdo. ¿Cómo te atreves? —replicó Jane lo suficientemente alto para hacer que los demás se volvieran.

Él bajó los ojos y se acercó más a ella. Su expresión de cachorro arrepentido siempre lograba ablandar a las mujeres.

—Vamos, déjame que te invite a una copa para celebrarlo —dijo apoyando la mano en el brazo de Jane. Ella le obligó a retirarla—. Un lugar íntimo y acogedor donde podamos conocernos mejor.

Jane Spring se puso su abrigo blanco con el ribete de piel de zorro, se colocó el sombrero y cerró su neceser.

—Gracias, Bancroft, pero no es necesario —declaró—. Ya conozco todo lo que necesito conocer sobre ti y, francamente, no hay nada que celebrar.

Doris: ¡Ha sido una fiesta estupenda!

Confidencias a medianoche

36

Jesse había llamado a Lawrence Park para comunicarle el veredicto, y cuando él y Jane regresaron a la oficina, el supervisor había enviado a Susan la Holgazana a por provisiones. Por regla general, cuando un adjunto del fiscal del distrito ganaba un juicio lo celebraban con cerveza y patatas fritas en la sala de reuniones. Esta ocasión era distinta.

Por orden del supervisor, Susan la Holgazana había ido en taxi a un *delicatessen* situado a diez manzanas de la oficina para comprar unas *quiches*, salmón ahumado y canapés. El propio Park había ido a The White Lion para comprar diez botellas de champán Cristal y había dado al gerente una generosa propina para que le prestara una caja de flautas de cristal.

Si Jane se había molestado en convertirse en Doris para ganar el juicio, lo menos que podían hacer era celebrar su victoria por todo lo alto.

Park envió a Graham a comprar unas flores; Marcie se encargó de poner la mesa.

—No lo entiendo —dijo ésta a Lawrence Park—. ¿Por qué le das a Jane un trato especial?

A las seis de la tarde, habiendo concluido oficialmente la jornada laboral, toda la División Criminal se dirigió a la sala de reuniones. Al contemplar las flautas de champán y los canapés en lugar de los vasitos de cartón y las botellas de cerveza habituales, se quedaron perplejos.

Cuando llegaron Jane y Jesse, todos los presentes prorrumpieron en aplausos.

—Enhorabuena, Jane. Enhorabuena, Jesse.

Marcie entregó una copa de champán a Jane.

—Beberemos este champán en mi boda, Jane. Dime qué te parece —dijo.

—Mmm, excelente —respondió ella bebiendo un sorbo. Este champán está riquísimo.

Marcie sonrió de gozo.

Graham condujo a Jesse hacia un rincón en un aparte.

—Tío, es increíble que Bancroft recurriera a esa táctica en su alegato final —dijo Graham

—Cuando mostró esa fotografía, de pronto sentí ganas de ir al baño —murmuró Jesse—. Pero cuando insinuó que habían mantenido una relación clandestina, comprendí que había metido la pata hasta el cuello.

—¿Llegó al extremo de decir al jurado que Jane y él habían tenido una aventura?

—Algo parecido.

—Joder, debía de saber que no tenía caso.

—Jane me contó que después de que se reunieran en cierta ocasión, Bancroft se había presentado borracho en su apartamento, pero ella le había puesto de patitas en la calle.

—Conociendo como conozco a Jane, seguramente prescindió de la puerta y lo arrojó directamente por la ventana.

—Yo no lo creo. Creo que esta nueva Jane se limitó a utilizar la puerta. Y probablemente lo hizo sin dejar de sonreír.

Los dos abogados rieron y chocaron las palmas de sus manos.

—Que hable, que hable, que hable —dijo un coro de voces.

Todos los presentes dejaron de saborear las *quiches* y los canapés y se volvieron expectantes hacia Jane. Les picaba la curiosidad, y estaban convencidos de que ahora que había concluido el juicio ella les explicaría el motivo de sus disfraces a lo Doris Day.

—Os doy las gracias a todos por venir —dijo Jane con el mismo aire jovial de siempre.

Susan la Holgazana se acercó a Graham, situándose junto a él.

—Deseo dar las gracias a mi colega letrado, el señor Beauclaire, por haberme ayudado. No era un caso fácil, pero por lo visto el jurado analizó las pruebas detenidamente e hizo lo que debía hacer. ¡Y aquí estamos todos! Gracias.

Jane inclinó la cabeza y retrocedió. ¿Eso era todo? Nada como «Voy vestida como vuestra abuela porque...» Nada como «El gran secreto que se oculta detrás de mi forma de hablar como un hada de confite es...» Ni algo así «Creí que convenía que el jurado me viera como Doris Day porque...» Nada. Todos se miraron con cara de resignación y arquearon las cejas. ¿Y si Spring no lo hubiera hecho para camelar al jurado? ¿Y si estuviera loca?

—¿Por qué no nos lo ha explicado? —preguntó Graham.

—Ni idea —respondió Jesse, atónito—. Quizá nos lo explique más tarde. Quizá no quiere que todo el departamento lo sepa.

Susan la Holgazana miró desesperada a Graham.

—¿Y si no nos lo explica nunca? ¿Qué ocurrirá mañana? ¿Vendrá a trabajar como mi antigua jefa o como mi nueva jefa?

—Joder, no había pensado en eso —dijo él—. Está claro que Jane ha perdido la cabeza, pero no tengo ninguna prisa por que se reincorpore el sargento mayor a la oficina.

—¡Pues imagínate yo! —apostilló Susan la Holgazana fingiendo que le daban arcadas.

—No te preocupes, Susan —dijo Graham adoptando una voz grave de superhéroe—. Si vuelve a aparecer el monstruo, yo te protegeré —declaró rodeando sus hombros con un brazo. Ella sintió que las piernas no la sostenían.

—¿Puedes venir a ayudarme un momento, Susan? —preguntó Marcie. Susan la Holgazana, que había pasado a ser también Susan la Servicial, se excusó y se encaminó hacia ella.

Graham la observó atravesar la habitación como jamás lo había hecho anteriormente. Susan la Holgazana iba vestida con un jersey de cuello alto azul pálido y una falda tubo azul marino. Nunca se había fijado en que tuviera un culo tan atractivo. Y una cara monísima, ahora que no la ocultaban las greñas que solía lucir.

Tampoco había reparado antes en lo que se divertían juntos, aunque hubiera sido a costa de Jane Spring. Cuando Susan regresara, le preguntaría si le apetecía cenar algo de camino a casa. Para celebrar que éste fuera quizás el último día del alto el fuego antes de que comenzara de nuevo la refriega.

Marcie se acercó con una bandeja de galletitas cubiertas con salmón ahumado y *brie*. Había pedido a Susan la Holgazana que pasara los canapés por el otro lado de la habitación.

—Tomad uno y decidme qué os parece. Si os gustan, quizá los añada al menú de mi boda.

Jesse y Graham probaron uno y asintieron con la cabeza en gesto de aprobación.

—Muy buenos.

—Decidido. Se lo diré a los encargados del *catering*.

—¿Qué les dirás a los encargados del *catering*? —preguntó Jane acercándose a sus colegas.

—Que incluyan estos canapés.

De pronto Marcie dejó la bandeja y miró a Jane, examinándola lentamente, empezando por los pies y terminando por la cabeza.

—¿Ocurre algo malo, Marcie? —inquirió Jane con tono meloso.

—¿Te has cortado el pelo, Jane?

Graham asestó a Jesse un codazo en la barriga.

—Sí.

—Un corte de pelo ideal. Te sienta maravillosamente. ¿A qué peluquero vas? Quizá vaya a verle para hacer una prueba antes de mi boda.

Cuando la fiesta se hallaba en su apogeo, Jane se dirigió a su despacho y tomó el teléfono para llamar a Mike Millbank. Oficialmente, deseaba darle las gracias por haberla ayudado durante el juicio. Oficiosamente, deseaba oír su voz. Comprobar si todavía estaba enojado con ella. Supuso que el inspector se compadecería de ella por la forma en que Chip la había humillado en la sala del tribunal. De no ser así, Jane tendría que ingeniárselas para establecer la paz entre ellos. Marcó cinco dígitos, pero luego colgó. Si Millbank seguía enojado con ella, una disculpa por teléfono no sería un acto de contrición tan efectivo como en persona. Era mejor que fuera a verlo.

Se puso el abrigo y el sombreo y se dirigió sigilosamente hacia el ascensor. No quería que nadie la viera abandonar su fiesta antes de que ésta terminara. Pero no podía quedarse. El turno del inspector Millbank concluía a las siete, y eran las seis y media. Si no lo pillaba en la oficina, su plan se iría al traste.

Tomó un taxi para dirigirse a la comisaría. Había empezado a nevar suavemente. Al llegar al mostrador de recepción, Jane asumió un tono profesional cuando dijo que quería ver al inspector. Aguardó una minutos, observando cómo giraban las manecillas del reloj colgado en la pared. Al cabo de un rato oyó unos pasos y se apresuró a alisarse el pelo y a restregarse los labios uno contra otro.

—¿Jane?

No fue el inspector Millbank quien se acercó a ella, sino su compañero, el inspector Cruz.

—Hola —dijo ella extendiendo su mano enguantada.

—Enhorabuena. He oído que ganó el caso para los chicos de azul.

—Gracias.

—¿Ha venido a ver a Mike?

—Sí, quería hablar con el inspector Millbank. ¿Hay algún problema?

—No. Aparte del hecho de que no está aquí.

—Creí que trabajaba hasta las siete.

—Así es. Pero hoy ha tenido que marcharse temprano.

Jane trató de ocultar su desilusión y asumió una expresión lo más alegre posible.

—¿Ha ido a entrevistar a unos testigos?

—No. Creo que tenía una cita. Dijo que había quedado con una mujer.

—Ya —dijo ella palideciendo—. Bien, dígale que he pasado a verlo. Quería darle las gracias por lo que se ha esforzado con este caso.

—Caramba, es como para llamar a la prensa. No es frecuente que un fiscal se tome la molestia de venir para darnos las gracias.

—Es una pena.

—Sí.

Jane tomó su neceser y dio media vuelta para marcharse.

—Buenas noches.

—Buenas noches, Jane.

Jane Spring se preguntó si el inspector Cruz se había dado cuenta de que se había puesto pálida cuando le había dicho que Mike se había marchado temprano porque tenía una cita.

Sí, se había dado cuenta.

Doris: ¿Te gusta cómo camino?

Cary: Eres poesía en movimiento.

Suave como visón

37

Cuando el taxi se detuvo frente al apartamento de Jane Spring, la nieve empezaba a arreciar. Delante del edificio había un hombre que se guarecía debajo de un paraguas.

—Jane.

Ella se sobresaltó.

—Soy yo, Jane. Mike Millbank.

—¡Cielo santo, inspector! ¡Me ha dado un susto de muerte!

Jane no llevaba un paraguas, y la nieve se le pegaba al pelo y a la ropa. Mike Millbank se apresuró a protegerla con el suyo. Entraron en silencio en el edificio y se detuvieron en el vestíbulo para sacudirse la nieve. Jane se esforzó en no sonreír. ¡Ha venido! Si ha venido, es porque no está enojado conmigo. A menos que haya venido para darme la bronca en persona.

Observó debajo de la intensa iluminación de la entrada que al salir de la oficina Mike Millbank había ido a casa a cambiarse. Lucía su elegante traje azul marino y al mirarlo sintió que se derretía. Olía divinamente, como si acabara de ducharse y se hubiera aplicado *aftershave*. Todo indicaba que tenía una cita. Jane era tan sólo una parada obligatoria antes de que él fuera a reunirse con la otra mujer.

—Yo... —dijo Mike Millbank.

—Yo... —dijo Jane.

—Usted primero.

—No, usted primero.

El inspector carraspeó para aclararse la garganta.

—He venido a verla, Jane, porque quiero darle las gracias por haber ganado el juicio. Significa mucho para mí, al igual que para todos los compañeros.

Por más que Jane se esforzó desesperadamente en no sonreír, no lo consiguió. En su rostro se dibujó una media sonrisa. ¡Ha venido a darme las gracias!

—No se merecen, inspector.

—Y quería disculparme. Ahora comprendo que dedicó todos sus esfuerzos en ganar el juicio.

Jane ladeó la cabeza.

—He reservado mesa para cenar.

—Ya. En tal caso, no quiero entretenerlo.

—No, para nosotros. Para darle las gracias como es debido.

Jane ladeó de nuevo la cabeza.

—¿Para cenar?

—Sí, suponiendo que no tenga otro compromiso. Habrá salido a cenar en otras ocasiones, ¿no?

—Naturalmente, inspector. Pero no con usted.

—Pues debemos remediar eso.

—No estoy arreglada...

—Lo sé. Vaya a cambiarse y yo la esperaré aquí. Tenemos tiempo. He reservado la mesa para las ocho.

Jane consultó su reloj. Eran las siete y diez. Calculó que disponía de una hora para arreglarse. Jane Spring se dirigió con calma al ascensor para subir a su apartamento. Cuando la puerta se cerró, se puso a ejecutar una giga irlandesa. Cuando la puerta se abrió en su piso, una Jane Spring totalmente dueña de sí misma salió del ascensor.

Los Tate habían empezado pronto esa noche. Cuando Jane entró en su apartamento estaban en plena faena. Pero esta vez tampoco le molestó. Al contrario, lo interpretó como un buen augurio. Jane cruzó los dedos. Claro que antes tenía que casarse.

Echó una ojeada a su ropero y eligió un vestido de cóctel azul marino (que hacía juego con el traje de Millbank), unos broches de bisutería, unos zapatos de tacón blancos y una estola de piel también blanca.

Dios mío, pensó. ¿En qué estoy pensando? Es un inspector. Probablemente me llevará a Denny's. A los policías les encantaba ese local. Sin embargo, se ha puesto su mejor traje. Quizá no vayamos a Denny's.

De pronto sonó el teléfono y Jane lo miró. Probablemente era el general que llamaba para comunicarle a qué hora llegaría a Nueva York ese fin de semana. Poco después de la visita de Jane a West Point, su padre le había contado una historia sobre un colega del ejército que actualmente vivía en la ciudad con el que iba a tomarse unas copas para celebrar el Año Nuevo. Pero Jane intuía que no se trataba de ninguna celebración, que lo más seguro era que cuando llegara al hotel donde se alojaba su padre, su compañero del ejército —sin duda un psiquiatra militar— aparecería por casualidad, suponiendo que no estuviera ya allí.

Pero Jane no estaba preocupada. De hecho, tenía ganas de volver a ver a su padre. Quería aprovechar la ocasión para demostrar al general que no estaba enferma. Era preciso hacerle comprender que su hija ya no era su pequeña soldado, sino una mujer hecha y derecha. De lo cual ella estaba enormemente satisfecha. Ningún psiquiatra podía remediar eso. Ni falta que hacía.

Pero no era su padre, sino Alice, que llamaba para preguntar si el jurado había presentado ya su veredicto. Jane le había enviado un correo electrónico diciéndole que esperaba que no tardarían en hacerlo.

—Hola, Alice. Hemos ganado. ¿No es delicioso?

—¿Perdón? ¿Has dicho que el veredicto fue delicioso? Pero ¿qué te pasa, Jane? Te noto otra vez muy rara.

—Mira, Alice, ahora no puedo hablar contigo. Me estoy arreglando pasar salir a cenar y aún no me he peinado. Mike ha reservado una mesa para las ocho —dijo Jane introduciendo unos *kleenex* nuevos en su sujetador y aplicándose unas gotas de Chanel No. 5 detrás de las orejas.

—¿Mike? ¿Quién es Mike?

—El hombre con el que salgo esta noche. Te llamaré mañana.

Jane colgó, y Alice, a cinco mil kilómetros de distancia, se quedó mirando perpleja el teléfono. Ya sé que le dije que tenía que hacer algo, pero creo que esa tal Doris tiene una influencia nefasta sobre ella, pensó. Está arruinando a mi mejor amiga. Jane está tan dulce y amable que me parece una desconocida.

Al cabo de veinticinco minutos Jane Spring, recién peinada y vestida, reapareció en el vestíbulo del edificio. El inspector Millbank conversaba con el conserje sobre fútbol.

—Está muy guapa.

—Gracias, inspector —respondió Jane sonriendo complacida.

—Por favor, llámame Mike.

—Mike.

El inspector abrió su paraguas y condujo a Jane hacia el coche de policía camuflado que había dejado aparcado al otro lado de la calle.

Abrió la puerta del copiloto y luego rodeó el coche para sentarse al volante. Tenía el traje cubierto de nieve.

—¿Puedo preguntarte dónde vamos? —inquirió Jane con dulzura, confiando en que la respuesta no comenzara por de.

—Es una sorpresa. Pero intuyo que te gustará.

Jane Spring y Mike Millbank guardaron silencio durante todo el trayecto.

—Ahí lo tienes —dijo él señalando un restaurante situado al final de la calle donde había aparcado—. Ahí es donde vamos.

Jane achicó los ojos y miró a través del parabrisas. Distinguió la primera letra del letrero, que era una ce. Qué alivio. Una ce, luego una o... Mientras se dirigía hacia el restaurante, Jane leyó todas las letras hasta haber captado toda la palabra.

—¡El Copacabana! —gritó.

Mike Millbank sonrió muy satisfecho de sí mismo.

—Supuse que es el tipo de local que te gustaría.

—¡Siempre he soñado con venir aquí! —exclamó Jane. En sus películas, Doris siempre estaba en el Copacabana.

Al entrar, el *maître* los condujo a su mesa. Si cerrara los ojos unos segundos, pensó Jane, creería que habíamos retrocedido cuarenta años. Todos los camareros lucían un esmoquin color crema con una pajarita negra. Una orquesta de catorce músicos —quince, contando las maracas— amenizaba la velada. Había veinte mesas dispuestas alrededor de una gigantesca pista de baile, y todas las bebidas estaban decoradas con unos diminutos monos y sombrillas.

—¡Me encanta este lugar! —exclamó Jane mientras Mike apartaba su silla para que se sentara.

—Me alegro de que te guste.

Mike y Jane pidieron unos martinis. Jane sonrió a Mike, y Mike sonrió a Jane.

—¿Quieres bailar antes de cenar?

—Me encantaría.

Jane y Mike salieron a la pista de baile. Menos mal que tomé aquella clase de baile, pensó ella. Mike Millbank la estrechó contra su pecho y ella sintió los latidos de su corazón. Apenas oyó la música; estaba muy ocupada cantando mentalmente *Feliz Cumpleaños a mí.* Jane y Mike bailaron unas piezas lentas sin decir una palabra, y luego se sentaron.

En la mesa les esperaban sus martinis. Los dos bebieron un sorbo y luego él se inclinó hacia ella. Entre ambos se interponía la luz parpadeante de una vela.

—Quiero volver a darte las gracias, Jane. Y pedirte perdón. Aunque tenía mis dudas, ahora comprendo que trabajaste duro para ganar el juicio.

—Gracias, Mike.

—Pero quiero hacerte una pregunta sobre tu estrategia jurídica.

—Adelante.

Mike Millbank cruzó los brazos como solía hacer cuando interrogaba a un sospechoso.

—¿A qué viene ese atuendo?

—¿Cómo dices?

—La ropa. Los zapatos. Los guantes. La voz. Tu pelo. ¿A qué viene?

Jane Spring bebió otro sorbo de su martini. Y entonces por primera vez desde hacía dos semanas, habló con su propia voz. Su voz grave y enérgica, la voz de Jane. Nada de frases dulces y suspiritos.

—Dios santo, tengo los pies molidos —dijo frotándose las pantorrillas—. ¿Sabes lo que significa llevar tacones durante quince horas al día?

El inspector Mike Millbank esbozó una amplia sonrisa.

—De modo que no estás loca.

—No. ¿Creíste que lo estaba?

—Ni por un momento. Pero muchas personas sí lo creen.

—Ya lo he notado.

—Explícame por qué lo hiciste.

Jane se sonrojó.

—Ya sabes por qué lo hice. Para ganar el juicio. Todo el mundo lo dice.

—Todo el mundo menos yo. No creo que tuviera nada que ver con el juicio.

—¿Por qué? —Jane tenía curiosidad por comprobar lo perspicaz que era Mike. Además, estaba muy nerviosa.

—Eres una abogada demasiado inteligente para recurrir a ese tipo de montaje, Jane. Podrías haber ganado el juicio basándote en las pruebas.

—Eso no lo sabemos.

—Jane. Sé sincera conmigo. ¿Por qué lo hiciste?

Ella fijó la vista en un punto situado detrás de Mike Millbank, fingiendo que miraba a la orquesta.

—No puedo decírtelo. Me da vergüenza.

—Me gano la vida escuchando confidencias vergonzosas.

—No como ésta.

—Anda, inténtalo.

Ella negó con la cabeza.

—De acuerdo, si no quieres decírmelo, te lo diré yo.

Jane Spring fue presa de una sensación de terror.

—Como inspector acostumbrado a juntar y analizar pruebas, diría que decidiste interpretar el papel de Doris Day porque querías conseguir algo que Doris poseía.

Jane asintió con la cabeza, sin apartar los ojos de la orquesta.

—¿Lo conseguiste?

Ella se volvió y le miró a los ojos.

—Sí, creo que sí.

—Reconozco que admiro tu carácter, Jane. No conozco a muchas mujeres, aparte de algunas psicópatas y asesinas en serie, que estén dispuestas a asumir una nueva identidad para conseguir algo que desean.

—Un buen soldado nunca se retira en plena batalla. Me lo enseñó mi padre. Es general. De modo que una vez iniciado mi plan, tenía que llegar hasta el final. Atacar todos los frentes hasta alzarme con la victoria.

—Entiendo. Y ahora que has ganado tu batalla, ¿piensas volver a ser la que eras antes?

—Eso creía, pero ahora no estoy segura. Me encanta ser Doris. Pero echo de menos a Jane. No sé qué hacer. ¿Qué me aconsejas?

Mike Millbank tomó su mano entre las suyas.

—Creo que lo mejor sería una combinación de Jane y Doris. Me gustan algunos aspectos de Doris, pero también me gusta cómo es Jane. Es inteligente. Es independiente, no teme expresar sus opiniones y está entregada a su trabajo. Me gustan esos rasgos en una mujer. Pero Doris es paciente y amable, y está muy sexy vestida con una falda. Puedes ser ambas, ¿no?

Jane Spring creyó que iba a echarse a llorar. Sí, podía ser ambas. Y lo sería.

Y lo mejor de todo era que Mike lo entendía.

Doris: *¿Qué te gustaría hacer ahora?*

Rock: *Me gustaría besarte.*

Pijama para dos

38

Cuando regresaron al edificio en el que estaba situado el apartamento de Jane, había dejado de nevar. Las luces navideñas seguían encendidas en todas las ventanas y el barrio parecía un paraje de cuento de hadas nevado. Mientras cruzaban la calle Jane se apoyó en Mike para no resbalar.

Al llegar al portal, le soltó el brazo.

—Gracias por una velada maravillosa —dijo con su tono más dulce y suave al estilo Doris.

Mike Millbank puso los ojos en blanco y se echó a reír. Después de dos horas de comportarse como Jane, ésta había asumido de nuevo la personalidad de su *alter ego*. Como inspector, Mike debía haberlo previsto.

—¿Puedo volver a verte, Jane?

—Sería maravilloso, gracias.

—¿Puedo darte un beso de buenas noches?

—Eso también sería maravilloso, gracias.

Mike le rodeó la cintura con los brazos, la atrajo hacia él y la besó. Esto es como cuando Rock besa a Doris al final de la película, pensó Jane.

Cuando terminaron de besarse, Mike Millbank le acarició el pelo y murmuró suavemente:

—¿Puedo subir?

Ella abrió mucho los ojos y miró al inspector con expresión ofendida. Acto seguido le abofeteó con todas sus fuerzas.

—Es increíble que me hayas preguntado eso. ¡Es increíble que pienses que una señora te permitiría subir a su apartamento!

Él se frotó la mejilla.

—Lo siento, Jane. Ha sido una torpeza.

—Mmm. ¡Y te consideras un caballero!

Jane entró airadamente en el edificio y esperó cinco segundos antes de volverse y comprobar que Mike seguía allí plantado.

Abrió la boca y dijo con su propia voz:

—Dame cinco minutos, inspector. Voy a ponerme algo más cómodo.